GROTE ZUS

Colofon

NORLA NORWEGIAN LITERATURE ABROAD This translation has been published with the financial support of NORLA

Published by agreement with Gyldendal
Oorspronkelijke titel: *Storesøster*

Omslagontwerp: Riesenkind
Omslagillustratie: Jeroen Nieuwenhuisen | Shutterstock
Foto auteur: Gary Doak
Zetwerk: V3-Services v.o.f.
Druk: Wilco

Eerste druk mei 2018
Zesde druk april 2021

ISBN 978 94 6068 425 8
E-ISBN 978 94 6068 774 7
NUR 305/331

uitgeverij M marmer

Uitgeverij Marmer BV
De Botter 1
3742 GA BAARN
T: +31 649881429
I: www.uitgeverijmarmer.nl
E: info@uitgeverijmarmer.nl

GUNNAR STAALESEN

Grote zus

LITERAIRE THRILLER

Uit het Noors vertaald door Lucy Pijttersen

uitgeverij marmer

Mocht iemand Buvik in Ryfylke op de kaart willen opzoeken: dat is vergeefse moeite. Die plaats bestaat slechts in de verbeelding van de schrijver, net als de personages en voorvallen in dit boek. Bergen, Haugesund en Skudeneshavn bestaan daarentegen wel echt, in elk geval toen ik het de laatste keer controleerde.

I

Ik heb nooit in spoken geloofd. De bejaarde vrouw die mij op mijn kantoor opzocht, was dan ook geen spook. Maar wat ze me te vertellen had, wekte bij mij iets tot leven wat ik allang verdrongen had; het opende de deur van een donkere rommelzolder vol familiegeheimen waarvan ik het bestaan niet had vermoed. Sprakeloos bleef ik achter mijn bureau zitten, terwijl ik haar aankeek alsof ze daadwerkelijk een spook was.

2003 was in alle opzichten een wisselvallig jaar geweest. In september van het jaar daarvoor was ik nog maar net aan de lange arm der wet ontsnapt, of de muren van mijn kantoor kwamen al naar beneden, letterlijk. Het hotel dat zich oorspronkelijk alleen op de bovenste twee verdiepingen had bevonden, had zijn activiteiten naar het hele gebouw uitgebreid en men was flink aan het verbouwen geslagen. Schoorvoetend had de hoteldirecteur mijn oude afspraak met de eigenaar van het pand geaccepteerd, dat ik het recht hield op een kantoor

in dit pand zolang ik als privédetective werkzaam bleef. Maar tijdens de verbouwing moest ik mijn heil elders zoeken. Tot aan de heropening in mei had ik vanuit een zogenaamd thuiskantoor gewerkt, een hoek van mijn woonkamer in de Telthussmuget. De cliënten nodigde ik nooit bij mij thuis uit. Met de meesten sprak ik af in een café of een andere uitgaansgelegenheid in de stad en omgeving. Daardoor had ik tegen wil en dank een vergelijkend warenonderzoek uitgevoerd naar de kwaliteit van de koffie die er werd geschonken. Op een enkele uitzondering na stemden de resultaten me niet vrolijk. Inwendig was ik pikzwart geblakerd en nerveus als een jongerenpastor op een black-metal-festival in het beruchte plaatsje Hell. En ook na dagen van verkrampte onthouding bleven de gevolgen nog merkbaar.

Toen ik in mei mijn kantoor terugkreeg, lag dat nog op dezelfde plek, vier trappen boven straatniveau, maar mijn wachtkamer was ik kwijt. Die was een hotelkamer geworden en mijn kantoor bevond zich nu in een hotelgang waar je je ogen goed de kost moest geven wilde je de deur vinden waarachter ik me bevond, als je tenminste op de juiste dag kwam. Die wachtkamer zou ik nauwelijks missen. In de afgelopen jaren was hij steeds minder gebruikt. Als ik er zelf langs liep, wierp ik altijd een snelle blik naar de bank om te zien of er weer een lijk zat. Dat was me immers al een keer overkomen. Degenen die nu op mij wensten te wachten, konden plaatsnemen op een van de banken in de hotelreceptie, vlak bij de ingang, waar het wisselende contingent receptionisten nu de twijfelachtige eer had als mijn voorkamerassistent op te treden.

Aan mijn kantoor hadden ze niets veranderd. Dat knapte ik zelf in een week tijd op. Tegelijkertijd maakte ik van de gelegenheid gebruik om oude spullen op te ruimen en grote schoonmaak te houden in mijn archief. Toen ik daarmee klaar was, vierde ik het met de aanschaf van een nieuwe fles aquavit, die ik netjes opborg in de onderste

linkerla van mijn bureau, waar distilleerderij Simers al net zo lang het gebruiksrecht van had als ik van mijn kantoor.

In veel opzichten was ik tevreden over het resultaat. Ik had hetzelfde kantoor, alleen de omgeving was veranderd. En het adres was nog steeds Strandkaien 2, vierde verdieping.

Iedereen was welkom, wat het probleem ook was. Om mij nog te kunnen te verrassen moest je van goeden huize komen. Tenzij je uit Haugesund kwam met de mededeling dat je mijn zus was.

2

Ze keek me recht aan. 'Was dit een verrassing voor je?'

'Niet echt, nee.'

'Heeft je moeder je over mij verteld?'

'Nee. Maar toen ze overleden was, heb ik een kopie van het geboortebewijs en de adoptiepapieren gevonden.'

Ze keek me vragend aan. 'En het is nooit in je opgekomen om contact op te nemen?'

'Nee, helaas. Ik zat in die tijd midden in een scheiding en bovendien... Ik dacht dat als mijn moeder het zelf haar hele leven geheim had gehouden, ik geen respect voor haar zou tonen als ik het zou uitzoeken...'

Ze bleef me aankijken. Norma Johanne Bakkevik, zo had ze zich aan me voorgesteld. Geboren in 1927. Haar heldere ogen waren blauw als korenbloemen, ze had zilvergrijs haar en ondanks haar leeftijd was goed te zien dat ze vroeger een knappe vrouw moest zijn geweest. Maar ze deed me niet denken aan mijn moeder. Haar kleding was

van een beetje gedateerde elegantie, een donkerblauwe jas op een rode jurk met zwarte stippels. Voor een vrouw van zesenzeventig bewoog ze zich nog opvallend gemakkelijk en ze had iets vastberadens en doelgerichts over zich dat ik evenmin met mijn moeder kon associëren, zoals ik haar had gekend.

'Dat snap ik. Pas toen mijn adoptieouders dood waren en ik hun papieren moest opruimen, kwam ik achter de naam van mijn echte moeder. Toen ik volwassen werd, hadden ze me wel verteld dat ik geadopteerd was, maar ik was nog maar een paar dagen oud toen ik bij hen kwam en bij hen ben ik opgegroeid, dus voor mij was het toen ook niet zo belangrijk. Voor mij waren zij mijn ouders, nog steeds eigenlijk, in mijn hoofd. Jouw... onze moeder... Ze is altijd een vreemde voor me gebleven.'

'Ja.'

'Toen ik haar in februari 1975 opzocht, moest ze eerst van de schrik bekomen, maar daarna was ze verrassend open.' Ze trok een scheve glimlach. 'Ze keek net zoals jij een kwartier geleden deed.'

'Aha. Heeft ze je ook verteld wie je vader was?'

'Weet jij het?'

'Nee.'

'Nou, ze heeft het me inderdaad verteld. Een rondtrekkende predikant die met enige regelmaat naar Hjelmeland in Ryfylke ging, waar zij opgroeide. Ik heb ook geprobeerd om meer over hem te weten te komen, maar dat viel nog niet mee. Hij had zijn sporen goed weten uit te wissen, om het zo maar uit te drukken. Peter Paulus Haga.'

Er ging een schok door me heen. 'Was dat echt zijn naam? Peter Paulus Haga?'

'Ja. Zegt jou dat wat?'

'Die naam kwam voor in een zaak waar ik een paar jaar geleden mee bezig was.'

'Een actuele zaak?'

'Nee. Het klinkt misschien een beetje gek, maar het was een zaak die toen precies honderd jaar oud was. En in een van de zijsporen daarvan kwam ene Peter Paulus Haga voor. Als slachtoffer van moord, welteverstaan.'

'Dus hij werd vermoord!'

'Ja.' Ik deed haar kort verslag van die zeer bijzondere zaak die ik eind 1999 in handen had gekregen. Ze luisterde aandachtig en toen ik klaar was, bleef ze een tijdje voor zich uit zitten kijken, met haar blik niet op mijn kantoor, maar op het verleden gericht.

Toen ze uiteindelijk weer naar het heden terugkeerde, vroeg ze: 'Wist onze moeder hiervan?'

'Dat betwijfel ik. Ze was al jaren dood toen ik die zaak kreeg en in haar nagelaten papieren heb ik geen enkele verwijzing naar Peter Paulus Haga gevonden.'

'Wat vond je daar dan wel?'

'Weinig. Je geboortebewijs en de adoptiepapieren, zoals ik al heb verteld. En een paar krantenknipsels over een jazzorkest dat zich The Hurricanes noemde.'

'O? Hield ze van jazz?'

'Niet dat ik weet. Ik herinner me haar als een bescheiden vrouw die op zondag meestal naar de kerk ging. Maar wel zonder mijn vader. Die zat thuis boeken te lezen over Scandinavische mythologie. Zelf ging ik altijd de bergen in.'

'Een beetje aparte familie, als ik het zo hoor.'

'Ja, dat was misschien wel zo.' Nu was het mijn beurt om over het verleden te mijmeren.

Ze verbrak de stilte. 'Kun je je herinneren of je ooit in Haugesund bent geweest?'

'Alleen op doorreis. 's Zomers gingen we vaak op bezoek bij mijn opa en oma in Ryfylke en meestal namen we dan de nachtboot naar Stavanger.

Maar het is denk ik een paar keer gebeurd dat we via Haugesund gingen, omdat mijn moeder daar een nicht en een oude tante wilde bezoeken.'

'Ja, het was natuurlijk háár bruiloft waar ze naartoe ging. Ik weet nog dat ik haar zelf daarnaar gevraagd heb toen ik bij haar was. Het enige wat ze me toen vertelde, was dat ze naar een bruiloft van een nicht van haar in Haugesund was geweest; dat was in januari 1942. Trouwens... ik geloof dat ze zei dat de bruidegom uit Bergen kwam en in een orkest speelde.'

'Zeker in The Hurricanes. Daarom zal ze die knipsels wel bewaard hebben.'

'Ja, misschien wel.'

'Hier, kijk zelf maar.' Ik trok een bureaula uit en vond na enig zoeken een vergeelde envelop. Ik maakte hem open en haalde er een oud krantenknipsel uit dat ik had bewaard. Het kwam uit een plaatselijke krant, waarschijnlijk uit *Bergens Tidende*, ergens in de jaren vijftig, en ging over een soort herdenkingsconcert van een jazzkwintet uit het interbellum, dat zich The Hurricanes noemde, in een muziekcafé dat The Golden Club heette. Onder aan het knipsel stonden de namen van de vijf musici. De enige naam die me eerder was opgevallen, was die van de saxofonist, Leif Pedersen, omdat een jeugdvriend van me hem had genoemd in verband met een huiszoeking die ik had verricht. Dat was in een woning waar ik zelf als kind met mijn moeder op bezoek was geweest, bij een vriendin van haar die familie was van diezelfde Leif Pedersen. Ik weet nog dat ik dacht dat ze misschien daarom die artikelen had uitgeknipt, zonder dat ik daar verder over had nagedacht. Nu kwam Norma met een andere verklaring, een die vrij logisch klonk.

Bijna uit gewoonte schreef ik in mijn notitieblok: *The Hurricanes?* Mocht ik een keer een rustig dagje hebben, en uit ervaring wist ik dat daar geen gebrek aan zou zijn, dan kon ik het altijd eens gaan uitzoeken, al was het maar voor de lol.

‘Heb je zelf kinderen, Varg?’

‘Een zoon, Thomas. Hij woont in Oslo met mijn kleinzoon Jacob, van twee. En jij?’

Opeens maakte ze een verdrietige indruk. ‘Ik had twee kinderen, Petter en Ellen. Maar Petter kwam om in 1980. Hij was aan boord van de Alexander Kielland, het olieboorplatform dat gekapseisd is. Maar ook hij had een kind, een dochter, Karen, die nu vierentwintig is. Ellen heeft geen kinderen gekregen.’

‘Dus onze moeder had nakomelingen die ze nooit ontmoet heeft.’

‘Ja, zeg dat wel. Zelf heb ik haar alleen die ene keer gezien, op 5 februari 1975. Toen heeft ze me over jou verteld en later heb ik je gevolgd, met lange tussenpozen en altijd op afstand. Maar je naam duikt weleens op in het nieuws, en helemaal nu we internet hebben.’

‘Zit jij op internet?’

‘Ja, natuurlijk. Verbaast je dat? Ik mag dan wel dik in de zeventig zijn, maar ik ben nog niet dement.’

‘Nee, nee. Zelf ben ik nooit een van de snelsten geweest op dat gebied, dus...’ Verontschuldigend hief ik mijn handen op.

Ze glimlachte als iemand die het beter weet. ‘Zeg... Misschien vraag je je af waarom ik je nou net vandaag ben komen opzoeken?’

‘Tja, nu je het zegt...’

Plotseling leek ze wat in elkaar te zakken, als een oude pop die achteloos wordt weggeworpen door een kind dat zich te groot voelt om er nog mee te spelen. ‘Ik heb eigenlijk een opdracht voor je.’

‘Een opdracht?’

‘Ja. Een zaak, of hoe je het wilt noemen.’

‘Je mag het noemen zoals je wilt, ik vind alles goed.’

Weer leek ze even in gedachten te verzinken. Toen herpakte ze zich. ‘Het gaat om mijn petekind. Ze is verdwenen.’ Toen ik haar afwachtend aan bleef kijken, zei ze: ‘Hier. In Bergen.’

3

Wat ze me vertelde, verschilde niet erg van verhalen die ik vaker had gehoord, maar dat mijn halfzus de verteller was, maakte het wel bijzonder. Ik luisterde aandachtig en krabbelde af en toe in mijn notitieboekje als dat nodig was.

Emma Hagland was negentien jaar, geboren en getogen op het eiland Karmøy voor de kust van Rogaland. In juni had ze eindexamen gedaan van de middelbare school en in de loop van de zomer was ze naar Bergen verhuisd om aan de hogeschool aan de studie verpleegkunde te beginnen. Na wat tijdelijke behuizingen was ze met twee andere meisjes in een soort studentenhuis gaan wonen. Ze deelden een appartement in de wijk Møhlenpris, in de Konsul Børs gate.

'Het probleem was alleen', zei Norma, 'dat het praktisch onmogelijk was haar te pakken te krijgen. Als we belden nam ze nooit op. Op sms'jes reageerde ze wel, af en toe tenminste.'

'Had ze het niet gewoon druk? Aan het begin van een studiejaar is er ongetwijfeld van alles te doen.'

'Maar we wilden gewoon weten hoe het met haar was! Dat het goed met haar ging. Na een poosje waren we de wanhoop nabij.'

'Ja, dat snap ik.'

'Een paar weken geleden werd het nog erger. We bleven maar bellen. Geen antwoord. Ik stuurde de ene sms na de andere. Ook daarop geen reactie. We belden haar beste vriendin van de middelbare school, Åsa. Maar zij studeert in Berlijn en had haar de afgelopen maanden alleen via de telefoon gesproken. Zij snapte er niets van. Toen wisten we niet meer wat we moesten doen!'

'Maar jullie hadden haar adres toch?'

'Ja. We belden met haar huisbaas, maar hij zei alleen maar dat hij het probleem niet zag. De ene kwam, de andere ging, zei hij. Dat was altijd zo.'

'Wat bedoelde hij daarmee? Dat ze verhuisd was?'

'Ja, achteraf bleek dat het geval te zijn. Na enig aandringen gaf de huisbaas ons de namen van haar huisgenoten. Van een van hen konden we het telefoonnummer achterhalen en we belden haar. Maar daar werden we niet veel wijzer van. Emma was gewoon verhuisd, zei ze. Eind oktober. Ze had haar deel van de huur voor oktober betaald, maar voor zover dat meisje het had begrepen, had ze ergens anders een betere kamer gevonden.'

'Aha. Maar dan...'

'Maar nog steeds geen reactie van Emma's mobiele telefoon!'

'Kun je me hun namen geven, van de huisbaas en die twee huisgenoten?'

'Ja.' Ze gaf me ze en ik schreef hun namen op. *Knut Moberg. Kari Sandbakken. Helga Fjørtoft.* 'Helga is degene met wie we hebben gesproken.'

'Even voor de duidelijkheid... Je hebt het over "we", maar voor zover ik heb begrepen, ben jij alleen haar peettante. Ze heeft toch ook familie?'

Nu trok Norma een bezorgd gezicht. 'Ja, dat wel, maar... Het is ingewikkeld. Met haar moeder heb ik contact. Zij woont in Haugesund.' Ze aarzelde even voor ze verderging. 'Haar vader liet hen in de steek ze toen Emma twee was.' Opnieuw stilte en vervolgens: 'Hij woont in Bergen.'

'O! Maar dan hebben jullie zeker met hem contact opgenomen?'

'Ja, ja. Maar hij zegt dat hij er geen idee van had dat ze in de stad was. Hij... Ze hebben nooit meer contact met elkaar gehad.'

'Nooit? Niet meer sinds haar tweede?'

'Nee. Zoals ik al zei, was het nogal ingewikkeld.'

'Norma, het geval wil dat ik bij Jeugdzorg heb gewerkt, en in al die jaren dat ik in deze bedrijfstak werkzaam ben geweest...' Ik maakte een weids armgebaar, alsof ik haar een rondleiding door het koninklijk paleis gaf. 'Wat ik maar wil zeggen, is dat ik wel het een en ander heb meegemaakt. Er zijn maar weinig dingen waar ik nog van opkijk.'

Ze knikte. 'Dat snap ik. Toch vind ik het moeilijk om erover te praten.'

'Mensen kunnen om allerlei redenen uit elkaar gaan. Voor jonge ouders kan de belasting domweg te zwaar worden, slaapgebrek, alledaagse zorgen, dat soort dingen. Dan is het niet meer dan logisch dat de romantiek verdwijnt en een van hen een nieuwe liefde vindt. Dat kan de reden zijn. Maar aangezien het hier gaat over een vader die al zeventien jaar geen enkel contact met zijn dochter heeft gehad, dat maak ik er tenminste uit op, is het waarschijnlijker om aan te nemen dat er in dit geval misschien sprake is van seksueel misbruik.' Toen Norma daar niet onmiddellijk op reageerde, voegde ik eraan toe: 'Of drugs natuurlijk. Alcohol of andere verslavende middelen.'

Ze knikte nadenkend, alsof ze nadacht over wat ik had gezegd en de voors en tegens van wat destijds de reden kon zijn geweest, tegen elkaar afwoog.

'Ken je de familie goed?' vroeg ik om haar uit haar gedachten te halen.

'Emma's grootmoeder was een goede vriendin van me. Emma's moeder ken ik al van kinds af aan. Daarom was het vanzelfsprekend dat ze mij vroeg om Emma in mei 1984 ten doop te dragen. In de kerk van Avaldsnes.'

'Maar dan neem ik toch aan dat jij weet waarom de vader hen in de steek liet.'

Haar blik gleed de kamer rond, alsof ze wilde weten wat ik aan de wand had hangen, maar zonder ergens te blijven steken, om ten slotte weer bij mijn gezicht terecht te komen. 'Ingeborg heeft nogal wat problemen qua... gezondheid.'

'Ingeborg, dat is...'

'Emma's moeder. Ik steun haar zo goed ik kan.'

'Heeft ze nog andere kinderen?'

'Nee, alleen Emma. Daarom is ze zo wanhopig. Dat ze haar... kwijtraakt.'

'Laten we niet te hard van stapel lopen. Ongetwijfeld is er een logische verklaring voor. Hebben jullie contact opgenomen met de politie?'

Ze trok een scheve glimlach, met een plotseling cynische uitdrukking. 'Die zeiden ongeveer hetzelfde als jij. Dat er ongetwijfeld een logische verklaring voor was.'

'De politie in Bergen?'

Ze knikte.

'Weet je nog met wie je hebt gesproken?'

'Een vrouw. Bergesen, dacht ik dat ze heette.'

'Annemette. Ik kan eens bij haar informeren.'

'Ik weet niet of dat zal helpen. Ze hebben niets gedaan. Ze opperde dat Emma's telefoon kon zijn gestolen. Dat gebeurt voortdurend, zei ze.'

'Maar dan zou ze haar moeder toch met een nieuwe telefoon hebben gebeld, of niet?'

'Ja... waarschijnlijk wel.'

'Nou ja. Ik zal eens zien wat ik kan ontdekken.'

'Je krijgt natuurlijk betaald. Ik ben hier niet gekomen om misbruik van je te maken. Van dat we familie zijn, bedoel ik.'

'Dat zou dan de eerste keer zijn', zei ik. Uit een la diepte ik de lijst met mijn tarieven op, die ik haar aanreikte. 'Hier kun je zien waar je in dat geval aan moet denken.'

Terwijl ze de lijst doornam werd de uitdrukking op haar gezicht strakker dan die van een geheelonthouder die de wijnkaart in een sterrenrestaurant bestudeert. Snel voegde ik eraan toe: 'Maar directe familieleden geef ik natuurlijk korting.'

Ze knikte glimlachend en toen ze me weer aankeek kwam er een onverwachte beweging in haar gezicht, alsof het niet veel scheelde of ze barstte in tranen uit. 'Dank je, Varg', zei ze met een piepkleine stilte voor mijn naam.

'Ik heb nog geen antwoord gekregen op mijn vraag. Wat de reden was dat Emma's vader vertrok.'

'Het was iets... seksueels. Maar niet met Emma.'

'Nee dus. Maar?'

'Het was iets... ouds. Toen hij nog maar een jonge knul was. En opeens kwam het weer boven.'

'Hoe dan?'

'Dat weet ik niet precies, maar... Het ging om iets wat hij had gedaan toen hij nog heel jong was, en toen Ingeborg dat hoorde... Zij heeft hem het huis uit gezet.'

'Aha. Maar hij woont in Bergen, zeg je. Heb je misschien ook zijn naam en adres?'

'In elk geval zijn telefoonnummer. En natuurlijk zijn naam. Robert.'

'Robert Hagland?'

'Nee, na de scheiding nam Ingeborg haar meisjesnaam weer aan en Emma kreeg die toen ook als achternaam. Robert heet Høie, maar toen hij verhuisde, voegde hij er iets aan toe. Nu noemt hij zich Robert Høie Hansen. Zijn vader heette namelijk Hans.'

'Ik vind hem wel.'

Opeens keek ze bezorgd. 'Je mag hem niet vertellen dat ik je heb gestuurd.'

'O nee. Discretie is mijn bijnaam. Dat had op mijn visitekaartje moeten staan. Varg D. Veum. Maar nog een ding. Ik hoop dat je een foto hebt van Emma.'

'Ja, uiteraard. Ik was het bijna vergeten.'

Ze maakte haar forse handtas open en haalde er een envelop uit. Die gaf ze aan mij en ik opende hem. Er lag een fotostrip in, van het soort dat uit een automaat komt. Een van de foto's was eraf geknipt. De andere waren praktisch identiek. Emma Hagland keek me ernstig aan, met steil, blond haar, smalle lippen en een onbestemd melancholieke blik in haar ogen, als van iemand die net belijdenis heeft gedaan en voor het eerst met de realiteit van het leven wordt geconfronteerd.

'Zijn die bruikbaar?'

'Als ze er nu nog zo uitziet, wel.'

'Deze zijn in juli genomen, toen ze op de hogeschool was aangenomen.'

'Nou... ik zal eens zien wat ik kan vinden. Maar ik moet wel haar mobiele nummer hebben.'

Dat gaf ze me. 'En hier... Ik heb ook het nummer van haar bankrekening genoteerd, mocht je daar iets aan hebben.'

‘Ik ben bang dat alleen de politie dat mag, maar... Ik ga kijken hoever ik kom. Dat is nu eenmaal mijn werk.’ Ik schonk haar een bemoedigende glimlach. ‘Het komt wel in orde.’

Ze glimlachte terug, ook al ging het niet echt van harte. ‘In elk geval was het leuk je te ontmoeten.’

‘Het was nog leuker geweest als de aanleiding een andere was. Maar de familiezaken komen bij de volgende gelegenheid wel aan de beurt. Wat ga je nu doen? Weer terug naar huis?’

‘Ja, ik ben vanochtend met de bus gekomen en ga daar weer mee terug zodra we hier klaar zijn.’

Misschien moet ik binnenkort ook die kant op. Als het nodig is, bedoel ik.’

‘In dat geval ben je van harte welkom!’

Ik bedankte haar voor de uitnodiging en volgde haar naar de deur. Voordat we afscheid namen, boog ze zich snel naar voren en gaf me een kus. Toen ze vertrokken was, stond ik nog een tijdje naar de gesloten deur te kijken, alsof ze elk moment weer kon opduiken met een nieuwe verrassing achter de hand. De schok van de verbazing was nog steeds voelbaar en het zou wel een paar dagen duren voordat ik eroverheen was. Goed dat ik iets te doen had. Gewoon aan de slag gaan, zei ik tegen mezelf.

Maar ik was er nog niet helemaal klaar voor. Toen ik uit het raam keek, leek ik wel verblind te zijn; niet door de zon, maar door het licht van een verleden dat ik nooit kon ontvluchten, een jeugd die mij en mijn halfzus op de een of andere manier had gevormd tot de personen die we waren geworden. Het stempel dat je ouders op je voorhoofd zetten, blijft altijd zitten, zichtbaar of onzichtbaar. En van de geheimen die ze in hun graf hebben meegenomen, kom je zelden iets te weten.

4

Hoeveel geheimen kan een mens hebben? Waarom had ik nooit eerder gehoord dat ik een halfzus had? Zou mijn vader ook van haar bestaan op de hoogte zijn geweest? Hadden mijn ouders nog meer dingen verzwegen die ik nooit te weten zou komen?

In gedachten keerde ik terug naar het huis van mijn jeugd in Nordnes, de landtong tegenover Bryggen. Het stond in de Fritznersmuget, helemaal aan de rand van de wijk die zowel het bombardement in juni 1940 als de ontploffing van het munitieschip in april 1944 had overleefd. Toen ik daar opgroeide, stond het er vol met houten huizen. In het laatste jaar dat mijn moeder leefde waren die allemaal gesloopt. Haar huis stond er nog als de laatste schans van een slagveld dat ooit een wijk vol houten huisjes was geweest, maar dat in de daaropvolgende jaren werd volgebouwd met flatgebouwen van drie of vier verdiepingen, zodat heel Nordnes volgens de ideeën van de planologen uit de jaren veertig veranderde van een houten stadje in een

landschap van beton. Gelukkig hadden ze niet alles tegelijk kunnen realiseren. En toen in 1960 de Nykirkealmenningen aan de beurt was, veranderde men van mening en bleven de oorspronkelijke huizen aan de Lille en Ytre Markevei behouden, hoewel die ook op de nominatie hadden gestaan om gesloopt te worden.

Mijn vader, tramconducteur Anders Veum, zat altijd verdiept in een boek over Scandinavische mythologie, het onderwerp dat hem om een of andere reden na aan het hart lag. Hij stierf in 1956, toen ik veertien was, en nog steeds voelde ik een steek van verdriet omdat ik hem nooit echt goed had leren kennen. Overigens gold dat tot op zekere hoogte ook voor mijn moeder. Beiden hadden een gesloten karakter, ze waren erg op zichzelf en hielden hun geheimen voor zich. Een van die geheimen – misschien wel het grootste – had zojuist mijn kantoor verlaten en me in een weemoedige, melancholieke stemming achtergelaten. Ik verloor me in herinneringen aan een tijd die nooit meer terugkwam, herinneringen die onverbiddelijk uitgewist zouden worden wanneer wij, degenen die ze nu nog koesterden, eenmaal verdwenen zouden zijn.

Het weinige dat ik van het verleden van mijn ouders wist, had ik gehoord van Svend Atle Moland, een neef van mijn moeder die ik bij een aantal gelegenheden had ontmoet. Het best kon ik me de reis naar Hjelmeland herinneren, in 1960, toen mijn grootvader werd begraven. Svend Atle, mijn moeder en ik waren er toen vanuit Bergen naartoe gegaan. Svend Atle was met pensioen, na zijn hele leven bij de politie van Bergen gewerkt te hebben. Tijdens de terugreis met de nachtboot vanaf Stavanger waren hij en ik in de bar gebleven, terwijl mijn moeder al naar bed was gegaan in de hut die ze met een andere vrouw deelde. Svend Atle had me op een flesje bier getrakteerd en aangezien de aanleiding van de reis een familieaangelegenheid was, vertelde hij me hoe hij mijn moeder en mijn vader had leren kennen, lang voor de oorlog.

'Ingrid was in 1928 vanuit Haugesund met de boot naar Bergen gekomen en ik was naar de kade gestuurd om haar op te halen en naar het huis van mijn ouders aan de Blekeveien te brengen, waar ze zou logeren. Door een toeval kwamen we onderweg Anders tegen, en omdat net in dat jaar een grote tentoonstelling in Bergen werd gehouden, nodigden Anders en ik haar uit om diezelfde avond met ons mee te gaan en wat te drinken. *And the rest is history*, zoals de Engelsen zeggen. Vanaf die tijd waren ze een stel.'

'Werkte mijn vader toen al bij de tram?'

'Ja. Hij was in 1926 in Bergen gekomen, tijdens de grote tramstaking, en viel met zijn neus in de boter toen hij daar een baan kreeg, zonder te beseffen dat hij als stakingsbreker werd gebruikt. Onder die last is hij nog jarenlang gebukt gegaan en ik weet nog goed... Er hing altijd een zweem van melancholie om Anders heen, alsof hij ergens verdriet over had waarover hij ons niets kon vertellen. Hij lachte maar weinig, die vader van jou. Ingrid heeft van nature een vrolijker aard, maar ook zij kan af en toe met haar gedachten ver weg zijn.'

'En ze werkte bij USF, de visfabriek, heeft ze verteld.'

'Ja, totdat ze jou kreeg, tijdens de oorlog. De eerste jaren werkte ze als dienstmeisje, maar nadat Anders en zij getrouwd waren en er niet meteen kinderen kwamen, ging ze daar aan de slag. Ze blikte sardientjes in ter meerdere eer en glorie van de firma.'

Veel meer dan dat had hij eigenlijk niet te vertellen. Het gesprek ging vervolgens over zijn tijd bij de politie en over zaken waar hij als rechercheur aan had gewerkt. Later heb ik weleens gedacht dat ik tijdens dat gesprek voor het eerst op het idee kwam om ook in die branche te gaan werken. In de jaren vijftig had ik overigens al met mijn jeugdkameraad Pelle een detectivebureau geopend in een van de betonblokken die aan de Nordnesveien in aanbouw waren.

De enige grote zaak waar we toen aan werkten was het schaduwen van Sylvelin, een meisje dat net in de buurt was komen wonen, met als enig resultaat dat we allebei de eerste krassen op onze ziel opliepen.

Daarna kwam ik Svend Atle Moland vrijwel uitsluitend nog tegen tijdens zeldzame familiebijeenkomsten, meestal begrafenissen. Nadat hij in 1978 tijdens een wandeltocht naar de Gulfjellet was bezweken aan een hartinfarct, woonde ik zijn begrafenis bij in de kapel van Møllendal. Ik had hem niet meer kunnen vertellen dat ik drie jaar eerder mijn eigen detectivebureau was begonnen. Maar misschien had hij dat nog van anderen gehoord, want dat was nou niet bepaald een geheim.

Mijn moeder was in augustus 1975 gestorven en nu, bijna dertig jaar later, vroeg ik me af of er, behalve het feit dat ik een halfzus in Haugesund had die ik tot vandaag nog nooit had ontmoet, nog meer was wat ze me niet had verteld.

Het antwoord op die vraag zou ik waarschijnlijk nooit krijgen. Met een nieuwe besluitvaardigheid schudde ik die donkere gedachten van me af, ik kwam achter mijn bureau vandaan, liep naar de kapstok en pakte de jas die daar hing. Vervolgens ging ik te voet de stad in om aan de opdracht te beginnen die ik had gekregen van Norma Johanne Bakkevik, zoals te lezen stond op het visitekaartje dat ze bij me had achtergelaten.

In november wordt het vroeg donker en de straatverlichting brandde allang toen ik het opgegeven adres in de Konsul Børs gate bereikte. De buitendeur was op slot, in dit deel van de stad niet echt verrassend. Ik leunde naar voren om de namen op het lijstje bij de intercom te bestuderen. Het leek een bonte verzameling huurders te zijn met deels buitenlandse, deels Noorse namen. Naast een van de deurbellen zag ik de namen Fjørtoft en Sandbakken staan, met daaronder een

derde naam die weliswaar was doorgestreept, maar die ik toch nog als Hagland kon ontcijferen. Bovenaan de lijst prijkte de naam Moberg, die de huisbaas zou zijn. Dus waarom niet? Ik drukte op zijn bel en wachtte op een reactie.

5

Een vrouwenstem gaf antwoord. 'Hallo?'

'Goeiedag. Mijn naam is Veum. Is Knut Moberg aanwezig?'

Een kleine stilte. 'Nee. Hij is niet thuis. Waar gaat het over?'

'Ik heb wat vragen over een van de huurders.'

'Aha.'

'Over Emma Hagland.'

Nieuwe stilte. 'Die woont hier niet meer.'

'Nee, daarom ben ik hier ook. Ze wordt vermist.'

'O? Nou, eh... Wat is uw naam ook alweer?'

'Veum. Varg Veum.'

'Kom maar boven. Het is de vierde verdieping.'

Het slot zoemde en ik duwde de deur open.

'Dank u', zei ik, maar ze had de verbinding al verbroken.

Het was een klassiek gebouw uit het einde van de negentiende eeuw, met vanbinnen veel hout, hopelijk gerenoveerd en brandveiliger

gemaakt dan vroeger het geval was. Het leek in elk geval in redelijk goede staat te verkeren. Links aan de muur hingen twee rijtjes brievenbussen. Rechts aan de muur hing iets wat een huisreglement moest voorstellen. Daarnaast zag ik een brandblusapparaat. Het rook er fris en schoon en de neonbuizen aan het plafond wierpen helderwit licht op me terwijl ik de trap op liep. Ook al was ik nu eenenzestig, mijn conditie was nog steeds goed genoeg om de vier trappen zonder pauze te bestijgen en om niet op elke verdieping naar adem te hoeven happen.

Op de derde verdieping viel me een deur op met een sierlijk naambordje, een met viltstift beschreven wit papiertje dat in een elegant ovaal was geknipt en zonder zichtbaar bevestigingsmiddel op de deur was vastgemaakt. Mijn beroepsinstinct nam aan dat het met dubbelzijdig tape was gedaan. Het handschrift was zo sierlijk dat het wel kalligrafie leek: *Helga Fjørtoft & Kari Sandbakken.*

Ik beklom de laatste trap en werd bij de deuropening begroet door een vrouw van begin veertig. 'We hebben geen lift', zei ze met een glimlachje.

'Dat heb ik gemerkt', zei ik terwijl ik haar glimlach beantwoordde.

'Traplopen schijnt gezond te zijn.'

'Dat zei mijn huisarts ook toen ik hem de laatste keer sprak. Tien jaar geleden.'

Ze trok haar wenkbrauwen op. 'Zo gezond als een vis dus?'

'Nog gezonder. De wateren waarin ik me voortbeweeg zijn niet zo verontreinigd.' Ik stak mijn hand uit. 'Veum.'

Ze nam hem aan. 'Ellisiv.' En ze hield mijn hand langer vast dan gebruikelijk.

'Die naam hoor je niet vaak.'

'Een koninklijke naam. Als ik me niet vergis, heette de vrouw van Harald de Derde zo.'

'Dus daarom zie je er voor een maandag zo chic uit.'

'Nee. Dat is omdat mijn man niet thuis is.' Ze stootte iets uit wat het midden hield tussen een hik en een lach en opeens had ik het door: ze was aangeschoten. Ze kon zich nog maar nauwelijks staande houden. Daarom leunde ze met haar heup tegen de deurpost in een pose die bij de eerste oogopslag nogal verleidelijk was.

Ellisiv Moberg had donker, warrig haar met lichte strepen erin. Ze was bleek, had dikke wallen onder haar ogen die ze niet goed met make-up had kunnen camoufleren, en haar grote pupillen leken te zwemmen in een mengeling van blauw en zeegroen. De jurk was op zich erg elegant, reikte tot vlak boven de knie en had een patroon van grote, rode Chinese draken op een donkerblauwe achtergrond. De zijsplit was zo diep dat de Verboden Stad niet ver weg meer kon zijn.

Kan ik je iets aanbieden?' vroeg ze.

'Het gaat over...'

'Glaasje wijn?'

'Ik wilde het graag over Emma Hagland...'

'Mijn man komt vandaag niet thuis.'

'Nee? Waar is hij dan, als ik mag vragen?'

'Op tournee.'

'Op tournee?'

'Hij reist elk contact af, van Ålesund tot Stavanger.'

'En met contact bedoel je...'

'Hij heeft een agentschap.' Langzaam liet ze het puntje van haar tong over haar volle lippen glijden tot het als een nieuwsgierig diertje in een mondhoek bleef steken. 'Een wijnagentschap. Ik kan je een saint-émilion van de bovenste plank aanbieden.'

'Eigenlijk ben ik meer een type voor bier en aquavit.'

'Drink je dan nooit iets anders?'

'Jawel, dat gebeurt weleens.' Ik deed mijn best zo spijtig mogelijk te klinken toen ik eraan toevoegde: 'Maar vandaag heb ik het helaas erg druk, dus...'

Ze zuchtte diep en rolde met haar ogen. Toen verhardde haar blik zich. 'Ook goed hoor! Ik heb de boodschap meegekregen. Wat wil je nu precies?'

'Het gaat over Emma Hagland.'

'Ja, dat heb ik begrepen. Ze woont hier niet meer. Dat heb ik toch al gezegd?'

'Ze heeft hier niet zo lang gewoond, naar ik heb gehoord.'

Ze zwaaide met een arm, maar brak de beweging snel af toen ze haar evenwicht dreigde te verliezen. Geïrriteerd zei ze: 'Nee. Maar mijn man gaat over de huurders. Bij mij komen ze alleen maar als ze iets te klagen hebben.'

'Iets te klagen hebben?'

'Ja, en als hij niet thuis is. In dat geval melden ze zich bij mij.'

'En waar klagen ze dan over?'

Ze schommelde wat met haar hoofd. 'Tja, waar klagen ze over? Dat het water niet warm genoeg wordt, dat de verwarming het niet doet, dat de buurman te lang en te hard muziek draait. Lalala, lalala.'

Ze begon zich naar de gang om te draaien en ik zag dat ze de deur wilde vastpakken om die dicht te doen. De eerste poging mislukte.

'Maar waarom vertrok ze zo snel, weet je daar iets meer van?'

Langzaam bewoog ze haar hoofd van links naar rechts. 'Nee.'

'Dan kan ik maar beter terugkomen als je man weer thuis is, denk ik.'

Ze leek hierover te moeten nadenken. Toen knikte ze. 'Ja, doe dat maar.' Ze wierp me een laatste, moedeloze blik toe, waarna ze zich achter de deur verschool en die dichtdrukte totdat het slot klikte.

Een ogenblik bleef ik staan. In gedachten zag ik haar voor me zoals ze daarbinnen op de vloer ineenzeeg. Maar dat was alleen in mijn gedachten. In werkelijkheid zou ze ongetwijfeld op haar uitstekende rode wijn af wankelen om een toost uit te brengen op de heilige Émilion, wie of wat voor schutspatroon hij of zij ook maar was geweest. Zelf daalde ik af naar de derde verdieping en belde aan bij Helga & Kari.

6

De jonge vrouw die opendeed, gluurde door de kier tussen de deur en de deurpost met een veiligheidsketting als een verzekeringspolis tussen haar en de werkelijkheid. Ze keek me aan met een onrustige blik waar angst uit sprak. Haar donkerblonde haar was kort en zat nogal slordig, ze droeg geen make-up en haar mond trilde als een boomblad in de herfst, vlak voordat het zou vallen.

Ik zette mijn allervriendelijkste glimlach op, stelde me langzaam en duidelijk voor en vertelde waarom ik gekomen was.

'Emma? Die woont hier niet meer.'

'Nee, dat weet ik. Maar haar familie maakt zich veel zorgen.'

'Haar familie?' Ze keek me sceptisch aan.

'Haar moeder, met name. Ik heb de opdracht gekregen uit te zoeken waar ze naartoe is gegaan.'

'Hoezo, opdracht?'

'Ik ben privédetective.'

Ze sperde haar ogen wijd open en begon de deur dicht te doen. Discreet zette ik de punt van mijn schoen op de drempel in de hoop dat ze niet al te stevig zou drukken. 'Ik wil alleen maar horen wat jij weet. Ben jij Kari?'

'Nee, ik ben Helga.'

'Als je me niet binnen wilt laten, kunnen we ook ergens een kop koffie gaan drinken.'

'Nee, het is goed. Ik moet alleen even...' Ze wees naar de ketting. 'Maar dan moet u...' Ze knikte naar mijn schoen.

'Ja.' Ik trok mijn voet terug zonder zeker te weten of dat de goede beslissing was.

Ze duwde de deur helemaal dicht. Toen hoorde ik dat ze de veiligheidsketting losmaakte, waarna ze weer opendeed. 'Kom binnen.'

'Dank je.'

Ik volgde haar het eenvoudige en nietszeggende halletje in. Ze bleef even staan en nam me toen mee naar de tweede deur rechts. 'Dit is de... huiskamer', zei ze.

De kamer was eenvoudig gemeubileerd. In een hoek stond een ongeveer tien jaar oud tv-toestel. Daartegenover was een klassieke zitgroep met een salontafel, een bank en een stoel. Op de salontafel waren kringen te zien van glazen en flessen, sommige met een behoorlijk patina. Ik stelde me voor dat deze meubels al heel wat jaargangen studenten tot dienst waren geweest. Møhlenpris was de wijk die het dichtst bij de universiteit van Bergen lag en heel wat oude huizen waren in de loop der tijd in studentenhuizen veranderd. De wandversiering bestond uit posters die een paar generaties leken te hebben overleefd; qua stijl leken ze uit de jaren tachtig te stammen, popart met meer cirkels dan vierkanten, als om de afstand tot het decennium daarvoor te markeren, toen de droom over de wereldrevolutie het studentenmilieu domineerde. In de enige boekenkast die de kamer rijk

was, zag ik de ruggen van enkele populaire bestsellers en een handjevol pockets die je beter geen damesromans kon noemen, tenminste niet als er vrouwen in de buurt waren.

Op tafel stond een lege wijnfles met een kaars erin gepropt, maar de fles zag er vrij nieuw uit en de kaars was nog redelijk lang. Op de hals hadden zich nog geen sporen gesmolten kaarsvet gevormd. Onwillekeurig viel me de naam op het etiket op: *cheval blanc saint-émilion*.

Ze wees een beetje onhandig naar de bank, ten teken dat ik daar kon plaatsnemen. Ik volgde haar instructies. Zelf ging ze op de tegenoverstaande stoel zitten. Ze was eenvoudig gekleed: een versleten spijkerbroek en een grijze wollen trui zonder patroon, en smalle bruine veterschoenen aan haar voeten. Toen ze ging zitten trok ze haar benen onder zich op en klemde haar handen om haar knieën, alsof ze de volledige controle over al haar ledematen wilde hebben.

'Ik heb geen idee waar ze is!' zei ze plompverloren.

'Nee? Maar ze is toch verhuisd?'

'Ja.' Ze knikte een paar keer achter elkaar alsof ze zich ervan wilde verzekeren dat ik de boodschap meekreeg. 'Ze nam al haar spullen mee, ook al was dat niet zoveel. Het paste allemaal in een koffer.'

'Maar ze heeft toch wel verteld wat haar nieuwe adres was?'

Ze beet op haar lip en keek me angstig aan. 'Nee. Had ze dat moeten doen dan?'

'Nou ja, stel dat er post voor haar kwam.'

'We krijgen bijna nooit post. Ik weet niet eens of ze haar adres hier wel had doorgegeven. Zo lang heeft ze hier nu ook weer niet gewoond.'

'Vanaf de zomer, heb ik begrepen.'

'Ja, dat moet eh... eind juli zijn geweest.'

'Maar... dan moet ze haar adres toch aan de burgerlijke stand hebben doorgegeven?'

'Zeker.'

'Ja... Dan ga ik daar eens informeren. Maar... Hoe hebben jullie elkaar leren kennen?'

'Nou... We hebben briefjes opgehangen dat hier een kamer vrijkwam, op het studentencentrum en op de verschillende hogescholen, en zij was de eerste die reageerde. We vroegen de huisbaas of het in orde was, en dat was zo. Dus niet veel later trok ze bij ons in.'

'Ze heeft dus ook met de huisbaas gesproken?'

Helga knikte. 'Ja, dat moet. Hij is degene met wie we een contract sluiten.'

'Knut Moberg?'

'Ja?' Ze keek me vragend aan. 'Hij woont op de vierde verdieping.'

'Ja, ik ben er al geweest, maar alleen zijn vrouw was thuis.'

Ze knikte zwakjes, zonder verder commentaar te geven.

Ik liet mijn blik op de lege wijnfles rusten waar de nieuwe kaars in stond. 'Is hij een beetje geschikt?'

Opnieuw kwam er iets gejaagds over haar. 'Ja, best wel. We hebben niets met hem te maken.'

'O nee?'

'Ja, behalve dan als er iets moet gebeuren. De huur maken we over via internet.'

'Niet zwart, dus.'

'Zwart?'

'Ja, je weet wel... onder de tafel.'

Nog steeds leek ze niet te begrijpen waar ik het over had en ik besloot het thema voor deze keer maar te laten rusten.

'Waarom vertrok Emma weer zo snel?'

Ze sloeg haar ogen neer terwijl ze haar schouders ophaalde. 'Weet ik niet.'

'Konden jullie niet met elkaar opschieten?'

Meteen keek ze me weer recht aan. 'Geen sprake van! We waren dikke vriendinnen, Emma en ik.'

'En hoe zat het met Emma en Kari?'

Ze aarzelde even. 'Misschien niet zo goed.'

'Wat bedoel je?'

'Tja, Kari is misschien wat... directer dan ik.'

'Waar denk je dan aan?'

'Nee, niets meer dan wat ik al zei.'

'Kregen ze ruzie met elkaar?'

'Nee, nee. Ze maakten geen ruzie. Maar... Ze hadden allebei hun eigen mening.'

'In wat voor opzicht?'

'Dat kunt u beter aan Kari vragen.'

'En waar is Kari?'

'Nu?'

'Ja.'

'Ze is niet thuis. En ze heeft me niet verteld waar ze naartoe ging.'

'Dus je weet niet wanneer ze weer thuiskomt.'

'Geen idee.'

Ik zuchtte. 'Oké... Vertel me dan eens... Wat voor indruk kreeg jij van Emma, toen ze hier nog woonde?'

'Indruk, indruk...' Ze staarde langs me heen naar het raam, alsof het antwoord op die vraag daar te lezen was.

'Jullie praatten toch weleens met elkaar?'

'Jawel.' Nu was het haar blik die naar de wijnfles met de kaars gleed. 'Een paar keer hebben we hier zitten kletsen, zij en ik, op een nogal eh... openhartige manier.'

'Ja?'

Nu keek ze me recht aan. 'We hadden het over onze vaders. Wat heeft zij een geluk gehad dat ze de hare zo snel is kwijtgeraakt! Ook al

zag ze dat zelf misschien niet zo. Maar ik had de mijne kunnen missen als kiespijn!'

Er verschenen een paar felle rode vlekken op haar wangen, maar aangezien ik er niet vanwege haar problemen was, liet ik het daarbij. Ik zei alleen nog: 'Maar haar vader woont nota bene hier, in Bergen.'

'Ja, en daarom was het een poosje nogal... heftig. Dat we er überhaupt over spraken.'

'Waar denk je dan aan?'

'Ze zei... Ze wilde hem opzoeken. Ze had zijn adres uitgezocht en zo. Maar ik zei: "Weet je zeker dat je dat wilt doen? Je hebt geen idee wie hij is en waarom hij jullie in de steek heeft gelaten zonder ooit nog contact op te nemen."'

'O, dat wist je?'

'Dat had ze al verteld. Geen contact.' Toen volgde er weer een persoonlijke hartenkreet: 'Ze heeft geen idee hoeveel geluk ze heeft gehad!'

'Wat gebeurde er? Heeft ze haar vader opgezocht?'

Ze knikte langzaam. 'Ja.'

'En... kreeg je te horen hoe het was gegaan?'

Ze haalde haar schouders op. 'Nee. Maar toen ze die avond terugkwam, leek ze nogal gestrest. Toen ik haar vroeg hoe het was gegaan, wilde ze er niet over praten.'

'En wanneer was dit?'

'In september.'

'Wat gebeurde er daarna? Heeft ze haar vader nog een keer opgezocht?'

'Ze had het nooit meer over hem, maar ik voelde... Ik weet het niet. Ik denk dat het een schok voor haar was, wat er ook mag zijn voorgevallen. In elk geval werd ze daarna nog geslotener dan ze al was.'

'En wanneer besloot ze te verhuizen?'

'Eind oktober.'

'Omdat ze ergens anders een betere kamer had gevonden?'

'Hoe weet u dat?'

'Dat had een van jullie gezegd toen haar familie uit Haugesund belde.'

'Dan moeten ze met Kari hebben gesproken. Ik heb met niemand van de familie contact gehad.'

'Ik moet... Jij hebt zeker wel het mobiele nummer van Kari?'

'Ja.' Ze keek om zich heen. Ze kwam overeind en liep naar de deur. 'Wacht maar even.'

Even later was ze weer terug met een telefoon in haar hand. Ze drukte een paar toetsen in en vond het goede nummer. Ze hield de telefoon voor me op, zodat ik het op mijn eigen telefoon kon opslaan. 'Dank je wel. Dan bel ik haar later. En jouw nummer?'

Dat kreeg ik ook.

'Kun je me vertellen... Op welke dag is Emma verhuisd?'

'Op welke dag?'

'Ja, of op welke datum.'

'Het was op een woensdag.' Ze keek weer in haar telefoon en opende haar agenda. 'Dat moet op 29 oktober zijn geweest.'

'Weet je het zeker?'

'Ja, want twee dagen later moest ze weg zijn, omdat er toen een nieuwe maand begon en dan moet je weer een maand huur extra betalen.'

Ik noteerde de datum. Toen knikte ik naar de fles met de kaars die tussen ons op tafel stond.

'Dat is nogal dure wijn, of niet?'

Opnieuw haalde ze haar schouders op. 'Kari had die een keer gekregen, eerder dit najaar. Dat soort wijn dronken Emma en ik niet als we... ja, die keren waar ik het over heb gehad. Wij hielden ons bij de kartonnen pakken, om het zo maar uit te drukken.'

'Goed...' Ik haalde mijn visitekaartje tevoorschijn. 'Hier. Daar staan mijn mobiele nummer, mijn mailadres en alles wat je nodig hebt als je nog iets te binnen mocht schieten. Misschien kom ik later nog een keer terug. Ik moet in elk geval nog met Kari praten.'

Ze knikte bevestigend zonder nog wat te zeggen.

'Dan wil ik je bedanken voor wat je me hebt verteld.'

Zonder verdere opmerkingen volgde ze me naar de deur, die ze met een ferme druk achter me sloot zodra ik mijn voeten in het trapportaal had gezet.

Toen ik weer buiten was, belde ik het nummer van Kari Sandbakken, maar alles wat ik kreeg was haar voicemail: *'Hallo. Dit is het nummer van Kari. Ik kan nu niet opnemen, maar als je een bericht inspreekt, bel ik je terug. Doei!'*

'Doei!' zei ik schaapachtig, zoals altijd wanneer ik met een automaat praat. 'Je spreekt met Veum. Ik heb informatie nodig van jou over Emma Hagland. Kun je me terugbellen? Alvast bedankt.'

Maar dat bedankje had weinig zin. Ze belde niet terug, die avond niet, net zomin als de volgende.

7

Het was geen probleem om Robert Høie Hansen in het telefoonboek te vinden. Maar van het adres aan de Sudmanns vei kreeg ik koude rillingen. Dat was de straat waar mijn ex Beate naartoe was verhuisd toen ze me dertig jaar geleden voor Lasse Wiik had verlaten. Het kwam nooit meer goed tussen ons. Het huis dat ze daar samen deelden, had ik nooit betreden; als ik mijn zoon Thomas voor het weekend kwam halen of brengen, was ik niet verder dan de voordeur gekomen. En toen hij groot genoeg was, ging hij op eigen gelegenheid. Maar Lasse Wiik was dood, Beate woonde in Stavanger en ik had geen flauw idee wie er nu in hun huis woonde. Toen ik het passeerde, keek ik er even naar, maar ik kon geen grote veranderingen ontdekken sinds de jaren tachtig toen ik er voor het laatst was geweest.

Als je op de Sudmanns vei staat, heb je de Sandviksfjell, een van de zeven bergen die de stad omringen, recht achter je liggen, met als

een rits in het midden ervan de Stoltzekleiven, een 908 treden tellend voetpad naar de top. Van daaraf heb je uitzicht over de Byfjord met de eilanden Svineryggen, Måseskjæret en Kristiansholm, die als parels voor de kust liggen en inmiddels alle een verbinding met het vasteland hebben gekregen. Op Kristiansholm werden vroeger dieven opgehangen. Later was daar de basis voor de watervliegtuigen gevestigd en nog steeds kon je daar af en toe een watervliegtuig zien. Op de andere twee eilanden waren de afgelopen jaren moderne appartementengebouwen verrezen.

De woning van Robert Høie Hansen bevond zich aan de lage kant van de weg en werd begrensd door een houten hek dat in dezelfde kleur was gebeitst als het huis. Het huis was ouder dan dat van Beate; waarschijnlijk was het tussen de twee wereldoorlogen gebouwd. In een kleine carport rechts van het tuinhek stond een solide uitziende motorfiets, afgedekt met een grijs, op maat gemaakt dekzeil en met een kettingslot bevestigd aan de paal van de carport. De tuin was redelijk onderhouden, zonder dat er sprake was van bijzondere creaties die om je speciale aandacht vroegen.

Ik maakte het hek open en stapte het terrein op. Toen ik halverwege het huis was, ging de voordeur open. Een kleine, magere vrouw, gekleed in een rood met zwart trainingspak met zilverkleurige reflecterende strepen op armen en benen, trippelde op smalle hardloopschoenen de deur uit en had die alweer achter zich gesloten toen ze mij zag. Ze bleef staan en vroeg: 'Ja? Kan ik u ergens mee helpen?'

'Ik zoek Robert Høie Hansen. Woont hij hier?'

'Ja, dat is mijn man. Waar gaat het over?'

Over haar hoofd had ze een witte muts getrokken, goed stevig, zodat ik alleen wat donkerrode lokken eronderuit zag steken. Ze had een smal gezicht, bedekt met bleke sproeten, en haar wenkbrauwen

zagen eruit alsof ze haar echte binnen had laten liggen. Ze had kleine, blauwgroene ogen, en ze tuurde een beetje kippig voor zich uit. Ongeduldig trappelde ze op het grind op en neer terwijl ze met een verlangende blik naar de berg achter me keek.

'Het is een familiezaak.'

Ze keek me met een sceptische blik aan. 'O? Toch niet weer die hysterische dochter van hem, hoop ik?'

'Bedoelt u Emma?'

Ze sloeg haar ogen ten hemel. 'O nee toch, niet weer!' Ze draaide zich half om naar de deur. 'Hij zit binnen. Bel maar aan, hij zal een gat in de lucht springen van blijdschap. Zelf ga ik daar de lucht in.' Ze wees naar de Stoltzekleiven en de top van de berg, die op dit tijdstip van de dag nauwelijks zichtbaar was.

Met deze afscheidswoorden liep ze in een boog om me heen en begon te rennen. Ik keek haar lange tijd na. Ze hield een imponerend tempo aan en ik voelde een steek van jaloezie. Zelfs in mijn beste jaren zou ik moeite hebben gehad haar bij te houden. Maar misschien deed ze het alleen om indruk te maken. Zodra ze uit het zicht was, zou ze ongetwijfeld terugschakelen tot een normaler tempo voor iemand die als een berggeit de 313, 5 meter hoge trap wil bedwingen.

Ik liep naar de gesloten deur en belde aan.

'Ja? Wat is er nu dan weer?' klonk het geïrriteerd, waarna de deur openging.

De man die de deuropening vulde, zat dicht tegen de honderd kilo aan, hij had donker haar en een forse, maar goed onderhouden baard. Met uitzondering van zijn lichtblauwe spijkeroverhemd ging hij in het zwart gekleed: een mouwloos leren vest, jeans en laarzen. Een stevige buik welfde over de leren riem die getooid was met een grote, zilverglanzende gesp met een gestileerde stierenkop. Toch maakte hij niet

de indruk een dikzak te zijn. Hij leek eerder een stevige bottenstructuur te hebben.

Toen hij ontdekte dat het niet zijn echtgenote was die had aangebeld, wierp hij me een norse blik toe. 'Ja?'

'Bent u Robert Høie Hansen?'

'Ja, wat wil je?'

'Mijn naam is Veum. Varg Veum. Het gaat over Emma.'

Zijn ogen werden smaller. 'O? Hoezo?'

'Ze... Haar familie kan geen contact met haar krijgen.'

Hij knipperde een paar keer met beide ogen. 'Ze kunnen geen contact met haar krijgen? Wat betekent dat?'

'Ze is vertrokken van het adres waar ze deze zomer een kamer had gekregen toen ze in de stad kwam wonen, maar zonder een nieuw adres achter te laten, en ze reageert niet op berichten. Niet op haar mobiele telefoon in elk geval.'

'Zo?'

'Vindt u dat niet zorgelijk?' Toen hij geen antwoord gaf, voegde ik eraan toe: 'Het is tenslotte wel uw dochter.'

'Het geval wil... Wat was de naam ook alweer?'

'Veum'.

'Veum. Ik weet niet of je op de hoogte bent van de familieomstandigheden?'

'Ik ken de hoofdlijnen.'

'Dus dan weet je dat ik al jaren geen contact meer heb met mijn dochter, al sinds haar tweede levensjaar.'

'Dat weet ik. Maar ik weet ook dat ze eerder deze herfst hier bij je op bezoek is geweest.'

Het was alsof hij in de deuropening groeide. Hij verhief zijn stem. 'Op bezoek? Ze zocht me op, zo heet dat. Ongeveer net zoals jij nu.' Hij maakte een gebaar in mijn richting, en dat deed hij met een stevige

arm en een grote hand. Een groter contrast met het eekhoorntje dat waarschijnlijk al halverwege de Stoltzekleiven was, kon je je nauwelijks voorstellen.

Ik probeerde langs hem heen te kijken. 'Heb je tijd om even met me te praten?'

'Dat doen we nu toch?'

'Binnen, graag.'

'Hier gaat het prima.'

'Mij best. Dus ze heeft je opgezocht. Wat is er toen gebeurd?'

'Niets. Ik wil niets met haar te maken hebben.'

'Maar het is toch je eigen dochter?'

'Heb je niet gehoord wat ik zei? Ik heb haar sinds 1986 niet meer gezien. Ik kende haar niet en ik wilde niets met haar te maken hebben, niet met haar en niet met haar moeder.'

'Dus je stuurde haar gewoon weg?'

'Ze begon te janken en het werd een verdomd pijnlijke situatie, aangezien Liv en Andreas ongeveer op hetzelfde moment thuiskwamen, zij uit het Haukeland-ziekenhuis en hij uit school.'

'Liv en Andreas, dat zijn...'

'Mijn vrouw en zoon, ja. Daarna kostte het me verrekte veel moeite om uit te leggen wie dat meisje was.'

'Bedoel je nu dat ze niets van haar bestaan wisten?'

'Nou, Liv wel, maar die had haar nooit ontmoet. En Andreas... nee.'

'Maar...' Ik wist niet wat ik moest zeggen.

'Je hoeft het me niet in te wrijven hoor. Mijn eigen dochter! Maar als je ook maar een fractie had geweten van wat er allemaal achter zat, had je de moeite niet genomen. Dan was je gewoon vertrokken. Wat je nu dus ook gaat doen.'

Ik stond hem aan te kijken. Hij maakte zichzelf nog groter en ik kon me gemakkelijk voorstellen dat als ik bleef protesteren, hij over

me heen zou walsen als een premiestier over een hulpeloze toreador. 'Ik kan niet anders zeggen dan dat ik het vreemd vind. En je zoon dan? Wat was zijn reactie toen hij hoorde dat hij een halfzus had?'

'Zijn mond viel open. Maar direct daarna ging hij weer achter dat vervloekte apparaat van hem zitten. Dat is zijn favoriete bezigheid.'

'Apparaat?'

'Die computer van hem. Daar zit hij de godganse dag naar te turen tot hij er vierkante ogen van heeft gekregen.'

'Maar heeft hij er later dan niet naar gevraagd?'

'Met geen woord.'

'En je vrouw? Hoe reageerde zij?'

'Dat zijn jouw zaken niet. Ze wist ervan en ze is verpleegster, dus ze weet waar het over gaat.'

'O? Hoe bedoel je dat?'

'Ze heeft empathie. Empathie! Is dat een woord dat je bekend voorkomt?'

Ik trok een scheve glimlach. 'Ik heb het eerder gehoord, ja. Maar ze moet je toch ook hebben gevraagd wat er aan de hand was, wat er opeens zo dringend was dat Emma voor de deur stond?'

Nu boog hij zich naar voren, wat hem een nog dreigender voorkomen gaf. 'En ze kreeg antwoord. Maar dat antwoord is niet voor jouw oren bestemd.' Hij maakte een armbeweging alsof hij me wilde wegvegen. 'Loop naar de hel! Dit gaat jou niet aan, dit gaat niemand aan!'

Niets maakt me nieuwsgieriger dan wanneer iemand dat tegen me zegt. Ik deed een allerlaatste poging: 'Maak je je dan geen zorgen dat ze verdwenen is?'

'Verdwenen? Die heeft gewoon een vent gevonden. Of wie weet heeft zij ook wel besloten met die verknipte moeder van haar te breken. Weet ik veel! Het kan me geen moer schelen. Goeiedag!'

Na die woorden trok hij zich terug en smeet de deur met een klap dicht.

Ik bleef nog even staan om de informatie als notities in mijn hoofd op te slaan. *Liv. Andreas. Verpleegster. School.* Zo gemakkelijk liet ik me niet afschepen. Nu maar uitkijken naar de eerste de beste sluipweg naar alles wat hij me niet wilde vertellen. Want er was altijd wel een sluipweg. Daar kon je gif op innemen.

Terug in mijn auto probeerde ik opnieuw Kari Sandbakken te bellen, maar weer kreeg ik haar voicemail en deze keer liet ik geen bericht achter. Voor vandaag zat het werk erop. In elk geval wist ik met wie ik de volgende dag contact moest opnemen.

8

Van alle maanden is november in Bergen de meest grijze. De sneeuw komt pas later. De zon heeft die maand hooguit een of twee keer een gastoptreden. De meeste dagen zijn grijs en vaak regent het. Niet van die felle, korte zomerbuien; niet van die langdurige hoosbuien die straten en kelders laten vollopen zoals in oktober, als de verantwoordelijke autoriteiten er weer niet op tijd in zijn geslaagd de afgevallen bladeren te verwijderen; en ook niet de frisse lenteregen, die de laatste restjes van de winter wegspoelt en de stad weer schoon achterlaat. In november is zelfs de regen somber, alsof die liever sneeuw had willen zijn, zoals een verloren schoolmeisje ervan droomt ooit een prima ballerina te worden.

Zo was het weer toen ik die dinsdag naar buiten ging, een koude, troosteloze regen, slechts onderbroken door een paar ongeduldige windvlagen vanaf zee en de vele lagedrukgebieden die daar op toestemming lagen te wachten om aan land te gaan.

Ik deed nog een poging om Kari Sandbakken te bellen, met hetzelfde voicemailresultaat. Ik vroeg me af of dat een reden tot zorg was: weer een huurder uit hetzelfde huis die telefonisch niet reageerde. Maar toen ik Helga Fjørtoft belde en ook haar niet te spreken kreeg, vatte ik het op als een teken dat ze of allebei nog niet waren opgestaan, of misschien op weg waren naar het eerste college van die dag.

Voordat ik van huis ging, had ik de telefoonnummers van vader, moeder en zoon Høie Hansen opgezocht en ook nog dat van Knut Moberg. In een bedrijvengids had ik het wijnagentschap van Moberg gevonden, onder de niet al te originele naam Bacchus Bergen, met een kantooradres in het Industriehuis in de wijk Møhlenpris. Ik bedacht opeens dat ik ook had moeten uitzoeken waar Robert Høie Hansen zich mee bezighield; in elk geval was hij in de bedrijvengids onvindbaar.

Ik sloeg alle nummers op in mijn telefoon, waarna ik in tien minuten naar het politiebureau kuierde.

De eerste keer dat ik Annemette Bergesen ontmoette, werkte ze voor Kripos, de nationale recherche. Dat was op de postboot de Hurtigrute, op het traject Bergen-Trondheim, en het eindigde met een dramatische ontmoeting met een monnik in de Nidarosdom. Het daaropvolgende jaar verhuisde ze naar Bergen, omdat ze iemand gevonden had met wie ze wilde trouwen, een microbioloog, als ik me niet vergis. Nu, tien jaar later, moest ze eind veertig zijn, en haar grote bril was vervangen door contactlenzen, wat haar gezicht naakt en kwetsbaar maakte.

Ze stond me op de vierde verdieping bij de trap op te wachten en nam me mee naar haar kamer. 'Wat nu, geen lift meer, Varg?'

'Ik maak gebruik van alle trainingsmogelijkheden die er zijn.'

'Je lijkt prima in vorm te zijn.'

'Dank je wel en insgelijks.'

Als rechercheur op de misdaadafdeling, zoals een buitenstaander als ik dat noemde, mocht ze burgerkleding dragen en zoals altijd straalde ze een discrete elegantie uit. In haar donkere haar zaten grijze strepen, als om te camoufleren dat er kleine sneeuwvlokjes waren gevallen die ook op haar lokken nooit wegsmolten. Vanuit haar kamer had ze uitzicht op het voormalige vakbondsgebouw. Daarachter rees het veertien verdiepingen tellende stadhuis uit de jaren zeventig op. 's Avonds kon ze met lichtsignalen seinen naar de burgemeester, mocht ze daar behoefte aan hebben. Maar op een antwoord zou ze lang moeten wachten.

Ze liet me plaatsnemen in een stoel aan de andere kant van haar bureau en kwam direct ter zake, zoals het de efficiënte politievrouw die ze was, betaamde. 'Door de telefoon zei je dat het een vermissing betrof.'

'Ja. Mijn cliënt... Ze zei dat ze met jullie contact had opgenomen en dat ze met jou had gesproken. Maar er zou geen speciale aandacht aan zijn besteed.'

'Aha.' Ze keek me koeltjes aan. 'Kun je me wat meer details geven?'

Ik deed mijn verhaal, maar nog voor ik uitgesproken was, onderbrak ze me. 'Ja, nu weet ik het weer. Het meisje had haar koffer gepakt en het appartement verlaten dat ze met een paar vriendinnen deelde. Dat ze haar koffer bij zich had, duidt erop dat er niets crimineels is gebeurd. Of ze heeft een goedkopere kamer gevonden of een vriendje gekregen.'

'Maar ze heeft geen nieuw adres doorgegeven en ze reageert niet op haar mobiele telefoon.'

'Krijgen ze een bericht dat het nummer niet meer bestaat of wordt er gewoon niet opgenomen?'

'Goeie vraag.'

Ironisch trok ze haar wenkbrauwen omhoog. 'Jij noemt jezelf toch privédetective, Varg?'

'Ja... maar ik werd nogal afgeleid door... ja, door de cliënt.'

Ze glimlachte. 'Een aantrekkelijke blondine?'

'Nee, nee. Ze liep tegen de tachtig. Maar het bleek dat... We waren familie, in de verte dan.'

'Aha. Laat me je dan een beetje op weg helpen. De twee belangrijkste redenen dat een jonge vrouw verhuist, heb ik al genoemd. En dat ze niet reageert op telefoontjes van thuis, nou ja. In veel families spelen conflicten die jonge mensen maar al te graag achter zich laten. Kan het zoiets zijn?'

'Ja, misschien. Ze heeft een vader in Bergen wonen die ze in geen jaren heeft ontmoet.'

'En heb je met hem gesproken?'

'Ja. Maar ook hij had niets bijzonders te vertellen. Niets in elk geval wat mij verder hielp.'

'En weet je zeker dat ze nog in Bergen is? Kan ze niet naar het buitenland zijn gegaan? Veel jongeren gaan tegenwoordig een jaar op reis, ook zonder hun ouders op de hoogte te stellen.'

Opeens bedacht ik iets en met haar professionele instelling viel het haar direct op.

'Ja? Is je iets te binnen geschoten?'

'Nou, ik bedacht opeens iets. Ze heeft een vriendin die in Berlijn woont. Die zal ik eens bellen.'

'Doe dat.'

Een poosje zaten we elkaar afwachtend aan te kijken. Ze had mooie, regelmatige trekken en ik herinner me dat ze al op de Hurtigrute indruk op me had gemaakt, toen we elkaar daar elf jaar geleden hadden ontmoet.

'Dus met andere woorden... Gaat de politie niets meer ondernemen in deze zaak? Ik bedoel... jullie hebben tenslotte de mogelijkheid haar mobiele telefoon te checken, of mutaties op haar bankrekening.'

Ze boog een klein stukje voorover en pakte een pen en een notitieblok. 'Ik zal haar naam noteren. Heb je de nummers voor me?'

Ik gaf haar mijn blaadje papier met alle informatie en ze schreef het over.

'Oké. Als ik een verloren uurtje heb, zal ik eens kijken. Maar zoals ik al gezegd heb: ik betwijfel of we iets vinden. Mocht je iets tegenkomen wat een grotere reden tot zorg geeft, dan ga ik ervan uit dat je contact met ons opneemt.' Ze kwam overeind, als een duidelijk teken dat de audiëntie voorbij was.

Ik deed hetzelfde. 'Ik kom er zelf wel uit.'

'Ja, dat weet ik. De laatste keer dat je hier was ging je er op eigen houtje vandoor, nietwaar?'

'Ja, ja.' Het was niet iets waar ik met veel plezier aan terugdacht.

'Nou, succes ermee', zei ze met een plotselinge warmte in haar stem. 'Ik hoop dat je haar vindt.'

'Dank je wel.'

Eenmaal buiten vervloekte ik mezelf over het gebrek aan professionaliteit tijdens het bezoek van Norma Johanne uit Haugesund. Ik zocht haar nummer op mijn telefoon en belde haar.

'Varg!' antwoordde ze nadat de telefoon twee keer over was gegaan. 'Heb je iets gevonden?'

'Nog niet. Maar ik heb nog wat meer informatie nodig.'

'Ja, uiteraard.'

'Toen jullie Emma probeerden te bellen, wat voor melding kregen jullie toen?'

'Gewoon een normaal bericht; niet eens haar eigen stem, maar zo'n automatenstem die zegt dat degene die je probeert te bellen niet bereikbaar is omdat de telefoon uit staat of zich in een gebied bevindt waar geen bereik is.'

'Altijd hetzelfde bericht?'

'Zelfs vanochtend nog.'

'Vanochtend?'

'Ik bel haar elke ochtend zodra ik ben opgestaan, Varg. Op een dag moet ze toch reageren, als ze...' Haar stem begon te trillen. 'Als ze nog leeft, tenminste.'

'Gisteravond heb ik haar vader ontmoet en ze was daar geweest, maar mocht niet binnenkomen. Hij had haar gewoon afgewezen.'

'Die smeerlap! O, wat zou ik graag... ja, dat zou ik.'

'Smeerlap? Kun je me misschien nog meer over hem vertellen?'

Ze dacht na. 'Nee. Niet nu. Nog niet.'

'Het kan belangrijk zijn.'

'Het kan hier onmogelijk mee te maken hebben. Emma vinden, daar gaat het nu om.'

'Ja, en in dat verband... die vriendin van haar in Berlijn, Åsa. Mag ik haar telefoonnummer?'

'Ja, natuurlijk. Heb ik je dat niet gegeven gisteren?'

'Nee, ik... Dat zijn we vergeten.'

'Ze heet Åsa Lavik.' Na het nummer gevonden te hebben dicteerde ze het me. Ik schreef het op en we sloten het gesprek af.

Een schot in het duister, maar toch. Het moest in elk geval afgevuurd worden. Ik ging naar mijn kantoor om daarvandaan te bellen, de veiligste plek om niet gestoord te worden. Ik knikte naar het meisje in de receptie en liep ook hier alle vier de trappen op.

9

'Hallo?'

Bij Åsa Lavik kreeg ik eindelijk eens geen automatisch antwoord. Ze reageerde na de eerste keer overgaan, alsof ze haar telefoon in de hand hield, iets wat ik tegenwoordig de meeste jongeren zag doen. Zouden ze misschien denken dat ze zo hun eigen kloppende hart vervoerden?

'Åsa Lavik?'

'Ja, met wie spreek ik?' Haar stem klonk hoog, als van een jong meisje.

Ik vertelde wie ik was en waarom ik belde.

'Is ze dan nog niet opgedoken?'

'Nee.'

'Ik schrok me rot toen haar peettante me belde, mevrouw Bakkevik. Ik hoop maar dat het niets ernstigs is.'

'Daar kunnen we voorlopig niets over zeggen, maar uiteraard hopen we er het beste van. Heb je even tijd om met me te praten?'

'Ja. Ik zit in de metro op weg naar de UdK, dus ik heb in elk geval nog tien minuten voor ik moet uitstappen.'

'De UdK?'

'Universität der Künste.'

'Juist. Jij en Emma waren goed bevriend, begreep ik van... mevrouw Bakkevik.'

'Ja. We hebben elkaar ontmoet op de middelbare school en kwamen er al snel achter dat we veel gemeenschappelijk hadden. Vanaf dat moment waren we praktisch onafscheidelijk.'

'Maar dit jaar zijn jullie toch je eigen weg gegaan?'

'Ja. Ik wil modeontwerpster worden, en toen ik voor deze opleiding in Berlijn werd toegelaten, kon ik geen nee zeggen.'

'En had Emma geen zin om ook naar Berlijn te gaan?'

'Nee. Ik denk... tja, het buitenland was voor haar te ver weg en te onveilig. Dus toen werd het Bergen voor haar', zei ze met een lachje.

'Voor sommigen is dat ook al het buitenland', zei ik, wat haar weer een lachje ontlokte. 'Maar koos ze ook niet voor Bergen omdat haar vader daar woonde?'

Ze aarzelde even. 'Ja, misschien. De verhouding met haar moeder was de laatste tijd erg moeizaam geworden.'

'Hoezo?'

'Tja... Ik weet niet hoeveel u ervan weet, maar die heeft zo haar problemen. Haar moeder dus.' Ze liet haar stem dalen, alsof ze niet afgeluisterd wilde worden. 'Drugs.'

'Ja, zoiets vermoedde ik al. Bedoel je dat Emma weer contact met haar vader wilde krijgen?'

'Ik denk dat ze daar in elk geval op hoopte. Emma en ik zaten eigenlijk in hetzelfde schuitje.'

'Wat bedoel je?'

‘Ook ik heb geen contact meer met mijn vader, maar dat is vanwege andere oorzaken. Daar hadden we het vaak over. Dat we geen vader hadden.’

‘Dan snap ik wel dat jullie goed bevriend raakten. Heb je nog contact met haar gehad nadat jullie wegen zich hadden gescheiden?’

‘Emma en ik?’

‘Ja?’

‘We mailen elkaar en hebben ook regelmatig contact via Messenger. En we bellen elkaar nog af en toe.’

‘Is het lang geleden dat jullie voor het laatst contact hadden?’

‘Tja, dat is nu toch wel een paar weken geleden.’

Ik noteerde het en ging vervolgens verder: ‘Zeg eens... Heeft ze jou verteld dat ze haar vader heeft opgezocht en hoe dat is gegaan?’

‘Ja. Hij wilde nog steeds niets met haar te maken hebben. Dat moet verschrikkelijk zijn geweest voor haar! Toen ze het me vertelde, sprongen de tranen in mijn ogen.’

‘Hoe reageerde ze er zelf op?’

‘Toen ze het me vertelde was ze in elk geval woedend. Of woedend... Ik weet het niet. Misschien was ze eerder wanhopig.’

‘En later... Heeft ze het er nog over gehad?’

‘Nee. De afgelopen maand heb ik niet zoveel meer van haar gehoord, en zelf heb ik het ook druk gehad. Het is het eerste semester en ook in Duitsland weten ze hoe ze de studenten aan het werk moeten zetten. Over veertien dagen moet ik al een werkstuk inleveren.’ Opeens veranderde haar toon. ‘Ik moet uitstappen. Wacht even tot ik op het perron sta.’

Ik bleef met de telefoon in mijn hand zitten terwijl ik het geluid van stemmen hoorde, een deur die openging en daarna de ietwat holle galm van een stationshal. Toen hoorde ik haar stem weer: ‘Hallo! Bent u er nog?’

'Ja.'

'Sorry, ik heb haast, maar misschien kan ik al lopende nog wat vertellen.'

'Fijn, dank je wel. Ik heb eigenlijk nog maar één belangrijke vraag. Emma is eind oktober uit haar studentenhuis verhuisd. Ze heeft haar koffer gepakt en daarna heeft niemand meer iets van haar gehoord. Heeft ze je daarvan verteld?'

'Nee, helemaal niet. Daarom was ik ook zo verbaasd toen mevrouw Bakkevik belde en zei dat ze Emma zocht. En toen voelde ik mezelf ook schuldig dat ik de afgelopen tijd geen contact meer met haar had gehad.'

'Dus je hebt geen idee waar ze naartoe kan zijn gegaan? Heeft ze het nooit over een vriendje gehad?'

'Nee, en dat zou ze beslist hebben gedaan als ze verkering had gekregen. We plaagden elkaar er wel mee. Toen we uit Haugesund vertrokken hadden we net allebei met ons vriendje gebroken, en nu waren we zo vrij als een vogeltje, zij en ik. Klaar voor nieuwe avonturen. Maar ik weet zeker dat ze het me verteld zou hebben als er iets was gebeurd. Het enige wat ze genoemd heeft was iets over een opdringerige huisbaas, maar ze heeft hem op zijn nummer gezet en toen was het probleem blijkbaar opgelost.'

'Hm.' Na een kleine stilte vroeg ik: 'En hoe is het met jou?'

'Of ik een vriendje heb, bedoelt u dat?'

'Ja, niet dat ik daar iets mee te maken heb, maar...'

Ze lachte, een kort, droog lachje. 'Ik heb niet eens tijd om eraan te denken! En op de opleiding zitten bijna alleen maar meisjes. En die paar jongens die er zijn, nou... Haha!'

Nu hoorde ik veel verkeer op de achtergrond. 'Ik hoor dat je op straat loopt, dus ik zal je niet verder storen. Dank je wel voor wat je me hebt verteld en... mocht je iets van haar horen, dan hoop ik dat je

contact met me opneemt. Mijn telefoonnummer zie je ongetwijfeld op het display.'

'Ja. Nu moet ik oversteken.'

'Het beste.'

'Auf Wiedersehen!' zei ze ten afscheid, nu met een wat vrolijker lachje.

Ik legde mijn telefoon neer en onderstreepte een van de namen op mijn notitieblok: *Knut Moberg*.

10

Aangezien de politie de zaak niet als ernstig had opgevat en er nog geen aanwijzingen waren dat er iets crimineels was gebeurd, waren mijn mogelijkheden om iets te ondernemen beperkt. Ik belde met het bevolkingsregister, maar het enige adres dat ze van Emma Hagland hadden, was het adres van haar moeder in Haugesund. 'Maar dat is niet ongewoon', zei de vrouw van het register. 'Vaak duurt het jaren voordat ze laten weten dat ze verhuisd zijn, en dan vaak alleen op aandringen van de belastingdienst.'

Vervolgens probeerde ik het bij de instelling waar ze als student was ingeschreven, op de Hogeschool voor de Verpleegkunde. Voor zover ik wist was die gevestigd aan de Haukelandsbakken, vlak bij het Haukeland-ziekenhuis. Ik deed enkele pogingen om via de telefoon contact op te nemen, maar omdat niemand op die manier gegevens over studenten wilde verstrekken, besloot ik dat ik het best voor de persoonlijke benadering kon kiezen.

Het was opgehouden met regenen. De bus richting Haukeland reed via de Strandkaien, de straat waar mijn kantoor gevestigd was. Het was sneller om die te nemen dan om helemaal naar de Øvre Blekevei te lopen om de auto te halen. Op lijn 2 waren het bovendien allemaal trolleybussen, dus ik kon mezelf voorhouden dat ik iets goeds deed voor het milieu.

De lange weg naar de Haukelandsbakken loopt gestaag omhoog en je hebt tijdens de rit aan de oostkant voortdurend uitzicht op de Ulriken, de hoogste van de zeven bergen die Bergen omringen. In de jaren zestig van de vorige eeuw werd er op de flanken van de Ulriken jaarlijks een langlaufwedstrijd gehouden, maar na de uitbreiding van het ziekenhuis op de weidegronden van de hoeve Øvre Haukelandstræet, die door velen Markusplassen werd genoemd, was dat verleden tijd. Bovendien lag er 's winters meestal niet genoeg sneeuw meer voor een skiwedstrijd.

De Haukeland Hogeschool voor Radiologie en Verpleegkunde lag helemaal aan het eind van de weg, een modern betonnen gebouw met twee vleugels, bekleed met grijze, op golfplaten geïnspireerde metalen afdekplaten. Vanuit de ingang keek je naar een atrium met een kleine waterpartij in het midden. Een bordje in de vestibule gaf aan dat ik naar rechts moest en bij de expeditieafdeling vond ik de portier die me alle noodzakelijke informatie kon geven. Het was een vrouw van onbestemde leeftijd, vermoedelijk tussen de veertig en de vijftig, met een grote bril en blond haar dat in de nek was vastgezet. Ze vroeg om mijn legitimatie en ik gaf haar mijn bankpas. Daar stond alleen mijn naam op en toen ik vertelde dat ik privédetective was, vatte ze dat op als een grapje, ze liet een parelende lach horen en zei: 'Die had ik nog niet eerder gehoord.'

'Fijn dat ik voor een vrolijke noot kan zorgen.'

Met pretoogjes zei ze: 'Ja, maar helaas kan ik je niet helpen. Dergelijke gegevens mogen we niet aan derden verstrekken, zelfs niet aan... privédetectives.'

'Het betreft een jonge vrouw met wie het thuisfront geen contact kan krijgen.'

'Ik snap het.' Ze trok haar gezicht in ernstiger plooien. 'Maar ik moet me helaas aan de regels houden.'

'Tot wie kan ik me dan richten? Is er misschien een studieadviseur?'

'Ja, maar ik denk niet dat ze nu tijd voor je heeft.'

'Denk je dat of weet je het?'

Nu begon ze zich aan me te ergeren. 'Ik weet het.'

'De grens tussen denken en weten is moeilijk te stellen.'

'Was je nou privédetective of dominee?'

'Ik begrijp dat ik jou op geen enkele manier kan ompraten.'

'Vandaag niet, in elk geval', zei ze terwijl ze zich naar haar bureau omdraaide ten teken dat ons gesprek afgelopen was.

'Morgen dan, misschien?' zei ik, vooral tegen mezelf terwijl ik me terugtrok.

Op weg naar de uitgang werd ik door een paar studenten ingehaald. Snel liep ik achter hen aan en eenmaal buiten sprak ik ze aan. Ik vroeg of ze eerstejaars waren, wat ze met een vragende blik bevestigden. Het waren twee meisjes en een jongen, opvallend sportief gekleed, alsof ze eigenlijk van de top van de Ulriken kwamen aanlopen en niet uit een collegezaal, een auditorium of waar ze ook maar waren geweest.

Toen ik vroeg of ze misschien ook een studente met de naam Emma Hagland kenden, schudden ze ontkennend het hoofd. Maar toen ik haar foto liet zien, begon een van de meisjes te knikken. 'Nou, misschien. Ik geloof dat ik haar weleens heb gezien, maar helemaal zeker weet ik het niet. Er zijn ook zoveel eerstejaars.'

De andere twee keken nu ook wat beter naar de foto. De jongen zei: 'Ja, ze lijkt op iemand die tijdens de eerste colleges aanwezig was, maar later heb ik haar niet meer gezien. Ik dacht dat ze misschien al

was afgehaakt. Dat ze erachter was gekomen dat het toch niets voor haar was.'

Ik keek hem aan. 'Heb je met haar gepraat?'

Hij bloosde een beetje. 'Nee, nooit. Ze eh... viel me gewoon op.'

De twee meisjes keken hem onderzoekend aan en een van hen giechelde.

'Hoe heet je?'

'Lars, hoezo?'

'Nee.' Ik haalde mijn schouders op. 'Gewoon voor de duidelijkheid.'

'Er is haar toch niets overkomen? Bent u familie?'

'Nee, privédetective.'

Die mededeling deed hen met een hernieuwde interesse naar me kijken, eerder nieuwsgierig dan afwijzend. 'Dus er is wél wat met haar gebeurd?' vroeg het ene meisje, waarna ze eraan toevoegde: 'Ik heet Siri.'

'Dat is nog voor niemand duidelijk. Maar ze heeft al vrij lang niets meer van zich laten horen en we weten ook niet waar ze nu woont. De familie maakt zich zorgen.'

Ze knikten eensgezind, als drie synchroonzwemmers die aan het trainen waren.

'Kan een van jullie me helpen?'

'Nee', zei Siri en ze draaide zich om naar de andere twee, die het met een spijtige blik bevestigden.

Ik gaf ze alle drie een visitekaartje. 'Als een van jullie iets hoort, dan kun je me via dit mailadres en telefoonnummer bereiken.'

Ze pakten mijn kaartje aan en keken er nieuwsgierig naar. We liepen nog een eindje samen op, voorbij de grote, roodgeverfde crèche die dezelfde naam had als de berg achter ons, Ravneberget. Bij het station van de Ulriksbanen, de kabelbaan naar de top van de berg die

voor toeristen en wandelaars was aangelegd, haalde ik mijn telefoon tevoorschijn en gebaarde dat ik een telefoontje moest plegen. Ze knikten vriendelijk naar me en liepen verder.

Ik had opeens de ingeving gekregen dat ik, nu ik hier toch eenmaal was, Liv Høie Hansen kon bellen. Zoals ik gisteravond van haar man had begrepen, werkte ze hier als verpleegster.

Na een stuk of vijf keer overgaan nam ze op. Het klonk alsof ze buiten adem was. 'Ja? Met Liv.'

'Hallo, je spreekt met Veum. We hebben elkaar gisteravond ontmoet.'

'O ja.'

'Ik vroeg me af of ik je even kon spreken. Waar ben je nu?'

'Boven op de Sandviksfjell. Dus als je zin hebt om de Stoltzekleiven op te gaan, dan...'

'Alweer?'

'Ik probeer het elke dag te doen en vandaag heb ik pas vanmiddag dienst, dus...'

'In het Haukeland-ziekenhuis?'

'Ja. Maar ik word koud als ik stilsta, dus...'

'Hoe laat begin je?'

'Om drie uur, maar als ik werk heb ik het veel te druk. Dan heb ik geen tijd voor een praatje, dus...'

'En hoe laat ben je klaar?'

'Dan ga ik joggend naar huis over de Fjellveien.'

'Juist. Hoe laat?'

'Om tien uur. Maar ik heb je niets te vertellen, dus...'

'En je zoon...'

'Andreas.'

'Zit hij op de middelbare school?'

'Ja, hij zit op het Bjørgvin, maar...'

'Ja, ik snap het. Hij heeft nu les. Wat doet je man eigenlijk?'

'Robert? Hij is brancardier.'

'Ook in het Haukeland-ziekenhuis?'

'Ja, maar ik heb hier nu geen tijd meer voor. Ik krijg het koud, zoals ik al heb gezegd...'

'Ja, sorry. Dan zie ik je vanavond.'

Ze verbrak de verbinding niet. Het was alsof er een vraagteken boven haar hoofd hing. 'Wat?'

'Misschien loop ik wel een stukje met je mee.'

'Poeh', zei ze en deze keer sloot ze wel af.

Eerlijk gezegd was het van mijn kant een loos dreigement. Een vrouw die twee keer in een etmaal naar de top van de Sandviksfjell was gerend in het tempo dat ik had geobserveerd, zou me al vóór de eerste bocht hopeloos op achterstand hebben gezet, dus...

Ik liet de rest van de zin in de lucht hangen, net zoals zij in het gesprek geregeld had gedaan.

11

Ik nam de bus terug naar mijn kantoor en dacht na over mijn volgende zet. Dat ik met Knut Moberg moest spreken, was duidelijk. Ik belde het nummer van Bacchus Bergen, maar kreeg alleen een bandje te horen met de mededeling: 'We zijn op reis, het kantoor is weer open op 12 november.'

Ik had ook zijn mobiele nummer genoteerd en toen ik dat had ingetoetst, kreeg ik wel antwoord. 'Met Moberg.'

'U spreekt met Veum. Ik heb een paar vragen voor u. Heeft u even tijd voor me?'

'Veum? Ken ik u?'

'Varg Veum. Ik ben privédetective.'

'O?' Hij klonk meteen een stuk gereserveerder.

'Het gaat over een voormalige huurder van u, Emma Hagland.'

'Godallemachtig! Dat heb ik toch al verteld! Ik heb geen idee waar ze is.'

'En u? Waar bent u?'

'Wat hebt u daarmee te maken, als ik mag vragen?'

'Ach, ik dacht dat het misschien goed was als we elkaar in levenden lijve konden ontmoeten.'

'Daar heb ik geen behoefte aan. Ik heb niets te zeggen. Het meisje is vertrokken zonder een adres achter te laten.' Na even gezwegen te hebben voegde hij eraan toe: 'En het heeft geen zin om het die andere twee te vragen bij wie ze in huis woonde. Die weten ook niks.'

'Weet u dat zeker?'

'Ja. Maar eh... Veum, ik moet de veerboot op rijden. Ik heb niks meer te zeggen.' Nieuwe stilte. 'Succes. Ik hoop dat jullie haar vinden.' Vervolgens hing hij op en ik bleef zitten met het gevoel dat ik voortdurend met mijn kop tegen de muur liep, welke kant ik ook op ging.

Ik bestudeerde mijn notitieblok. Met Knut Moberg was ik nog niet klaar, maar dat zou moeten wachten tot hij terug was in Bergen. Andreas, Emma's halfbroer dan? Die wilde ik ook graag spreken. Ik keek op mijn horloge. Zijn school zou nu bijna uit zijn, maar ik had er geen idee van hoe hij eruitzag. Wel had ik zijn mobiele nummer. Wat was het leven dankzij de uitvinding van de gsm toch eenvoudig geworden, zelfs voor mensen als ik. Ik stuurde hem een sms, waarin ik uitlegde wie ik was, maar niet waar het over ging, en vroeg of hij me terug kon bellen.

Robert Høie Hansen was door mijn eigen halfzus een 'smeerlap' genoemd. Terwijl ik op Andreas' antwoord wachtte, zocht ik op internet of ik daar een verklaring voor kon vinden. Maar het enige wat ik vond waren zijn naam en adres en zijn belastinggegevens, die in Noorwegen voor iedereen toegankelijk zijn. De naam en het adres waren me al bekend en zijn belastinggegevens waren tamelijk doorsnee,

hoewel ik me over één ding verbaasde. Hij had een vermogen van zes miljoen kronen. Dat betekende hoogstwaarschijnlijk dat de hypotheek op zijn woning was afbetaald en dat hij bovendien wat spaargeld had. Ik vond het wat moeilijk te combineren met zijn baan als brancardier en de hare als verpleegster, ook al zouden ze allebei jaarlijks beslist meer verdienen dan ik.

Het was even na drieën toen ik een sms van Andreas kreeg: *Waar gaat het over?* Ik antwoordde: *Emma.* Het duurde een paar minuten voor ik weer een reactie kreeg: *Ik vertrek nu van school. Waar kunnen we elkaar ontmoeten?* Ik gaf hem het adres van mijn kantoor en schreef dat ik in de receptie van het hotel op hem zou wachten. Hij reageerde snel: *OK. Ben er over 20.*

Zo gezegd, zo gedaan. Om even voor halfvier ging de entreedeur bij de aankomst van Andreas Høie Hansen automatisch open. Hij keek om zich heen en ik kwam overeind van mijn stoel, liep naar hem toe en zei: 'Andreas?'

Hij keek me strak aan. 'Ja.'

Hij zag er haast nog jonger uit dan ik had verwacht. Hij was een merkwaardig conglomeraat van zijn ouders. Zijn haar was rood, net als dat van zijn moeder, en hij had smalle schouders, maar vanaf zijn romp waren zijn vaders genen dominant, wat hem een ongezonde, peervormige lichaamsbouw gaf, breed in de heupen en forse dijbenen die in donkerblauwe jeans gestoken waren. Op zijn bovenlichaam droeg hij een blauw met groen regenjack en op zijn hoofd zat een cap met het opschrift *HALF-LIFE* aan beide kanten.

'Half-Life, wat is dat?'

'Een computerspel.'

'Juist. Kom mee', zei ik terwijl ik naar de lift liep.

Hij keek me achterdochtig aan. 'Waarnaartoe dan?'

'Naar mijn kantoor op de vierde verdieping.'

Nog steeds leek hij niet erg overtuigd, maar na de receptioniste te hebben aangekeken die hem een bevestigend knikje zond, stapte hij bij me in de lift en zoefden we samen naar de vierde verdieping.

In mijn kantoor keek hij om zich heen. 'Ben jij de baas van dit hotel?'

'Nee, nee. Ik ben privédetective.'

'Huh? Detective?'

'Ja.'

'Maar hoe kan dit kantoor dan in het hotel liggen?'

'Dat is een lang verhaal. Maar... Gisteren heb ik met je ouders gesproken.' Ik zei niets over de korte duur van die gesprekjes, maar lette op zijn reactie.

'Over... die Emma?'

'Ja. Ik heb eruit opgemaakt dat jij er geen idee van had dat je een halfzus had.'

'Mijn pa heeft er nooit iets over gezegd, nee.'

'Hoe oud ben je, Andreas?'

'Zestien.'

'Dus... Wat dacht je toen je van haar bestaan hoorde?'

'Ik had toch geen idee wie ze was. Ik dacht...'

'Ja?'

'Nee. Toen ze die middag met mijn pa aan het praten was, stond ze een potje te grienen. Ik snapte er niks van, dus ik ben maar gewoon naar binnen gegaan.'

'Je bent een kei met computers, zei je vader.'

Hij haalde zijn schouders op zonder daar verder op te reageren.

'Maar later, heeft hij toen wat verteld?'

'Pa? Neu. Mijn ma heeft me het verteld, wat zij wist dan, en dat was niet veel.'

'Maar je was toch wel een beetje nieuwsgierig naar... ja, naar haar verhaal?'

'Neu. Hoezo?'

Ik keek hem aan. Hij was bleek, met op zijn kin en wangen sporen van puistjes. Zijn blik gleed onrustig heen en weer, zonder ergens te blijven steken, met uitzondering van de vloer, en zelfs daar niet lang. Wat ik van zijn haar kon zien waren een paar halflange slierten. Een paar keer pakte hij de klep van zijn cap vast om die naar de andere kant van zijn hoofd te schuiven, maar hij tilde hem niet op.

'Heeft ze zelf nog geprobeerd om contact met jou op te nemen? Toen ze eenmaal in Bergen was komen wonen?'

Even keek hij me recht aan, maar vervolgens dwaalde zijn blik weer af richting Bryggen, omhoog naar Fløyen en weer terug naar de niet al te schone vloer van mijn kantoor. 'Wanneer dan?'

'Nou... nu, dit najaar.'

'Niet dat ik weet.'

'Nee?'

'Nee! Ben je doof of zo?'

'Nee, niet echt, maar... spreek je wel echt de waarheid?'

'Zeg je nu dat ik lieg?'

'Nee, maar... Misschien wil je er niet over praten?'

'Ze nam geen contact op. Zo is het gewoon. Meer valt er niet over te zeggen.' Hij leek wat onrustig, alsof hij het liefst weg zou gaan. 'Is er nog meer?'

Ik keek hem aan. 'Dus noch je vader noch je moeder heeft je uitgelegd waarom je vader haar nooit heeft genoemd en waarom hij, voor zover ik heb begrepen, ook geen contact meer met haar heeft gehad sinds ze twee was?'

'Nee, dat hebben ze niet gedaan!'

'En hoe zit het met jou? Heb je een goed contact met hem? Met je vader?'

Hij keek voor zich uit. 'Met pa?' Hij haalde zijn schouders op.

'Ik zag... Was dat zijn motorfiets die buiten stond?'

Hij knikte. 'Dat is zijn hobby.'

'Wat precies?'

'Sleutelen aan zijn motor. Er met die andere motorkerels op uit trekken.'

'Zo. Zit hij bij een club?'

Hij knikte.

'En hoe heet die?'

Weer dat demonstratieve schouderophalen. 'Weet ik niet.'

'Jij interesseert je daar niet voor?'

'Nee.'

'En je moeder... Rent die echt twee keer per dag de berg op?'

Weer richtte hij zijn blik heel kort op mij, misschien was hij onder de indruk dat ik zoveel wist. 'Die kan niet stilzitten.'

'Jullie hebben allemaal heel verschillende hobby's.'

'Ja, dat is wel zo.'

'Dus wat dat betreft was het misschien best leuk geweest om een zus te hebben?'

'Ik red me best zonder haar.' Maar zoals hij daar zat, bood hij een trieste aanblik en ik had hem nog geen enkele keer op een lachje kunnen betrappen.

'Andreas, ik zal je wat vertellen. Onlangs heb ik ongeveer hetzelfde meegemaakt als jij. Dat er opeens een vrouw op mijn kantoor kwam die zich voorstelde als mijn halfzuster.'

'Zonder dat je wist dat ze bestond?'

'Nou, ik wist wel dat ze bestond. Of liever gezegd, dat ze was geboren. Maar ze is geadopteerd en bij andere mensen opgegroeid en ik had haar nog nooit ontmoet, dus ik denk dat ik wel snap hoe jij je moet hebben gevoeld toen er opeens een jonge vrouw bij jullie voor de deur stond en... ongeveer hetzelfde vertelde.'

'Maar zij was niet... Zij is niet bij andere mensen opgegroeid.'

'Nee, bij haar moeder.'

'Dat is dus toch niet helemaal hetzelfde', zei hij snel. 'Jij had wel contact met haar kunnen opnemen. Met die zus van je.'

Ik knikte. 'Ja, dat had ik kunnen doen.'

Onze blikken ontmoetten elkaar. Toen rukte hij zich los. 'Maar nu moet ik gaan.'

'Ja, als je niets meer te...'

Hij onderbrak me: 'Ik heb niks meer te zeggen.'

'Oké, maar als... Kunnen we iets afspreken, Andreas? Als je iets van je zus hoort, wil je dan contact met me opnemen? Hier, mijn kaartje.' Hij pakte het aan en stak het in zijn zak zonder ernaar te kijken. 'En als er verder nog iets is wat je me wilt vertellen...'

'Huh?'

'Dan neem je contact op, oké?'

Hij keek me moedeloos aan, zoals alleen tieners dat kunnen als ze een volwassene tegenkomen die volstrekt buiten hun realiteitsbeleving staat. Vervolgens kwam hij overeind, slingerde zijn tas over zijn schouder en liep naar de deur.

'Doei', zei hij toen hij de deur uit ging.

'Doei', zei ik, maar toen was de deur alweer dicht.

Weer met mijn kop tegen de muur. Maar waarom had ik dan voortdurend het gevoel dat sommigen meer wisten dan ze wilden vertellen, wat het ook maar was?

Als om dit te benadrukken belde ik opnieuw met Kari Sandbakken, zonder een andere reactie te krijgen dan haar voicemail. Maar bij Helga Fjørtoft was het deze keer wel raak.

'Met Helga.'

'Ah, gelukkig. Met Veum.'

'O', zei ze met een duidelijke teleurstelling in haar stem.

'Ik heb keer op keer geprobeerd contact met Kari te krijgen, maar ze reageert niet. Heb jij haar gezien?'

'Ja. Nee, maar ze heeft me een sms gestuurd.'

'O?'

'Ze is vannacht niet thuisgekomen en dus... Ze schreef alleen dat ik me geen zorgen moest maken, maar dat ze bij een vriend was blijven slapen.'

'Een vriend?'

'Ja. Dat schreef ze.'

'Dus jij hebt ook niet met haar gesproken?'

'Nee.'

'En je hebt geen idee wie die vriend kan zijn?'

Ze aarzelde even. 'Nee.'

'Daar moest je over nadenken.'

'Ja. Nee, ja, toch wel. Maar ik kon niemand bedenken.'

'Geen vriendje in het huis?'

'Niet dat ik weet.'

'Hm.'

Drie vrijgezelle meisjes. Een van hen spoorloos verdwenen. Een ander die plotseling ergens anders blijft slapen. En de derde die niet bepaald trappelt van enthousiasme om wat voor vraag dan ook te beantwoorden. Iets aan die situatie beviel me niet, zonder dat ik er precies de vinger op kon leggen.

We beëindigden het gesprek. We hadden niets meer om over te praten. Nog niet.

12

Voordat ik opnieuw aan de slag ging, belde ik mijn opdrachtgeefster in Haugesund. Ze nam net zo snel op als de vorige keer. 'Heb je nieuws?'

'Helaas niet. Maar ik ben wel wat meer te weten gekomen over haar vader. Toen we het eerder over hem hadden, noemde je hem een smeerlap.'

'Ja, eh... misschien had ik wat voorzichtiger met mijn woorden moeten zijn.'

'Dat geeft niet. Maar nu moet ik het je toch rechtstreeks vragen: heeft hij iemand misbruikt of verkracht?'

Het duurde lang voordat ze antwoordde. 'Ja, ik denk van wel.'

'Dat denk je?'

'Ja, het was zoiets van zijn woord tegen dát van een ander.'

'Was Emma die ander?'

'Nee.' Nieuwe stilte. 'Niet voor zover ik weet. Maar je moet begrijpen... Het is niet zo eenvoudig als het lijkt.'

'Als ik naar Haugesund ga om met haar moeder te praten, zal zij me dan wat meer willen vertellen?'

'Misschien.'

'Weet ze ervan? Dat je me gevraagd hebt om Emma te zoeken?'

'Ze weet dat ik daarover met iemand contact heb opgenomen. Maar niet... wie je bent. Ik bedoel, wat onze relatie is.'

'Dus dan is het toch in haar belang dat alles wat me bij mijn werk kan helpen naar voren komt?'

'Ja, natuurlijk. Maar je denkt toch niet dat dat iets met die oude geschiedenis te maken kan hebben?'

'Welke oude geschiedenis?'

'Nou, die met... Robert.'

'Wat je me niet wilt vertellen?'

'Ik denk dat het beter is dat je er met een frisse blik naar kijkt. Ik kan niet begrijpen hoe het jou bij deze zaak kan helpen. Emma vinden, daar gaat het om.'

'Dat is natuurlijk waar. Maar het valt niet mee om concrete aanwijzingen te vinden. Ze woont nog niet zo lang in Bergen, niemand kan iets over mogelijke vriendjes vertellen, voor haar medestudenten is ze niet meer dan een anoniem gezicht en haar huisgenoten zijn niet echt spraakzaam.' Ik dacht even na. 'Had ze een vriendje in Haugesund?'

'Niets serieus, dacht ik. Ik ben bang dat ze nogal eenzaam was, Varg. De enige vriendin die ze had... dat was die Åsa, maar Emma en zij waren dan ook twee handen op één buik. Heb je haar gesproken?'

'Ja, ik heb met haar gebeld, maar ook zij kon niet veel licht op de zaak werpen. Nadat ze ieder naar een andere stad waren vertrokken, Bergen en Berlijn, hadden ze nog maar sporadisch contact.'

'Ja, dat heeft ze ook tegen mij gezegd.'

'Ik heb steeds meer het gevoel dat ik haar moeder moet spreken. Eerst zal ik nog wat lijntjes in Bergen volgen, maar daarna ga ik wellicht een van de komende dagen naar Haugesund.'

'Laat het me maar weten, dan breng ik je bij haar thuis en stel ik je aan haar voor.'

'Dank je wel. Dan denk ik dat we een afspraak hebben. Je hoort van me.'

Daarmee sloten we het gesprek af.

Ik bleef nog even zitten denken. Nog steeds had ik geen duidelijk beeld van Emma, maar er tekende zich wel een soort profiel van haar af, hier en daar wat vaag, maar voor mij duidelijk genoeg om me een kwetsbaar jong mens voor te stellen: iemand die gemakkelijk op zijpaden te leiden was, die openstond voor toenadering, goedbedoeld of kwaadwillend, iemand die gemakkelijk een slachtoffer werd.

Dat baarde me zorgen en ik kreeg het gevoel dat ik me moest haasten. Misschien betekende dat dat ik wat sluipwegen moest nemen, die op een buitenstaander – of op de betrokkenen – misschien wat grof zouden overkomen.

Ik had vier namen op mijn lijstje staan en geen van hen zou me met open armen verwelkomen.

13

Ik parkeerde in de Sudmanns vei, op precies de juiste afstand om iedereen die zou komen opdagen, te kunnen zien.

Het huis maakte rond negenen een bijna verlaten indruk. Ik drentelde wat heen en weer, zonder het hek open te maken. Slechts achter een van de ramen die uitzagen op de straat brandde licht, achter gesloten gordijnen. Ik kon me goed voorstellen dat Andreas daar zat, volledig opgeslokt door wat er op het scherm van zijn computer gebeurde. De carport was leeg. De motor die ik er de vorige avond had gezien, was weg. Toen ik dat had opgemerkt, besloot ik om in mijn auto te gaan zitten, in afwachting van degene die als eerste zou verschijnen.

Liv Høie Hansen stelde me niet teleur. Ze kwam vanuit het noorden en moest de Fjellveien tot aan Munkebotn hebben gevolgd om daar af te slaan naar de Sudmanns vei. Ze had een opvallend lichte tred. Dat hele stuk hardlopen vanaf het Haukeland-ziekenhuis leek

totaal geen effect te hebben op haar. Zodra ze het hek door was liep ze naar de carport, boog zich naar de muur en deed wat rekoefeningen, waarna ze naar de voordeur liep, een sleutel uit de zak van haar trainingspak haalde en naar binnen ging. Ze had niet één keer mijn kant op gekeken.

Nu was zij niet degene die ik het liefst wilde spreken en in elk geval niet alleen. Ik nam aan dat ze meteen onder de douche zou gaan en zag beelden voor mijn innerlijke netvlies opdoemen die niet alleen maar storend waren. Tegen elven hoorde ik het diepe gebrom van een goed onderhouden Harley-Davidson vanaf de Formanns vei aankomen. Weggedoken achter het stuur van mijn lang niet zo goed onderhouden Toyota Corolla hoorde ik hem passeren.

Robert Høie Hansen klapte de standaard uit en liet de motor aan terwijl hij afstapte, hij opende het hek, stapte weer op, reed door het hek en parkeerde recht onder de carport. Daarna liep hij terug naar het hek om het te sluiten. Hij maakte het dekzeil los van een paar haken onder de carport, spreidde het uit over de motorfiets en maakte het vast. Ik liet hem tot vlak bij de deur komen en maakte toen het hek open. Bij het horen van het geknars draaide hij zich met de sleutel in zijn hand om. 'Jesus Christ!' zei hij met een Engels accent, alsof dat de zaak beter zou maken. 'Verdomme, wat wil je? Heb ik je gisteren niet duidelijk verteld waar het op stond?'

'Zeker, maar voor mijn gevoel waren we nog niet klaar.'

'Niet klaar? Ik zal jou eens even klaarmaken, pas maar op.' Hij was in vol motorfietsornaat, van de verplichte helm en het zwarte leren jack tot en met de grijze jeans en stevige laarzen. Op zijn rug stond het logo van zijn club, maar van een afstand had ik de naam of het symbool niet kunnen onderscheiden en nu was het aan mijn blik onttrokken. Voordat we nog wat konden zeggen ging de deur achter hem open. Liv Høie Hansen keek naar buiten,

ze was gekleed in een teddybeerachtig huispak, dat vooral geschikt was voor een comfortabele positie op de bank, met of zonder echtgenoot. 'Ik hoorde de motor, maar toen je niet binnenkwam... Maar nu begrijp ik het.'

'Ik kan jullie net zo goed allebei spreken', zei ik snel.

'We hebben jou niks te zeggen', zei Robert, die zich zichtbaar breder maakte.

'Bang dat er iets zal opduiken wat je niet graag wilt horen?' Voordat hij antwoord kon geven, ging ik verder: 'Bijvoorbeeld de reden dat je eerste vrouw je het huis uit gooide?'

Zijn gezicht betrok. 'Daar heb jij verdomme niks mee te maken! Niemand heeft er iets mee te maken', voegde hij eraan toe met een snelle blik op zijn vrouw.

Ik keek ook naar haar. Er was iets merkwaardigs afwezigs over haar gekomen, alsof het haar niet aanging wat er werd gezegd en het voor haar slechts achtergrondgeluid was terwijl zij alweer bezig was de volgende tocht naar de top van de berg te plannen. Ook al stond ze nu samen met haar man in de deuropening, als een paar uitvergrote karikaturen van Winnie de Poeh en Knorretje, er viel toch een duidelijke afstand tussen hen te bespeuren, alsof ze uit twee totaal verschillende werelden kwamen. Maar ze draaide wel haar hoofd in zijn richting, alsof ze wilde horen wat hij te zeggen had.

Hij opende zijn mond, maar ik was hem voor. 'Je dochter uit Haugesund is verdwenen, Robert. Daar gaat dit over. Als je me nu gewoon kunt vertellen of je enig vermoeden hebt van haar verblijfplaats of van een gebeurtenis waar ze op kan hebben gereageerd – wat dan ook, alles wat ons een aanwijzing kan geven om haar te vinden – dan kom ik hier niet meer terug. Daar mag je gerust van uitgaan!'

'Mág ik daarvan uitgaan?' vroeg hij sarcastisch.

'Ik...'

Maar hij stak zijn hand afwerend op. 'Ik kan alleen maar herhalen wat ik je gisteren heb verteld. Toen ze hier voor de deur stond, had ik haar in geen jaren gezien en ik wilde ook niks meer met haar te maken hebben. Ik gaf haar dezelfde duidelijke boodschap als die ik jou nu geef: "Maak dat je wegkomt en laat je hier nooit meer zien!" Daarna heb ik niks meer van haar vernomen. Niks gezien en gehoord!' Hij wees naar het hek: 'Kun je nu zo vriendelijk zijn om te vertrekken of moet ik je eigenhandig van mijn terrein af gooien?'

'En Andreas dan? Zou hij geen contact willen met zijn zus?'

'Halfzus', zei Liv peinzend, alsof ze het woord proefde en zich afvroeg wat het betekende.

'Wat je niet kent, mis je ook niet', zei Robert.

'Dat zei de dominee ook toen hij water bij de altaarwijn deed.'

'Maak dat je wegkomt, Veum! Want anders...'

'Ja, want anders...'

'Ik waarschuw niet meer.' Hij draaide zich om, sloeg een arm om zijn vrouw en trok haar met zich mee naar binnen. Nu kon ik het logo op zijn rug zien. Het was een gestileerde Vikingkop met een helm. De helm had opzij een zonnekruis met daarboven en daaronder de tekst *MC BACCHUS NORWAY.*

Terwijl de deur achter hem dichtsloeg, riep ik hem na: 'Maar die dominee werd ten slotte toch gepakt!' En tegen de gesloten deur vervolgde ik: 'Voor rijden onder invloed.'

Maar dat hoorde niemand.

14

Net als elders zijn regen en naheffingen in Bergen de duidelijkste signalen dat het herfst is. De volgende dag was het wisselend bewolkt en bleef het tussen de stortregens door langer droog. De buien kwamen in gespreide formaties op de stad af en je wist nooit precies wanneer ze zich zouden melden, net als bij de naheffingen die in deze tijd van het jaar op de deurmat vielen.

Voor de tweede keer in twee dagen bezocht ik het politiebureau van Bergen, maar deze keer had ik een afspraak met hoofdinspecteur Atle Helleve. Hij kwam uit Voss, wat goed te horen was, en begroette me op zijn gebruikelijke opgewekte manier, alsof hij zojuist een pint versgebrouwen bier uit zijn geboorteplaats had getapt en klaar was voor het eerste schapenkoppenfeest van het jaar. Zijn krachtige baard paste goed bij een vertegenwoordiger van de geslachten die sinds de dagen van Odin en Thor de donkerste tijd van het jaar vierden met het eten van gefermenteerde schapenkoppen.

De reden dat ik hem vandaag wilde spreken was dat hij, voor zover ik wist, een spilfunctie had bij de groep die onderzoek deed naar georganiseerde criminaliteit in het Noorse motorclubmilieu. In Bergen was dat ogenschijnlijk nog geen groot probleem, maar toch waren er de laatste jaren in de media verhalen verschenen die erop wezen dat daar ook aan deze kant van het land verandering in kwam.

Hij luisterde aandachtig naar wat ik vertelde, over de verdwijning van Emma Hagland en de confrontatie die ik de afgelopen avond met haar vader had gehad en die was uitgemond in een duidelijk dreigement – althans, zo had ik dat opgevat, niet in de laatste plaats vanwege het milieu waartoe hij kennelijk behoorde.

'MC Bacchus', zei hij. 'Ja, die kennen we. Ze zijn vrij nieuw hier, ook al hebben sommige leden een verleden bij andere clubs. We gaan ervan uit dat die hier zo'n jaar of vier geleden is opgericht. Ze hebben een clubhuis aan de kust bij Morvik, in het noorden van de stad. De naam komt van een Canadese club, en ik neem aan dat ze daarmee contact hebben, anders zouden ze die naam niet gebruiken, ook al hebben ze er het woord "Norway" aan toegevoegd. Je kent zeker de uitdrukking "eenprocentclub"?'

'Ja. Dat wil zeggen dat de meeste mensen met een motorfiets respectabele, brave burgers zijn, maar dat één procent van de motorclubs zich bezighoudt met criminele activiteiten. Dat ene procent duikt voortdurend in de media op en tooit zich met die naam alsof het iets is om trots op te zijn.'

'Precies. De Hells Angels is de bekendste daarvan. Bandidos is een andere. Welke positie Bacchus in die wereld heeft, is moeilijk te zeggen. In internationaal verband is het een kleine club, voor zover ik weet is er alleen die tak in Canada. Maar er kunnen natuurlijk contacten en verbanden zijn die ook wij niet kennen. In

Canada wordt MC Bacchus in elk geval beschouwd als een eenprocentclub.'

'Over wat voor criminele activiteiten hebben we het dan?'

'Incasseringen, afpersingen. Daarmee samenhangende bedreigingen en vernielingen. Mocht een van die groeperingen schulden overnemen die je in het grijze circuit hebt, dan moet je goed uitkijken zodra je je op straat begeeft, en ze zien er ook niet tegen op om je thuis op te zoeken.'

'Gelukkig is het jaren geleden dat ik me schulden kon veroorloven, zullen we maar zeggen.'

Hij trok een scheve glimlach. 'In de afgelopen jaren lijken die clubs ook betrokken te zijn geraakt bij het smokkelen en dealen van drugs. Van heroïne blijven ze vooralsnog af, maar leden van, tja, bijna al die clubs worden genoemd als het gaat om het invoeren en verkopen van hasj, amfetamine en cocaïne.'

'Geldt dat ook voor Bacchus?'

Op slag zag hij er wat bezorgder uit. 'Nog niet. Maar om het zo maar uit te drukken: we houden ze in de gaten.'

'O?'

'Meer kan ik er niet over zeggen, Varg.'

Ik wachtte even, maar hij gebaarde dat ik verder moest gaan. 'Had je nog meer vragen?'

'De naam Robert Høie Hansen, zegt die jou iets?'

'Nee, helaas. Zoals je weet proberen ze in die milieus alles zo goed mogelijk geheim te houden. Het is vrijwel onmogelijk om een ledenbestand in handen te krijgen. Dan moet je overgaan op schaduwen, elektronische bewaking, telefoontaps en dergelijke, maar om van rechtswege voor dergelijke middelen toestemming te krijgen heb je sterke en goed beargumenteerde verdenkingen nodig, en dat is hier niet het geval. Nog niet.'

'Dus jouw advies aan mij is...'

'Ik kan je niet aanraden om het met iemand uit dat milieu aan de stok te krijgen, Varg. Dat is eigenlijk alles wat ik erover kan zeggen. Maar je weet het: mocht je iets tegenkomen waarvan je denkt dat het nuttig voor ons kan zijn, dan horen we uiteraard graag van je.'

'En als ik onder hun voorwielen terechtkom?'

'Dan moet je ons bellen.'

Weer buiten besloot ik me richting Møhlenpris te begeven, naar het Industriehuis. In dat gebouw was een groot aantal bedrijven gevestigd, en een ervan heette, grappig genoeg, Bacchus Bergen, waarvan Knut Moberg de eigenaar was. Volgens het bericht op zijn voicemail moest hij nu weer terug op kantoor zijn. Ik nam de gok dat ik beter niet kon bellen om mijn komst van tevoren aan te kondigen.

Ik liep door het centrum, nam de voetgangerstunnel onder het Historisch Museum en bereikte het Industriehuis. Dat lag tussen de Torborg Nedreaas' gate en de Professor Hansteens gate en had twee ingangen. Op een informatiebord zag ik *Bacchus Bergen* staan; het kantoor lag op de derde verdieping als je vanaf de straat naar de Puddefjordsbrug liep.

De deur zat op slot, maar ernaast was een bel met de opdracht *HIER BELLEN*. Ik zag bovendien dat er een klein kijkgaatje in de deur zat, zodat degene die binnen was kon zien wie er voor de deur stond. Ik deed wat me was opgedragen en keek afwachtend naar het glazen oogje.

Na ongeveer een minuut ging de deur open en stond er een man in de deuropening die naar ik aannam Knut Moberg was. 'Ja?'

'Volgens uw voicemail zou u vandaag weer op kantoor zijn. Hebt u even tijd?'

'Wat was uw naam?'

'Veum. Ik heb gisteren gebeld.'

Hij trok zich automatisch terug en wilde de deur dichtdoen, maar als ik wil kan ik erg goed voor colporteur spelen, dus ik plantte mijn elleboog tegen de deur en liep met hem mee naar binnen voordat hij de deur kon sluiten.

Daar stonden we dan, tegenover elkaar.

'Wat heeft dit verdomme te betekenen?'

'Dat we absoluut iets te bespreken hebben.'

Knut Moberg leek zo uit een reclame voor herenmode gestapt te zijn. Hij droeg een grijs pak, een wit overhemd en een donkerrode das met een klein, rond logootje van een wijnkasteel en de naam *cheval blanc 1990* in het midden. Hij was omstreeks veertig jaar oud, had achterovergekamd haar en een smal, maar niet onaantrekkelijk gezicht, en beschikte naar ik aannam over meer charme dan wat hij op dat moment tegenover mij liet blijken. Maar blijkbaar keurde hij zijn publiek en voor hem zat ik kennelijk niet op de eerste rang, maar hooguit op de derde.

Het kantoor was spartaans gemeubileerd. Een bescheiden aantal wijnflessen stond uitgestald in eenvoudige houten kasten. Aan de wand hingen posters van verschillende wijngebieden, hoofdzakelijk van Saint-Émilion, maar ik zag er ook een paar waarop Pomerol werd aangeprezen. Bij het raam dat uitzicht bood op de brug en de bergen aan de andere kant van de fjord, stond een bureau met telefoon, laptop, een kleine printer en wat er verder nog nodig was om in je eentje een wijnagentschap te beheren.

Ik besloot te beginnen met een geïmproviseerde vrije trap vanaf de zijlijn. 'Wat heb je met de motorclub Bacchus Norway te maken?'

Hij keek me niet-begrijpend aan. 'Wie?'

'Heb je de naam van je bedrijf niet gedeponeerd?'

Hij spreidde zijn armen. 'Bacchus en wijn horen bij elkaar. Er zijn ook restaurants en kroegen die zo heten, maar Bacchus Bergen is van mij.'

'Dus Bacchus Norway mag zo heten?'

'Ik heb geen flauw idee waar je het over hebt, Veum. Wat wil je?'

'Zoals ik gisteren al over de telefoon zei... Ik heb trouwens ook je vrouw ontmoet. Heeft ze dat niet verteld?'

'Mijn vrouw? Nee.'

'Het gaat dus over Emma Hagland, die deze herfst enkele maanden een kamer van je heeft gehuurd.'

'Ja, dat heb ik begrepen', antwoordde hij met een gereserveerde uitdrukking op zijn gezicht. 'Maar wat ik daarover te zeggen heb, heb ik al verteld. Ik weet absoluut niet waarom ze verhuisd is, waar ze naartoe is gegaan of wat dan ook.'

'Naar ik heb begrepen onderhoud je goede relaties met je huurders, Moberg.'

'Goede relaties? Wat bedoel je daarmee? Ik heb helemaal geen... relaties.'

'Vat het positief op! Je wilt toch niet zo'n chagrijnige huisbaas zijn over wie niemand iets goeds te melden heeft? Je geeft ze zelfs flessen wijn cadeau!'

'O ja?'

'Ja, dat is toch zo? Of misschien is het een verkoopstrategie om ze een fles wijn cadeau te doen?'

'Wie heeft gezegd dat ik ze...' Hij sloot zijn mond.

'Kari had er toch een gekregen, of niet?'

Hij perste zijn lippen op elkaar, zonder verder nog wat te zeggen.

'Kari Sandbakken. Een van de drie meisjes op de derde verdieping. Of zoals de situatie nu is, een van de twee. Het is trouwens onmogelijk om contact met Kari te krijgen.'

'Zo.' Nu stond zijn masker zo strak dat er barstjes in dreigden te komen.

'Maar misschien is ze nu wel weer terug, net als jij.'

Hij nam me van top tot teen op. 'Ik heb nog steeds geen flauw idee waar je het over hebt. Wil je nu zo vriendelijk zijn om te vertrekken?'

'Emma had tegen een vriendin verteld dat de huisbaas – en daarmee bedoelde ze jou – zich nogal opdrong, maar dat ze hem op zijn nummer had gezet en dat het daarna geen probleem meer was.'

'Wat? Dat ik me opdrong?'

'Dat waren haar woorden. Kom op, Moberg, dat is bekend. Dat komt wel vaker voor, je leest erover in de krant of je hoort ervan. Dat een huisbaas wat extra aandacht wil, misschien zelfs bereid is om wat van de huurprijs af te doen.'

Nu was zijn gezicht donkerrood geworden. 'Zo! Maar dat heb ik niet gedaan en in elk geval niet met...'

'In elk geval niet met Emma?'

'Veum!' Hij wees naar de deur.

'Maar wel met... Weet je misschien of ze nu thuis is?'

'Wie?'

'Kari Sandbakken.'

Driftig keek hij me aan. 'Wat insinueer jij, verdomme? En trouwens... Mijn huurders hebben geen meldplicht. Zoek het zelf maar uit.'

'Als ze er niet is, kan ik het ook aan je vrouw vragen. Misschien heeft zij haar gezien.'

Hij deed een stap naar voren, nog steeds met een rode kop. 'Laat ik je even duidelijk zeggen waar het op staat, Veum. Als ik hoor dat je mijn vrouw hebt lastiggevallen – of een van mijn huurders – dan sta ik niet in voor de gevolgen.'

'Dan bel je zeker met MC Bacchus Norway?'

'Zoals gezegd...'

'Misschien kunnen jullie een sponsorcontract afsluiten, daar heb je allebei plezier van.'

'Man, hou toch op. Moet ik de politie bellen?'

'Uitstekend. Ze weten waar ik mee bezig ben.'

'De politie?'

'Ja.'

Ik had hem stof tot nadenken gegeven en vertrok, Misschien kwam hij nog op betere gedachten. Misschien ook niet.

15

Kari Sandbakken bleek een aantrekkelijke jonge vrouw met donker haar te zijn, gekleed in een strakke zwarte broek en een roestrode bloes. Maar ook zij was niet erg spraakzaam toen ze de deur voor me opendeed met een blik die rechtstreeks van de Noordpool leek te komen, zonder tussenstop.

Ik legde haar uit wie ik was en waarom ik bij haar aangebeld had.

'Ja, Helga heeft me verteld dat er iemand was langsgekomen.'

'En dat was ik', zei ik met een vrolijke grijns, zonder dat het effect had. 'Kun jij er nog wat meer over vertellen?'

'Over Emma? We gingen niet met elkaar om.'

'Waarom niet?'

'Ze kon beter met Helga opschieten.'

'Was daar een speciale reden voor?'

'Geen commentaar.' Vervolgens begon ze de deur dicht te doen.

'Wat studeer je? Politicologie?'

'Sorry?'

'Je praat al net zoals een politicus.'

'Goedendag en bedankt voor uw bezoek, meneer Veum.'

Vlug zei ik: 'Waarom krijg je eigenlijk wijn van je huisbaas?'

Deze keer kwam haar blik van de achterkant van de maan. Ze deed haar mond open, maar besloot toen dat ik geen antwoord waard was. In plaats daarvan sloot ze de deur met een knal en ik bleef op de gang staan met het gevoel dat ik een blauwtje had gelopen. Het was bepaald niet een van mijn meest glorieuze momenten.

Even overwoog ik de trap op te gaan naar Ellisiv Moberg in de hoop dat ze me een glas wijn zou aanbieden. Maar hoogstwaarschijnlijk zou ik ook daar een deur in mijn gezicht dichtgesmeten krijgen, dus ik liep bedeesd naar buiten en vroeg me af of er nog meer plaatsen waren waar ik voor gek kon staan.

Bij MC Bacchus Norway, wellicht?

Die kans was niet groot.

Ik ging terug naar kantoor, opende de fles aquavit die in mijn bureaula op me lag te wachten, hield hem onder mijn neus en bleef geruime tijd de lucht opsnuiven. Maar ik legde hem weer terug zonder een slok te nemen. Wel belde ik met Sølvi Heggen die op haar werk zat in Bryggen, aan de overkant van de Vågen waar ik zelf zat, en vroeg of ik haar na haar werk een lift naar huis kon geven.

'Heb je soms zin in een warme maaltijd?' antwoordde ze.

'Daar zeg ik geen nee tegen. En een toetje?'

'We moeten maar zien wat de mogelijkheden zijn.'

Allebei begonnen we te lachen, alsof het was afgesproken. Zo was het met Sølvi en mij geweest vanaf het moment dat we elkaar hadden ontmoet. Een paar jaar geleden was ze betrokken geweest bij een zaak waar ik aan had gewerkt. Haar man was vermoord en ik wist de dader te vinden. We zaten op dezelfde golflengte en waren sneller

dan ik gewend was in bed verzeild geraakt, zonder dat ik me daarover schuldig voelde.

We spraken een tijdstip af en tot die tijd hield ik me bezig met internet: ik zocht op alle namen die ik tot nog toe was tegengekomen. De meeste hits kreeg ik bij de naam van Liv Høie Hansen, maar dat waren voornamelijk uitslagen van hardloopwedstrijden. Ze had vijftien keer meegedaan aan de wedstrijd langs de Stoltzekleiven naar de top van de berg en had volgens een artikel in een lokale krant van vier jaar geleden vijfentwintig keer de marathon gelopen. Ik vermoedde dat dat aantal sindsdien flink gestegen was. De MC Bacchus Norway kwam voor op een lijst van motorclubs in Bergen die vermoedelijk een eenprocentclub waren, maar dat was alles. In een column over wijn stond een interview met Knut Moberg over een aantal klassieke bordeauxwijnen uit zijn assortiment. Op de foto leek hij een vollere haardos te hebben en zag hij er iets jonger uit, maar volgens de datum was hij hooguit vijf jaar jonger dan nu.

Veel verder kwam ik niet. Om kwart over vier pikte ik Sølvi op bij de Korskirke zoals afgesproken. Ze wipte een winkelcentrum in Morvik binnen en kwam weer naar buiten met twee loodzware plastic tassen waar stokken prei uit staken, die deden vermoeden dat ze vooral etenswaren had ingeslagen. Ook Helene, haar dochter, was inmiddels thuisgekomen in hun huis in Saudalskleivane, een buitenwijk ten noorden van de stad. Ze was elf en had zelf een sleutel, iets wat ze met zichtbare trots vertelde.

Omdat haar moeder erop stond zelf de pollepel ter hand te nemen, bleven Helene en ik in de woonkamer zitten, waar ze mij op de hoogte bracht van haar vorderingen in de verschillende activiteiten op school, en haar enthousiaste verhalen gaven me voor de eerste keer die dag het gevoel dat ik echt niet mocht mopperen.

Vandaag stond er een ovenschotel met kabeljauwfilet, prei en een uitgebreide selectie wortels en knollen op het menu en nadat Helene naar bed was gegaan, kreeg ik zelfs mijn toetje. Toch kroop ik weer uit het bed, gaf Sølvi een nette afscheidskus en reed rond middernacht met mijn eigen auto terug naar huis, want ik had een besluit genomen. De volgende dag ging ik naar Haugesund. Het moest er nu maar van komen.

16

Toen ik die donderdagochtend naar Haugesund vertrok, hing er kou in de lucht en was er tussen de buien door af een toe een straal zonlicht te zien. November had kennelijk nog niet besloten of het herfst of winter was.

Tegenwoordig hoefde je op het traject Bergen-Haugesund nog maar één veerpont te nemen, volgens velen een groot pluspunt. Maar de reis tussen Halhjem en Sandvikvåg duurde toch lang genoeg om onder het genot van een kop pikzwarte koffie en een lauwe *lompe*, een pannenkoek met een worstje, de krant te kunnen lezen met als kop: *GIGANTISCHE OPBRENGST VAN FLITSPALEN – en het kan nog twee keer zoveel worden*. Het artikel ging over de inkomsten van automatische verkeerscontrole via flitspalen die de laatste jaren als onkruid langs de wegen in en rondom Bergen waren opgeschoten. Tot mijn schrik zag ik dat het stuk weg tussen Bergen en Os dat ik zojuist had afgelegd, tot de meest winstgevende trajecten behoorde

en ik hoopte maar dat ik me ook vandaag aan de maximumsnelheid had gehouden.

Op het eiland Stord ontstond er zoals gewoonlijk vertraging door wegwerkzaamheden, maar tegen tienen had ik in elk geval het letterlijke dieptepunt van mijn reis bereikt, de onderzeese Bømlafjordtunnel op 260 meter onder zeeniveau, en kon ik weer opstijgen naar Sveivo om verder zuidwaarts te rijden naar Haugesund. Rond een uur of elf had ik *Haraldsstøtten*, het grafmonument van Harald Schoonhaar, bereikt en even later bevond ik me bij het adres dat Norma me had gegeven, een witgeverfd houten huis aan de Gange-Rolvs gate. Het was kennelijk een koninklijke buurt, want alle straten hier droegen de namen van oude Vikingkoningen: Magnus Berrføtt, Olav Kyrre en koningin Gyde. Voor zover ik me kon herinneren was Gange-Rolv de bijnaam van de legendarische Rollo, de grondlegger van Normandië. Of hij ooit in deze contreien was geweest, wist ik niet, maar Haugesund lag in elk geval wel bij de zeearm die destijds Nordvegen werd genoemd en de oorsprong was van de meeste buitenlandse namen van ons land: Noorwegen, Norwegen, Norway en Norvège. Haugesund heeft de nagedachtenis van Harald Schoonhaar geclaimd, de koning die in de negende eeuw de eerste was die de gebieden die je Noorwegen zou kunnen noemen, onder zich verenigde en die hier ook omkwam, iets waar het monumentale grafmonument van getuigde.

Mijn halfzus deed open en aarzelde even, maar gaf me toen een warme omhelzing, alsof we al jaren als naaste familieleden met elkaar omgingen en het altijd weer even gezellig was om elkaar te zien.

'Kom binnen, Varg, dan zet ik koffie. Je wilt toch wel een kopje?'

'Ja, lekker.'

Ik hing mijn jas op, trok mijn schoenen uit en volgde haar op kousenvoeten. We betraden een schone, goed onderhouden keuken met

uitzicht op de verzorgde tuin, waar alleen nog een paar bleekrode rozen het novemberweer trotseerden, al zagen ze er niet al te florissant uit. Nog even en ook zij waren herinneringen geworden.

Norma zette het koffiezetapparaat aan, haalde een trommel met koekjes tevoorschijn en zette alles klaar op de keukentafel. 'Wat ongelooflijk dat je hier nu bent', zei ze met een vrolijke lach. 'Ik neem je straks mee naar Ingeborg en ik heb boven ook een bed voor je opgemaakt, voor het geval je wilt overnachten.'

'Fijn, dank je. Maar ik weet niet of het nodig is.'

'En voor vanavond heb ik een verre nicht van ons uitgenodigd. Ruth Kjærstad.'

'Een nicht? Hoe ben je met haar in contact gekomen?'

'Ach, weet je. Haugesund is niet zo groot en vanaf de jaren zestig zijn we allebei actief geweest in de Noorse Vrouwen Welzijnsvereniging. Ook al is ze bijna twintig jaar jonger dan ik, we zijn goed bevriend geraakt zonder te beseffen dat we familie waren. Toen ik na mijn bezoek aan onze moeder uit Bergen terugkwam, vertelde ik haar ervan. Ze zei dat haar eigen moeder een nicht in Bergen had en toen we de namen hadden uitgewisseld en zij het aan haar moeder had verteld, bleek dat we inderdaad familie waren. Dat was voor ons beiden een aangename verrassing en daarna werd ons contact nog beter dan het al was.'

Opgewekt ging ze door: 'Het was op het huwelijk van haar tante dat... ja, toen is onze moeder in Haugesund geweest, in 1942. Ik dacht... Misschien zou het voor ons allebei wel interessant zijn om te horen wat ze daarover te vertellen heeft?'

'Jaa...' Ik aarzelde, maar had allang door dat Norma Johanne Bakkevik niet iemand was die een 'nee' accepteerde, dus ik staakte mijn verzet en concentreerde me op de koffie en de koekjes die op tafel stonden.

'Kun je me ook wat meer over die Ingeborg vertellen voordat we naar haar toe gaan, zodat ik ben voorbereid? Ik begreep dat ze bepaalde gezondheidsproblemen had, zoiets vertelde je.'

'Ja, ik...' Ze keek opgelaten voor zich uit. 'Zoals ik je al had verteld, is Emma opgegroeid op het eiland Karmøy, in een dorpje dat Velle heet. Toen ze naar de middelbare school moest, zijn ze naar Haugesund verhuisd. Vanaf Emma's tweede levensjaar heeft Ingeborg in haar eentje voor haar gezorgd en Emma heeft een moeilijke jeugd gehad. Ze werd veel gepest, zowel op de basisschool als op de middelbare school. Pas in de bovenbouw wist ze zich daaraan te onttrekken. Maar... Ingeborg had er natuurlijk ook veel last van. Keer op keer probeerde ze er met de leiding van de school over te praten, met andere ouders en met... ja, met alle instanties die daarvoor geschikt waren, maar niemand leek het serieus te nemen. Ze had het gevoel dat ze met haar hoofd tegen een muur liep en dat drukte op den duur ook een stempel op haar. Ze ging naar de dokter en kreeg kalmerende middelen voorgeschreven. Daar werd ze min of meer afhankelijk van. Maar uiteindelijk was wat ze van de dokter kreeg niet voldoende meer en ik ben bang dat ze voor haar pillen nu op de illegale markt is aangewezen.'

'Alleen maar kalmerende pillen? Niets sterkers?'

'Niet voor zover ik weet.' Ze staarde verdrietig voor zich uit. 'Maar... toen Ingeborgs moeder op haar sterfbed lag, heb ik haar beloofd dat ik me om haar zou bekommeren en ik heb mijn best gedaan haar te steunen. En Emma natuurlijk.'

'Hoe reageerde Emma op haar moeders verslaving?'

'Het leidde natuurlijk tot nogal wat ruzie en waarschijnlijk was dat ook de reden dat ze naar Bergen verhuisde zodra ze klaar was met school.'

'Werkt Ingeborg ook?'

'Nee. Toen ze Robert ontmoette, zat ze in de supermarkt achter de kassa en toen ze alleen kwam te staan heeft ze dat nog een paar jaar gedaan.'

'Maar ze kreeg toch wel alimentatie?'

'Nee, dat was het nou net', zei ze met een zucht. 'Ze heeft totaal met hem gebroken. Ze nam haar meisjesnaam weer aan en zorgde ervoor dat Emma die ook kreeg; ze weigerde elke bijdrage van hem, als hij die al heeft aangeboden. Natuurlijk heb ik het daar met haar over gehad, maar ze zei: "Als hij alimentatie betaalt, krijgt hij een soort eigendomsrecht op haar. En dat wil ik niet!" Ze was daar erg stellig in, ik kon haar niet op andere gedachten brengen. Dus nu leeft ze van de bijstand.'

'Maar dat is toch niet te doen als ze zoveel pillen nodig heeft?'

'Nee...' Ze aarzelde, alsof ze nadacht over wat ze zou gaan zeggen.

'Heeft ze nog andere inkomsten?' Toen ze geen antwoord gaf, vroeg ik: 'Hoe oud is ze?'

'In de veertig.'

'Tja...' Ik had prostituees ontmoet die op die leeftijd nog volop actief waren, maar besloot daar niet over te beginnen. 'Laten we horen wat ze te zeggen heeft.'

'Ik denk niet dat je haar echt moet gaan verhoren, Varg. Dan zet ze meteen haar stekels op.'

'Oké, dat snap ik. Maar weet ze van mij? Dat zei je laatst toen we elkaar spraken.'

'Ja, ze weet dat ik iemand om hulp heb gevraagd. Maar niet wie je bent of wat je doet. Wat ik zei was dat ik contact zou opnemen met een kennis in Bergen en er op die manier misschien achter kon komen... waar... of... wat er gebeurd kan zijn.'

'Voorlopig heb ik nog helemaal niets. Het komt niet vaak voor dat iemand zo weinig sporen achterlaat als Emma.'

'Betekent dat... Denk je dat er... sprake is van een misdrijf?'

'Dat hoop ik niet. Maar je kunt het uiteraard pas zeker weten als alle feiten op tafel liggen.'

Ze dronk haar koffie op. 'Dan moeten we het maar niet langer uitstellen. We gaan naar Ingeborg en dan kun jij met haar praten. Misschien kan ze je toch op het goede spoor zetten. Iets zeggen waar ik het belang niet van heb ingezien.'

'Eén ding wil ik nog weten voordat we naar haar toe gaan. Wat was de reden voor die totale breuk tussen haar en haar man, zeventien jaar geleden?'

Weer verscheen die zorgelijke uitdrukking op haar gezicht. Ze boog zich naar voren als om aan te geven dat wat ze nu ging zeggen onder ons moest blijven en niet met anderen mocht worden gedeeld. 'Ze... Ingeborg kwam erachter dat... Robert bleek betrokken te zijn bij een mogelijke verkrachtingszaak in Buvik, waar hij vandaan kwam. Maar vanwege tragische omstandigheden werd er geen onderzoek naar ingesteld. Toen dat plotseling naar voren kwam en ze Robert ernaar vroeg, of liever gezegd een verklaring van hem eiste, toen escaleerde het zo enorm dat... alles kapotging.'

'Dus je zegt in feite dat... Was het voor die tijd allemaal koek en ei?'

'Zo'n goed contact had ik in die tijd niet met hen, maar... In elk geval was dat de beslissende factor.'

'Weet je ook hoe ze erachter kwam?'

'Niet in detail, maar het moet behoorlijk dramatisch zijn geweest, dat heb ik er wel uit kunnen opmaken.'

'Nou, ik zal eens kijken of ik er wat meer van te weten kom.'

'Toch begrijp ik nog steeds niet wat dat met Emma's verdwijning te maken kan hebben, het is al zo lang geleden.'

'Nee, dat zal ik ook proberen uit te zoeken.' Ik dacht even na. 'Maar hij heeft een nieuwe vrouw en een zoon in Bergen. Hoe zit het met Ingeborg? Heeft zij nog een nieuwe vriend gevonden?'

'Nee, tenminste geen vaste relatie. De eerste jaren na de breuk had ze zich volkomen gericht op Emma, hoe ze het zo goed mogelijk voor haar kon regelen. Zeker omdat ze van hem geen alimentatie wilde. Toen ging het mis met haar, en de mannen die ze ontmoette waren allemaal van het labiele soort. Hoe dan ook, ze is al die jaren op zichzelf blijven wonen. Ja, met Emma dan, tot afgelopen zomer.'

'En wat weet je van die verkrachtingszaak?'

'Daar heeft ze het nooit over willen hebben en er is maar weinig over bekend. Er is nooit iets over in de krant verschenen, omdat er geen aanklacht is ingediend.'

'En het slachtoffer?'

'Degene die verkracht werd?'

'Ja?'

'Die leeft nog. Op Karmøy. Daar kwam het juist door, ze hebben haar ontmoet. Maar ik durf er niet over te beginnen, Varg. Het is zo'n afschuwelijk verhaal en ik word echt beroerd van de gedachte dat de schuldige nog steeds vrij rondloopt.' Ze staarde naar buiten. Daar stond een appelboom waarvan alle bladeren gevallen waren, met uitzondering van een paar gele exemplaren, die als spetters op het palet van een niet geheel nuchtere schilder achtergebleven waren. 'Die smeerlap', zei ze zacht, bijna tegen zichzelf.

'Dus als ik iets meer van die zaak te weten wil komen, met wie kan ik dan praten?'

Ze keek voor zich uit. 'Hm... Ik heb een keer gesproken met een journalist van de plaatselijke krant *Ryfylke*. Hij is nu ongetwijfeld met pensioen. Hij was familie van... van die Veslemøy, zo heette ze geloof ik. In de verte. Je kunt het eens bij hem proberen, als het er tenminste mee te maken heeft.'

Ik diepte mijn notitieboekje op. 'Heeft hij ook een naam?'

'Ja... Hoe heette hij ook alweer? Ik word zo slecht met namen tegenwoordig, maar... Ola of Olav, en dan Haugane. Ik dacht dat het Ola was.'

Ik schreef het op. 'Je weet denk ik... Moeder kwam uit Hjelmeland. We gingen er vaak 's zomers naartoe, en ik kan me nog heel goed mijn opa herinneren, Sverre Moland. Hij is daar heel lang dierenarts geweest. Maar Buvik kan ik niet direct plaatsen.'

Ze keek me verdrietig aan. 'Ik heb hem nooit ontmoet. Mijn eigen grootouders – ja, van mijn adoptieouders natuurlijk – kwamen uit Bokn en Haugalandet.'

'Maar onze wegen moeten elkaar vast wel gekruist hebben. Zonder dat we dat wisten.'

'Daar heb ik ook zo vaak aan lopen denken, dat kun je je niet voorstellen.'

'Maar Buvik?' herhaalde ik.

'Ja, Buvik. Dat ligt meer naar het noorden. Tussen Strand en Nesvik, als we ons op de veerboten richten, en dan wat meer naar de fjord toe. Het is maar een gehucht. Waarschijnlijk moesten ze naar Sand als ze wilden dansen of zo. Maar de kerk was niet ver weg.'

'O, nou denk ik dat ik het weet. Wanneer is het gebeurd?'

'In 1975 geloof ik.'

Ik deed een poging tot hoofdrekenen, wat nooit mijn sterkste kant was geweest. '1975? Maar dan kan Robert niet ouder zijn geweest dan... vijftien?'

Ernstig keek ze me aan. 'Zoiets, ja.'

'Hm.'

'Maar op het gevaar af om in herhaling te vallen, Varg, ik zie niet in hoe dat oude verhaal iets te maken kan hebben met wat er met Emma is gebeurd, behalve dan dat het de oorzaak was dat haar jeugd en opvoeding zo moeilijk zijn geweest.'

'En juist dat, mijn lieve... zus, kan diepe sporen nalaten. Zo diep dat het moeilijk is om je eraan te ontworstelen als je een andere richting wilt inslaan. Als je begrijpt wat ik bedoel.'

'Ongeveer wel, ja.' Ze kwam overeind. 'Zullen we gaan?'

'Ja, laten we dat doen. Is het ver?'

'We kunnen beter de auto nemen, denk ik.'

'Dan doen we dat. Bedankt voor de koffie.'

'Niets te danken. Het was gezellig. Als de aanleiding een andere was geweest.'

Zodra we een voet buiten de deur hadden gezet, voelden we een koude windvlaag van de Noordzee opsteken. Over Haugesund viel vermoedelijk heel wat te zeggen. Dat de hemel hoog was en het licht fel, en dat het er bijna altijd waaide. Er waren geen hoge bergen die voor luwte konden zorgen, zoals in Bergen. De wind bereikte het land rechtstreeks vanaf de zee, net zoals de scholen haring in de negentiende eeuw deden, waardoor het stadje uit zijn oude historische wortels was ontkiemd en kon uitgroeien tot een stad waarin de zilte haringlucht altijd aan geld deed denken. De haring was er nog steeds, maar nu kwam het geld toch vooral uit de olie-industrie vandaan.

Ik hield het portier voor haar open, ging achter het stuur zitten en reed naar de plek die zij aangaf.

17

Het was niet ver. We reden naar het park en sloegen twee keer rechtsaf. Vervolgens volgden we de Haugevegen tot voorbij de kerk en bereikten twee verwaarloosde betonnen wooncomplexen aan het eind van de straat, het ene groengeverfd, het andere oorspronkelijk wit, nu vuilgrijs.

'In de volksmond worden dit de "duizend huizen" genoemd', vertelde Norma. 'In beschaafdere kringen "het gemeentecomplex".'

'En tot welke kring behoren wij?'

'Dat mag je zelf uitmaken.'

'De duizend huizen vind ik het leukst.'

'Dan heb je je keus gemaakt', zei ze met een bitterheid die ik niet eerder had opgemerkt.

Ik parkeerde aan de overkant van de weg en Norma leidde me naar de binnenplaats tussen de twee gebouwen. Aan die kant hadden we uitzicht op de drukke Karmundsgaten, waarover ik zelf de stad eerder die dag was binnengereden.

Ze koos een ingang in het groene gebouw en we namen de trap naar de eerste verdieping. Er stond geen naambordje op de deur, maar Norma zei dat we hiernaartoe moesten en drukte op de bel. Na een poosje hoorden we geslof in de gang en ging de deur op een kier open.

De vrouw in de deuropening keek het eerst naar mij, zonder ook maar de minste reactie te vertonen. Vervolgens gleed haar blik naar Norma, wat haar een fletse glimlach ontlokte. 'Dag tante.'

'Dag Ingeborg. Heb je even tijd voor ons?'

Ze keek weer naar mij. 'Wie is dat?'

'Dat is Varg Veum. De man die me helpt om Emma te zoeken.'

'O ja.' Ze knikte naar mij als om aan te geven dat ze wist wie ik was. Toen deed ze de deur helemaal open. 'Kom binnen.'

We hingen onze jassen op in de kleine hal en volgden haar naar wat kennelijk de woonkamer was. Die was eenvoudig gemeubileerd, met een lage, versleten salontafel, een bankstel met rode bekleding die ook nogal sleets was, een minstens tien jaar oude tv in een hoek en een boekenkast waarin een paar kunstbloemen stonden, familiefoto's en een paar dierenbeeldjes van porselein. In een van de lijstjes zag ik dezelfde foto van Emma die ik van Norma had gekregen, uitgeknipt en bijgezet in een kinderfoto die waarschijnlijk ook van haar was. Midden op de salontafel stond een grote, ronde asbak, maar er zaten weinig peuken in, alsof hij nog niet zo lang geleden was geleegd. Daarnaast stond een gebruikte koffiekop, leeg voor zover ik kon zien. De enige wandversiering was een kalender van energiemaatschappij Haugaland, met foto's uit de omgeving als motief.

In de woning hing een ondefinieerbare, maar desalniettemin herkenbare geur die ik eerder dacht opgesnoven te hebben: een mengeling van koffie, sigaretten en kleren die iets te lang te drogen hadden gehangen.

Ingeborg Hagland had een soort gekwetste schoonheid. Haar donkerblonde haar hing los op haar schouders en werd met behulp van een paar haarspelden uit haar gezicht gehouden. Haar gezicht was getekend door iets te veel slapeloze nachten en haar ogen waren rood en stonden dof. Met een verbitterde uitdrukking om haar mond haalde ze een pakje sigaretten uit de zak van haar loshangende vest van mosgroen velours, ze deed er een tussen haar lippen en stak hem aan met een kleine zwarte plastic aansteker waar het logo van Statoil op stond.

'Ga zitten', zei ze en ze wees naar het bankstel. We deden wat ze zei, hoewel Norma eerst wat van haar stoel veegde voor ze plaatsnam.

'Willen jullie koffie?'

'Nee, dank je Ingeborg, we hebben net gehad', antwoordde Norma.

Ingeborg keek mij aan en zei: 'Ik heb ook bier hoor, als je dat liever hebt.'

'Nee, dank je', zei ik en ik voegde eraan toe: 'Ik moet nog rijden.'

Ze bleef mijn blik vasthouden. 'Hebben jullie Emma te pakken gekregen?'

'Nog niet, helaas. Daarom zijn we hier, mevrouw Hagland.'

'Mevrouw Hagland!' zei ze op ironische toon. 'Dat is een goeie. Zeg maar gewoon Ingeborg, hoor. Dat doet iedereen. Maar hoe kan ik helpen? Ik heb niets meer van haar vernomen sinds haar vertrek naar...' Ze zwaaide met haar sigaret naar het noorden terwijl de rook als een soort aura om haar hoofd bleef hangen. 'Bergen', zei ze om haar zin te voltooien, met een kleine zucht. 'Zelfs geen sms!' Ze stak haar hand in de andere zak van haar vest, diepte er een smalle, zwarte mobiele telefoon uit op en hield die voor me op, als een soort documentatie.

'Maar jij hebt haar wel wat gestuurd?'

'Natuurlijk! Ik moet toch weten hoe het met mijn meisje gaat!' Ze slikte. 'Weet je zeker dat je geen biertje wilt?'

'Ja.'

'Ja... dat je het zeker weet?'

Ik knikte.

'Nou, ik neem er in elk geval wel een!' Ze legde de brandende sigaret op de rand van de asbak en kwam overeind.

'Ingeborg', zei Norma.

Maar ze was al in de gang op weg naar de keuken, waar we het geluid hoorden van een koelkast die open en dicht werd gedaan, een blikje bier dat sissend openging en een glas dat op het aanrecht werd gezet en vol werd geschonken. Norma keek me verslagen aan en schudde medelijdend haar hoofd.

Ingeborg Hagland kwam binnen met een gevuld glas in de ene hand en het geopende blikje in de andere. Ze hield me het blikje uitnodigend voor. 'Zeker?'

'Hij heeft gezegd dat hij niet hoeft, Ingeborg!' zei Norma terechtwijzend. 'Al een paar keer.'

'Ja, ja, ik weet het wel! Maar ik mag het toch wel vragen, of niet dan?' Ze keek me schuin aan, op een manier die in andere omstandigheden als een flirt kon worden opgevat, ook al leek het me niet waarschijnlijk dat ik dan minder afstandelijk zou hebben gereageerd.

Ze liet zich met een zware plof op de bank vallen, nam een slok, zette het blikje neer en keek ons aan. 'Ik vind het niet prettig dat jullie haar niet kunnen vinden', zei ze.

'Nee, wij ook niet', zei ik. 'Ik heb je ex-man opgezocht...'

'Ex-man!' riep ze vol verachting uit, alsof dat een veel te fraaie titel voor hem was.

'En zijn gezin.'

Ze snoof, nog steeds nijdig over mijn woordkeus.

'En Emma was daar inderdaad geweest, helaas zonder positief resultaat.'

'Nee, dat kan ik me voorstellen! Is hij nog steeds bij die slet?'

'Je bedoelt...'

'Liv Larsen! Ze had hem nog niet gezien of ze ging al achter hem aan, daar op...' Opnieuw een gebaar met de sigaret in de bedoelde richting. 'Karmøy.'

'O? Ja, ik vond al dat haar dialect uit deze regio leek te komen.'

'Zij was de oorzaak van alle ellende en daarna... en daarna ging ze er verdomme met hem vandoor!' Ze nam een diepe haal van haar sigaret. 'Ja, nadat ik hem de deur gewezen had, natuurlijk.'

'Juist. En waarom heb je dat gedaan?'

'Waarom?' Ze richtte zich tot Norma. 'Je hebt hem alles toch verteld? Over die smeerlap met wie ik getrouwd was?'

Norma beantwoordde haar blik, maar met een gereserveerd gezicht. 'Alleen het allernoodzakelijkste, Ingeborg. Het gaat mij om Emma. En om jou.'

'Emma!' Nu werd er wat onbestemder met de sigaret gezwaaid. Deze keer deed de rook me denken aan een bruidssluier die al te lang in de kast had gehangen, grijs van het stof en bijna uit elkaar gevallen. 'Ze heeft haar vader altijd gemist, ook al heeft hij nooit iets goeds voor haar gedaan.'

'Voor zover ik heb begrepen had ze er geen idee van dat ze in Bergen een halfbroer had.'

'Geen idee? Ze wist al jaren geleden dat ze er een had.' Ingeborg vertrok haar mond in een scheve stand en zette een kinderlijk stemmetje op: 'O, mama, kunnen we daar niet op bezoek gaan? Ik wil hem zo graag ontmoeten! O, wat fijn dat ik een broertje heb!'

Ik wierp een snelle blik op Norma. Ze lette voortdurend op alles wat Ingeborg zei, en heel even schoot het door me heen: hoeveel broers en zussen zijn er wel niet die elkaar nooit ontmoeten, en die niet eens van elkaars bestaan op de hoogte zijn?

'Maar dat hebben jullie nooit gedaan? Op bezoek gegaan, bedoel ik?'

'Daar op bezoek gaan? Ik was vastbesloten haar zo ver mogelijk bij die smeerlap vandaan te houden! Hij betaalde niet eens alimentatie voor haar!'

'Maar dat wilde je zelf, voor zover ik het heb begrepen.'

'Ja, en wat dan nog?' Ze keek Norma aan, alsof ze haar uitdaagde om te protesteren.

'Nou ja, hij wilde duidelijk ook geen contact met haar', zei ik. Toen ze daar niet op reageerde, voegde ik eraan toe: 'Toen ze bij hem voor de deur stond, heeft hij haar in elk geval weggejaagd.'

'O. Nou, dan heeft hij eindelijk iets goeds gedaan.' Het leek alsof ze ergens op zat te broeden.

'Maar... kan Emma misschien niet eerder geprobeerd hebben met hen contact op te nemen? Of alleen met haar broer?'

'Halfbroer!' corrigeerde ze me. 'Niet dat ik weet.'

'Weet je het zeker?'

Haar blik werd onvast en ze haalde haar schouders op.

'Maar nu snap ik het toch niet helemaal, Ingeborg. Je zei dat Liv, met wie hij nu getrouwd is, de oorzaak van alle ellende was. En dat ze er daarna met hem vandoor ging. Wat bedoelde je daar precies mee?'

'Wat ik daarmee bedoelde? Zij was degene die ons uitnodigde om mee te gaan naar die... Veslemøy!' Ingeborg had een bijzonder talent om namen van mensen die ze niet mocht bijna uit te spugen. 'Daar in Skudeneshavn! Daar kom ik van mijn levensdagen niet meer.'

'Veslemøy? Het meisje dat...'

'Ja! Dat meisje!' Ze bewoog haar hoofd naar Norma toe. 'Mijn tante heeft je blijkbaar toch voldoende verteld, begrijp ik.'

'Ingeborg', zei Norma nadrukkelijk. 'Het ging mij alleen maar om...'

'Ja-ha!' Nu richtte ze zich tot haar. 'Het ging jou alleen om Emma. Iedereen denkt alleen maar aan Emma. Niemand denkt aan mij!'

'Jawel, Ingeborg. Ik heb je moeder beloofd...'

'Ja-ha! Je hebt mama beloofd dat je goed op me zou passen. Nou, hoe goed is dat gegaan? Je ziet toch hoe ik eruitzie. Je weet wat voor leven ik heb. Waar ik woon. Of ben je tevreden met dat resultaat?'

'Nee, ik... Tevreden...' Norma keek haar moedeloos aan. 'Wat moet ik zeggen?'

'Maar,' zei ik in een poging tussenbeide te komen, 'dat incident waar je man bij betrokken was... voor zover ik heb begrepen is het nooit tot een aanklacht gekomen.'

'Nee, wees daar de duivel maar dankbaar voor!'

'Dus waarom reageerde je dan zo fel?'

'Ik? Zíj was degene die fel reageerde.'

'Zij? Veslemøy?'

Ze knikte kort. 'Godallemachtig, dat was wat! En toen zag ik het. Hoe hij was. En toen wilde ik niet... Hij mocht niet meer bij Emma in de buurt komen, dat kun je toch wel begrijpen? Ze was nog maar twee!'

'Ja, maar... Ik weet te weinig af van je man en ook niet...'

'Noem hem niet steeds mijn man!'

'Oké. Ik weet te weinig af van Robert Høie Hansen...'

Opnieuw onderbrak ze me, maar nu op die inmiddels bekende verachtende toon: 'Hansen!'

'En ook niet van dat incident, dus laten we die kant van de zaak maar laten zitten. Voor zover ik heb begrepen...'

Weer vertrok ze haar mond en nu bauwde ze mijn tongval na: 'Voor zover ik heb begrepen...! Is dat de enige manier waarop je een zin kunt beginnen? Voor zover ik dit heb begrepen, voor zover ik dat heb begrepen... Jij hebt godverdomme helemaal niks begrepen!' Ze pakte

haar glas en dronk het leeg, zette het hard op het tafelblad neer en vulde het bij.

'Wat ik wilde zeggen,' zei ik geduldig, 'was dat Emma op school werd gepest.'

Op slag veranderde haar gelaatsuitdrukking. Die werd zachter en haar blik kreeg iets sombers en verdrietigs. 'Ja. Dat klopt. Op Karmøy zijn we twee keer van school veranderd. Het werd alleen maar erger, maar niemand deed er wat aan. De school niet en ook de ouders niet...'

'Dat heb ik gehoord.'

'Pas toen we hiernaartoe zijn verhuisd en ze hier naar de middelbare school ging, werd het beter – toen ze een vriendin kreeg, een meisje dat Åsa heette. Ze steunden elkaar. Ze letten op elkaar. Ik weet nog goed... Ze waren dol op kleren en mode, zo zijn meisjes nu eenmaal, en ze kwam thuis met een paar mooie schetsen die Åsa en zij hadden gemaakt. Maar juist toen...' Ze zweeg.

'Ja?'

'Ik had haar al die jaren gesteund, zo goed mogelijk, haar hele kindertijd lang. En toen het eindelijk een beetje beter begon te worden, toen zette ze zich tegen mij af. Toen kreeg ik de schuld van alles wat er mis was gegaan! En met papa – Robert – was niks aan de hand!'

Zo voorzichtig mogelijk zei ik: 'Maar ze kende hem toch niet?'

'Nee, dus waarom moest hij nou opeens haar held zijn? De droomprins! Papa in Bergen! Ik kan het je wel vertellen. Ik had het misschien moeten zeggen. Ze was al eens eerder in Bergen geweest. Toen ze zestien was, is ze met Åsa in de bus gestapt en naar Bergen gegaan om hem te zoeken.'

'Zo!'

'Maar... ze kwam nogal teleurgesteld thuis. Ze hadden hem niet gevonden. Of er was niemand thuis geweest. Hoe moet ik dat weten? We hebben het er nooit meer over gehad.'

'Ik heb met Åsa gesproken. Ik kan haar weer bellen om haar ernaar te vragen.'

Ze keek me zwijgend aan, alsof ze aangaf dat ze niets meer te zeggen had.

'En dat geval in Skudeneshavn?', vroeg ik.

Ze gebaarde naar Norma. 'Dat moet je maar aan haar vragen. Zij kan het net zo goed als ik vertellen.'

Ik keek Norma aan. Ze knikte even, terwijl ze tegelijkertijd een afwerend gebaar maakte.

'Nu moeten jullie gaan', zei Ingeborg Hagland.

Ik boog me naar haar toe. 'Maar je wilt toch dat we Emma vinden, of niet?'

Opnieuw schoten haar ogen vuur. 'Tuurlijk wil ik dat je haar vindt! Mijn lieve meisje', zei ze. Er zat een ingehouden snik in haar stem. 'Ik wil haar toch zeker terug?'

'Goed. Ik zal alles wat in mijn macht ligt proberen om ervoor te zorgen dat ze terugkomt.'

Maar toen we haar woning verlieten, was ik alleen maar minder zeker van mijn zaak geworden. Om de een of andere reden leek het veel gecompliceerder dan toen ik de opdracht had aanvaard, en over de verblijfplaats van Emma had ik niet de minste aanwijzing gekregen. Ook Norma zag er niet bepaald vrolijk uit. Bij het instappen sprak ze geen woord en zij was ook niet degene die als eerste de mond opendeed.

18

‘Ze noemde je tante’, zei ik.

‘Ja, de stumper.’ Ze zweeg even en zei toen: ‘Ingeborg heeft ook geen gemakkelijke jeugd gehad. Ze groeide op bij haar moeder, een vader heeft ze nooit gekend, haar familie moest niets van haar hebben en ze had weinig mensen om zich heen die haar steunden. Ik heb haar moeder leren kennen via mijn vrijwilligerswerk bij de Vrouwen Welzijnsvereniging en ging geregeld bij haar op bezoek. Op die manier werd ik voor Ingeborg een soort tante.’

‘Het klinkt alsof Emma het niet van een vreemde heeft. Ik bedoel, opgroeien zonder een vader en gepest worden.’

‘Ja, ik ben bang dat het ook voor Ingeborg geldt.’

‘Ik wilde er daarbinnen niet over beginnen, maar haar ogen vielen me op. En ze was erg opvliegend. Weet je wat ze slikt?’

‘Verschillende kalmerende middelen, geloof ik. Valium, diazepam, tja, geen idee. Misschien nog wel meer. Maar voor zover ik

weet alleen pillen, en natuurlijk de alcohol die ze erbij drinkt. Je zag toch...'

'O ja.'

'Ik denk niet dat ze spuit. Dat zou me zijn opgevallen.'

'En hoe komt ze eraan?'

'Van verschillende kanten. Zelfs gepensioneerden verkopen dat spul, heb ik gehoord.'

'Ja, dat zal wel.'

'Bovendien... Weet je, Haugesund heeft al jaren de reputatie een drugsstad te zijn.'

'Ja, dat weet ik. Als privédetective, maar ook eerder, toen ik nog bij Jeugdzorg werkte, heb ik hier heel wat jongeren gezocht die van huis waren weggelopen, juist om die reden. Om ze te vinden ben ik in deze hoek van het land in de meest afschuwelijke verblijfplaatsen geweest. Soms vond ik ze inderdaad, maar niet altijd.'

'Ik snap het.'

'Maar jij denkt dus dat een vrouw als Ingeborg Hagland zich in die kringen begeeft om aan, eh, producten te komen?'

'Ja, in elk geval als het om illegale producten gaat. Wie weet heeft ze ook een ruimdenkende huisarts.'

'Die schijnen te bestaan.'

Terwijl ik de Gange-Rolvs gate insloeg zei ze: 'Wat ga je nu doen? Zelf wil ik graag in de keuken aan de slag. Een warme maaltijd is wel op zijn plaats. Ook al is het maar simpel, gehaktballen en iets erbij.'

Ik parkeerde voor haar huis. 'Op en neer naar Skudeneshavn is zeker te ver?'

'Skudeneshavn? Je wilt toch niet naar Fredly?'

'Fredly?'

'Ja...' Ze keek een beetje beschaamd. 'Daar zit ze, die vrouw van wie ik je verteld heb en die Ingeborg... Veslemøy heet ze.'

'Ja, precies, die zou ik graag willen spreken.'

'Maar waarom dan toch, Varg! Wat wil je daarmee bereiken?'

'Nou... het lijkt alsof er een lijntje loopt tussen haar en Liv, de nieuwe vrouw van Robert. Mijn ervaring is dat er in dit soort zaken, waarbij een jong iemand is verdwenen, de vreemdste dingen uit de kast kunnen vallen. Dingen die te maken kunnen hebben met die verdwijning. Ik wil graag alle mogelijkheden onderzoeken, als het ware. Maar jij weet kennelijk iets van die plek, Fredly, was het toch?'

'Goed dan.' Ze keek me berustend aan. 'Het is een soort tehuis, een instelling die door een kerkelijke instantie wordt gedreven, waar mensen worden opgevangen met wie het niet zo goed gaat, maar die buiten de mogelijkheden van de gewone gezondheidszorg vallen, om het wat ingewikkeld te zeggen. Sommigen verblijven er maar kort, om te revalideren of tot rust te komen, anderen blijven er hun hele leven. Dat geldt bijvoorbeeld voor Veslemøy.'

'Heb je haar ontmoet?'

'Nee, nooit. Ik heb alleen maar over haar gehoord. Ik betwijfel of je er iets mee opschiet als je haar opzoekt.'

'Tja... ik zou graag wat meer achtergrondinformatie hebben voor de vragen die ik Liv Høie Hansen wil stellen als ik weer terug ben in Bergen. Wist je daar trouwens van, van dat verband tussen Robert, zijn nieuwe vrouw en Ingeborg?'

'Ja, ze heeft het er weleens over gehad, maar ik zag niet in wat dat ermee te maken kon hebben. Met Emma, bedoel ik.' Ze keek me verwijtend aan. 'Als je echt van plan bent naar Skudeneshavn te gaan, Varg, denk ik dat je beter tot morgen kunt wachten.'

'Goed. Dan denk ik dat ik nu het beste een telefoontje kan plegen naar Åsa in Berlijn. Misschien weet ze meer dan wat ik tot nu toe te weten ben gekomen.'

'Ja, dat lijkt me slim. Ga je dan mee naar binnen?'

'Ja, graag.'

Deze keer liet ze me in de woonkamer plaatsnemen, terwijl ze zelf naar de keuken ging om daar aan de slag te gaan. Ik keek om me heen. Het was een gezellige, ietwat ouderwets gemeubileerde kamer met een eethoek. Aan de wand hingen voornamelijk olieverfschilderijen met verschillende landschapsmotieven, sommige van bergen, andere van zee.

Aan een van de wanden hingen familiefoto's die mijn nieuwsgierigheid opwekten. Zonder toelichting viel voor mij niet met zekerheid vast te stellen wie wie was, maar ik nam aan dat het oudere echtpaar dat op een dubbelportret stond afgebeeld, haar adoptieouders waren. Er waren diverse kinder- en jeugdfoto's van een meisje. Aan de kwaliteit te zien waren het vrij nieuwe foto's, dus ik ging ervan uit dat dit haar kleindochter Karin was. Een jongeman in een marine-uniform was ook te zien op een huwelijksfoto. Ik vermoedde dat het Petter was, haar zoon, die bij het ongeluk op het booreiland was omgekomen. Er was een foto van een gemakkelijk te herkennen Norma tussen twee jonge vrouwen. Een van hen herkende ik van de huwelijksfoto, terwijl de andere een beetje op Norma leek. Ik zou me sterk moeten vergissen als de ene vrouw niet Norma's schoondochter was en de andere haar dochter Ellen. Op een oudere huwelijksfoto stond Norma zelf met haar echtgenoot die kennelijk niet meer leefde.

Ik rukte me los van de fotogalerij, koos een comfortabele stoel uit en toetste het nummer in van Åsa, maar nu zonder resultaat. Het enige wat ik hoorde was een automatisch bericht dat ik een boodschap kon achterlaten of anders later terug moest bellen. Ik dacht een paar tellen na en verbrak toen de verbinding.

Nu ik toch de telefoon in mijn hand had, besloot ik opnieuw een poging te doen om Emma te bereiken. Geen antwoord. Ik kon natuurlijk mijn hele lijst nalopen en iedereen achter elkaar bellen, maar ik vond dat het wel genoeg was geweest.

Door de mobiele telefoon was het gemakkelijker geworden om met mensen in contact te komen. Maar degenen die gebeld werden, konden ook sneller zien wie er belde, zodat ze konden kiezen of ze zouden opnemen of niet. Zo langzamerhand had ik het gevoel gekregen dat er nog maar weinig mensen waren die met mij wilden praten, hoe vriendelijk ik me ook opstelde. Of misschien had het met mijn beroep te maken. Daar zou ik een kroon op inzetten, als er iemand was die met mij wilde wedden.

19

Ruth Kjærstad bleek een gemoedelijke vrouw van tegen de zestig. Ze was niet bijzonder lang en had een nogal rond postuur, maar ze glimlachte breed en had een open blik, waarmee ze me grondig opnam. Schalks keek ze even opzij naar Norma en zei: 'Stel je voor, Norma, we hebben een detective in de familie. Een échte detective!'

'Nou, nou, ik ben geen Sherlock Holmes hoor', zei ik.

'Ja, maar tóch! Het is in elk geval de eerste keer dat ik er eentje ontmoet.'

'Misschien moet je daar wel blij om zijn.'

'O, zeker. Dat betekent immers dat ik er nooit een nodig heb gehad.' Ze eindigde haar repliek met een klaterende lach en legde amicaal haar hand op mijn arm: 'En nu zijn we nota bene nog familie ook!'

'Ja, dat heb ik ook bedacht.'

'Mijn moeder had het vaak over een nicht in Bergen en uit de manier waarop ze dat zei, maakte ik op dat het een soort *lustige Witwe* was.'

'O?'

'Ja, nu iedereen dood en begraven is, mogen de oude familiegeheimen toch wel op tafel komen?' Weer kreeg ik het gevoel dat ze me met haar blik verzwolg, alsof ik een vers gerookte bokking was.

Norma kwam tussenbeide: 'Ik stel voor dat we aan tafel gaan. Het eten is klaar.'

Na mijn mislukte pogingen om iemand aan de telefoon te krijgen had ik een wandeling door de stad gemaakt. Ik was langs de kade bij de Smedasund naar de Risøybrug gelopen en ten slotte via de Haraldsgaten teruggekeerd. Onder de brug had ik een groepje stumpers gezien die onderling verdeelden wat ze die dag te pakken hadden gekregen en die achterdochtig naar me loerden terwijl ik passeerde. Een nieuwe stille? Of een concurrent?

Tijdens mijn wandeling had ik even gepauzeerd bij het bepaald niet slechte standbeeld van Marilyn Monroe, dat voor een van de populairste hotels was neergezet. De reden dat het er stond was het vermoeden dat haar vader oorspronkelijk uit Haugesund kwam, wat later absoluut niet waar bleek te zijn. Maar toen stond Marilyn er al en sindsdien was ze vanaf de onthulling in 1994 eregast op het jaarlijkse filmfestival. Een eindje verderop stond het gemeentehuis met de roze voorgevel, in een stijl die me het gevoel gaf dat ik me in een romantische komedie uit de jaren vijftig bevond, natuurlijk met Marilyn in de hoofdrol. Achter de Vår Frelser-kerk, die uit rode baksteen was opgetrokken, stond een kopergroen standbeeld van twee vissers met een zuidwester op hun hoofd, die in de richting wezen van de vroegere welvaartsbron van deze stad: de zee en de schijnbaar onuitputtelijke scholen haring die hier halverwege de negentiende eeuw naartoe kwamen zwemmen.

Weer terug in de Gange-Rolvs gate schoven we aan rond Norma's 'avondtafel', zoals ze het noemde, waar een enorme stapel warme

gehaktballen met dampende versgebakken uitjes stond uitgestald, en verder nog een klassieke koude schotel met garnalen, eieren, erwtjes en asperges in aspic, een uitgebreid assortiment haring, zoals het hoort in Haugesund, een goedgevulde kaasplank en diverse soorten jam en marmelade. De gulzige blik van onze nicht Ruth dwaalde af naar de tafel. Ze sloeg haar kleine, mollige handen ineen en zei dat ze sprakeloos van bewondering was voor wat Norma op tafel had gezet, hoewel sprakeloos in mijn ogen niet bepaald het meest geschikte woord leek om haar te beschrijven.

Het duurde niet lang of we kregen het over de familierelaties. Ruth was in haar element.

'We hebben vaak gehoord dat tante Asta en oom Atle niet de enige familieleden waren die in Bergen woonden, maar dat er ook nog een verre nicht van mijn moeder en tante Asta moest wonen. Mijn moeder heette Tora en ik geloof dat ze jouw moeder een keer heeft opgezocht toen ze voor een onderzoek naar het Haukeland-ziekenhuis moest. Ze deed altijd een beetje lacherig als ze het over die lichtzinnige nicht uit Hjelmeland had.'

Ik keek even naar Norma. 'Lichtzinnig' was geen woord dat ik met mijn moeder in verband bracht. 'Wat bedoelde ze daar precies mee?'

Nu was het Ruth die snel een blik op Norma wierp. Meteen veranderde haar gezicht van uitdrukking, de vrolijkheid maakte plaats voor ernst. 'Nou ja, dat kwam natuurlijk doordat ze al heel jong zwanger was geworden. Mijn oma heeft haar geholpen toen ze hiernaartoe kwam om haar kind ter wereld te brengen, in het Vårsildavgiftsfondet-ziekenhuis, zoals dat toen heette.'

'Dat is nogal een mondvol', zei ik.

'En dat kind was Norma, die opgroeide zonder enig contact met haar moeder of haar vader.'

'Maar in een goed nest!' zei Norma bits. 'Mijn adoptieouders waren de liefste mensen van de wereld.'

'O ja, zeker, ik wil ook geen kwaad woord van hen zeggen.'

'Zou je dat wel lichtzinnig moeten noemen,' zei ik, 'dat ze door een rondtrekkende predikant werd verleid?'

'Nee, er waren vast wel meer van die smiechten die langs de kust hun sporen nalieten. Daar hebben we heel wat verhalen over gehoord. Er gaat niets boven een degelijke dominee die bij de staatskerk is aangesloten!' zei Ruth terwijl ze Norma en mij gedecideerd aankeek.

Norma glimlachte even en boog zich naar mij toe: 'Ruth is met zo'n exemplaar getrouwd.'

'Ja, en wat dan nog?' vroeg Ruth, die een lichte blos kreeg.

'Niets, ik wilde Varg even op de hoogte stellen.'

'Juist.' Ruth nam een hap van haar eten en ging vervolgens door: 'Maar meestal had ze het over die bruiloft tijdens de oorlog, in januari 1942, toen tante Asta en oom Atle hier in Haugesund trouwden, voordat ze naar Bergen verhuisden. Mijn moeder was maar een jaar jonger dan tante Asta en droomde ervan om zelf ook getrouwd te zijn. Maar bij die bruiloft kwam Ingrid dus over uit Bergen...'

'In haar eentje?'

'Ja.' Ze keek me aan. 'Je vader was er niet bij. Dat was nou net het pikante van de zaak. Maar mijn moeder zei ook vaak dat... ja, dat dat misschien gebruikelijk was in de grote steden.'

'Pikant' was evenmin een woord dat ik met mijn moeder associeerde en Ruths verhaal klonk mij steeds fantastischer in de oren.

'Het was die saxofonist.'

'Wie?' Ik leunde naar voren en merkte dat ik steeds gespannener werd.

'Je moet weten dat mijn oom Atle ook uit Bergen kwam. Hij zat zelf in een orkest en voor de bruiloft had hij zijn collega's uitgenodigd

om te spelen, zodat er gedanst kon worden. Mijn moeder zei dat ze die saxofonist zo geweldig knap vond, maar later, toen de meeste feestgangers vertrokken waren en alleen de jongeren het nog volhielden, danste hij alleen nog maar met Ingrid, en ze vertrokken samen...'

'O?'

'Ja, niets onfatsoenlijks hoor! Hij bracht haar netjes naar het huis van mijn oma, waar Ingrid logeerde. Daar kon niemand wat van zeggen. Maar de volgende dag...'

'Ja?'

'Mijn moeder en mijn oma brachten Ingrid naar de boot voor de terugreis naar Bergen, en het viel hun op dat die saxofonist er ook was; hij was de enige muzikant die met die boot ging.'

'Ja, logisch, hij kwam toch ook uit Bergen?'

'O ja.' Opnieuw werd ze ernstig. 'Maar wij dachten er allemaal het onze van toen we hoorden dat Ingrid in de herfst van datzelfde jaar eindelijk een kind had gekregen. Een jongetje, geboren in oktober!'

Opeens voelde ik me duizelig worden, alsof ik me op de rand van een ravijn bevond waar ik nooit eerder was geweest en naar beneden keek, niet naar een peilloze afgrond, maar naar een landschap dat mij volstrekt onbekend voorkwam. Ik zag mijn vriendelijke moeder voor me, altijd even zorgzaam, en mijn vader, tramconducteur Anders Veum, verdiept in een boek over Scandinavische mythologie en veel afstandelijker in de omgang dan mijn moeder, bijna alsof hij altijd met zijn gedachten ergens anders was. Achter hen ontwaarde ik de schaduw van een saxofonist, iemand van wie ik een foto had gevonden in de nagelaten papieren van mijn moeder, samen met de andere musici in het jazzkwintet The Hurricanes.

'Die oom Atle... Hoe heet hij verder?'

'Atle Eliassen.'

'En bleef hij met jouw tante... ik begreep van je dat ze in Bergen gingen wonen.'

'Ja, daar zijn ze hun hele leven blijven wonen.'

'Zijn ze overleden?'

'Ja, al heel wat jaren geleden. Ze zouden anders dik in de negentig zijn als ze nu nog geleefd hadden. Tante Asta was van 1907.'

'Hadden ze ook kinderen?'

'Ja, een zoon en een dochter. Ik kan hun naam en adres wel voor je opschrijven, als je wilt. Zij zijn per slot van rekening ook familie.'

'De familie wordt steeds groter, begrijp ik.'

Mijn blik kruiste die van Norma, die ietwat weemoedig terugknikte. 'Ja, dat gevoel heb ik ook vaak gehad', zei ze.

'Maar jij bent alleen, als ik het goed heb?' vroeg Ruth.

'Alleen? O ja, ik heb geen broer of zus. Afgezien van Norma. En ik ben al jaren geleden gescheiden. Maar ik heb een zoon, een schoondochter en een kleinzoontje. Ze wonen in het oosten van het land.'

'O, het barre oosten! Dat zegt mijn man altijd en dan huivert hij. Weet je, toen hij net klaar was met zijn opleiding werd hij reservekapelaan in Mysen, en daar krijgt hij nog steeds de kriebels van.'

Daarna ging het gesprek over op koetjes en kalfjes en tegen tienen nam Ruth afscheid, waarbij ze Norma hartelijk bedankte voor het eten en zei dat ze hoopte dat we elkaar nog eens zouden ontmoeten. Voor haar vertrek pakte ze mijn arm even vast en zei op zachte, bijna vertrouwelijke toon: 'Ik hoop niet dat je al te erg geschrokken bent over wat ik heb verteld. Over je moeder, bedoel ik.'

'Nou, geschrokken... Maar het was wel een verrassing voor me, moet ik zeggen. Het moet even bezinken, zowel bij Norma als bij mij.'

'Het was niet lelijk bedoeld.' Ze keek me haast smekend aan.

'Nee, dat begrijp ik wel. Dank je wel.'

Maar toen ze vertrokken was, wist ik niet goed hoe ik erop moest reageren. Ik had een raar, dof gevoel in mijn hoofd, en opnieuw drongen zich een paar vage jeugdherinneringen op. Was dit misschien de reden dat ik mijn vader en moeder nooit een zichtbaar teken van liefde had zien uitwisselen, geen enkele liefkozing, hun hele leven niet, tenminste niet in mijn bijzijn? Kwam het daardoor dat ik mijn vader soms geïrriteerd had zien reageren op iets wat ze had gezegd, ook al stond dat niet in verhouding tot haar feitelijke opmerking, en sloeg ze daarom haar ogen dan neer zonder iets terug te zeggen? En zette hij daarom altijd de radio uit zodra er iets klonk wat op jazz leek, terwijl het geluid tijdens het volksmuziekuurtje altijd zo hard stond dat de muren ervan trilden?

Terug in de woonkamer liep Norma vastbesloten naar een hoekkast, maakte die open en haalde er een fles uit. 'Ik vind dat we nu wel iets mogen hebben om alles een beetje te kunnen verwerken, wat jij Varg?' Ze ontkurkte de fles. 'Het is maar port, maar... Je wilt toch wel een glaasje?'

'Ja, graag.' Ik haalde mijn telefoon tevoorschijn. 'Ik wil alleen nog even proberen of ik Åsa in Berlijn te pakken kan krijgen. Toen ik eerder vandaag belde, kreeg ik geen gehoor.'

Ze knikte en ik belde Åsa's nummer. Deze keer nam ze op. Toen ze hoorde wie het was, vroeg ze meteen: 'Is er nieuws? Hebt u haar gevonden?'

'Nee, helaas. Niets.'

'Wat kan er dan gebeurd zijn?' Ze klonk wanhopig. 'Ze kan toch niet zomaar in het niets oplossen? Ze moet toch wel een spoor hebben achtergelaten?'

'Ongetwijfeld zullen er sporen zijn. We hebben ze alleen nog niet gevonden.'

'Maar de politie dan? Die moeten haar toch kunnen vinden?'

'Ja, maar ze vatten de zaak nog niet zo ernstig op. Ze denken dat ze wel zal opduiken. Dat ze misschien een... man heeft ontmoet.'

'Dat weiger ik te geloven. Zo is Emma niet. En bovendien zou ze nooit zoiets hebben gedaan zonder iets te laten weten. In elk geval zou ze het mij hebben verteld, zo'n band hebben we wel met elkaar.'

'Ja, daarom bel ik je ook, Åsa.'

'Ik word er verschrikkelijk nerveus van! Ik ben zo bang dat haar iets overkomen is!'

Norma zette een goedgevuld glas port voor me op tafel neer en nam plaats op een stoel aan de andere kant van de kamer. Ze hief het glas om te proosten en nipte er met een tevreden uitdrukking van.

'Ja, wij maken ons uiteraard ook zorgen. Maar... ik ben in Haugesund en heb eerder vandaag met Emma's moeder gesproken. Ik neem aan dat jij haar ook wel kent.'

'Ja, ik heb haar een paar keer ontmoet. Maar Emma vond het niet prettig om iemand bij haar thuis uit te nodigen. Waar ze woonden... Ik geloof dat ik de enige was die ze daar thuis heeft uitgenodigd en hooguit een paar keer in al die jaren dat we elkaar kennen.'

'Haar moeder zei hetzelfde als jij nu. Dat jij en Emma elkaar steunden. Maar ook dat jij als het ware haar plaats innam. En dat zij als moeder de schuld kreeg van alles wat fout was gegaan.'

Åsa zweeg even. Toen zei ze: 'Ja, maar... het was ook haar moeder die met haar vader had gebroken... Ze had hem letterlijk het huis uit gegooid. En ze heeft Emma nooit een goede verklaring gegeven waarom ze dat had gedaan. Uit wat Emma begreep had het met misbruik te maken, met een verkrachting. Dat haar moeder haar daarom met alle geweld bij haar vader uit de buurt wilde hebben.'

'Dus hij heeft Emma nooit iets aangedaan?'

'Nee, absoluut niet! Dan had ze het mij wel verteld. Als ze het had geweten.' Na een nieuwe stilte voegde ze eraan toe: 'Dat heeft míjn vader wel gedaan.'

'Juist. En... is híj er ook voor gestraft, Åsa?'

'Ik wil er niet over praten. Niet met een... vreemde.'

'Nee. Goed. Maar Emma's moeder heeft me ook verteld dat Emma en jij een keer naar Bergen zijn gegaan om haar vader op te zoeken.'

'Ja, dat was een spontane inval. Ik wilde haar natuurlijk helpen. Aangezien het met mijn vader zo'n toestand was, hoopte ik van harte dat zij haar vader weer zou zien. Dat ze hem leerde kennen. Misschien dat hij ondanks alles een beter leven had dan... haar moeder.'

'En hoe ging het?'

Ze haalde zo heftig adem dat ik het helemaal vanuit Berlijn kon horen. 'Vreselijk! Hij weigerde met ons te praten!'

'Juist. Hebben jullie hem wel ontmoet?'

'Nee, alleen die vrouw met wie hij getrouwd was.'

'Liv?'

'Geen idee hoe ze heette. Maar zij deed de deur open toen we hadden aangebeld, daar in... de Sudmanns vei of zo?'

'Klopt.'

'Toen Emma vertelde wie ze was, zei die vrouw dat ze het aan haar man zou zeggen en vervolgens deed ze de deur voor onze neus dicht. Wij bleven buitenstaan en na een tijdje kwam ze terug. Emma's vader wilde niet met haar praten, had hij gezegd. We moesten gewoon weer weggaan. Nou ja zeg! Je zestienjarige dochter komt in haar eentje – of met een vriendin dan – helemaal uit Haugesund en dan wil je haar niet eens dag zeggen! Wat is dat voor vader? Net zo'n hopeloos geval als de mijne? Die zou het anders heerlijk vinden als ik hem kwam opzoeken, waar hij ook maar mag zijn!'

'Geen verklaring?'

'Geen woord. Die vrouw zei alleen maar: "Jullie moeten gaan." Op zich leek ze best geschikt, maar misschien wat opgelaten, omdat zij niet degene was die het had besloten.' Ze viel weer even stil. 'Emma was compleet over haar toeren. We liepen naar het hek en bleven daar een tijdje naar het huis staan kijken. Achter een van de ramen verscheen een gezicht dat naar buiten keek. Het was van een jongen, van een jaar of twaalf. O, dat deed me toch zo'n pijn! Dat moest haar broertje zijn. Of halfbroertje, natuurlijk. En zij... zij buiten, hij binnen... Ze keken elkaar aan en konden geen woord met elkaar wisselen, omdat hun vader een idioot was.'

'En toen...'

'Nou ja, we gingen weer met de bus naar huis. Tijdens de terugweg zei Emma bijna geen woord en later wilde ze het nooit meer over haar vader hebben. Het was alsof ze hem voor altijd uit haar leven had gebannen.'

'Maar toch heeft ze hem dit jaar opnieuw opgezocht toen ze naar Bergen was gegaan om aan haar opleiding te beginnen.'

'Ja, maar is het niet net zoals wat jullie altijd zeggen? "De tijd heelt alle wonden."'

Ik dacht dat ik begreep wat ze bedoelde met 'jullie', dus ik vroeg haar niet om dat nader te preciseren. In plaats daarvan vroeg ik: 'En haar broer? Heeft ze niet geprobeerd met hem in contact te komen?'

'Nee. Ze heeft het er tenminste nooit met mij over gehad. Dat was waarschijnlijk ook niet zo gemakkelijk. Ik vraag me af of hij zelf een telefoon had, in die tijd, en zijn ouders zullen hem wel afgeschermd hebben als ze hem via de vaste telefoon probeerde te bellen... of als ze hem schreef.'

'Maar nu... Ze zocht haar vader op toen ze in Bergen was. Denk je niet dat ze ook heeft geprobeerd haar broer te bereiken?'

'In dat geval zou ze het tegen me hebben gezegd, denk ik.'

'En dat is niet gebeurd?'

'Nee, dat heb ik u toch verteld toen u me een paar dagen geleden belde, of niet?'

'Ja. Het is alleen maar een gevoel van me, toen ik hem ontmoette. Dat hij wat voor me achterhield.'

'Tja, in dat geval weet ik daar niets van af.'

'Nee. Het spijt me Åsa, dat ik je nog een keer heb moeten storen, maar...'

Ze onderbrak me. 'U moet gewoon weer bellen als u denkt dat ik u ergens mee kan helpen, maakt niet uit wanneer.'

'Dank je.'

We sloten het gesprek af, ik legde de telefoon neer en greep het glas port vast als een drenkeling een reddingsboei. Ik hief het glas naar Norma en dronk het in een teug leeg.

Ze trok haar wenkbrauwen met een ironische grijns op. 'Nog eentje?'

Ik knikte en schoof het glas naar haar toe. 'Ja, graag.'

Ze schonk me opnieuw in en ik zei: 'Wat denk je dat we vanavond te weten zijn gekomen, Norma? Over onze moeder, bedoel ik.'

Ze schudde langzaam haar hoofd, als om aan te geven dat zij evenmin alle informatie naar behoren had kunnen verwerken. 'Wat moet ik zeggen? Mijn biologische vader en moeder zijn nog steeds dezelfde. Voor jou is het erger, want jij hebt iets gehoord waardoor je gaat twijfelen over de identiteit van je vader.'

'Ik vind het vooral verwarrend. Ik bedoel... mijn vader, dus degene die ik altijd als mijn echte vader heb beschouwd, stierf toen ik veertien was, en hij was altijd nogal afstandelijk. Echt goed contact heb ik nooit met hem gekregen. Maar hij blijft toch mijn vader, en niet die saxofonist van wie ik alleen een paar foto's uit oude krantenknipsels heb.'

Ze knikte. 'Zo kijk ik ook tegen mijn adoptieouders aan. Voor mijn gevoel zijn zíj mijn ouders. Ik ben als baby bij hen gekomen en heb hen nooit anders genoemd dan papa en mama.'

'Bovendien doet het me denken aan de zaak waar ik nu mee bezig ben. Emma's vader vertrok toen ze twee was, en voor zover ik heb begrepen, zag ze hem pas weer toen ze dit jaar naar Bergen ging. En heb ik het goed als ik zeg dat haar moeder geen andere man meer heeft gehad?'

'Klopt. In elk geval geen vaste relatie, om het zo maar uit te drukken.'

'Er is in elk geval één ding waar ik steeds nieuwsgieriger naar word. Hoe is die dramatische breuk tussen Emma's ouders nou precies gekomen, zeventien jaar geleden? En wat is het verband met wat er in 1975 in Buvik gebeurd is?'

'Ik snap echt niet wat dat met Emma's verdwijning nu, in 2003, te maken kan hebben!'

'Nee, ik ook niet. Maar misschien kom ik erachter, of het nu op de ene plek is of de andere.'

'De ene plek of de andere...'

Ik knikte. 'Ik wil morgen naar beide plekken toe, naar Buvik en naar Skudeneshavn, al hoeft het niet in die volgorde.'

Dat hing af van welke afspraken ik kon maken en vanavond was het al te laat om daar nog achteraan te gaan. Dus dronk ik nog een glas port met mijn gastvrije halfzus, waarna ik me boven terugtrok in de logeerkamer die ze voor mij in gereedheid had gebracht.

Voordat ik ging slapen, keek ik uit het raam. Het wolkendek was lichter geworden en boven Haugesund waren een paar zwakke sterretjes te zien. Maar door de lichtgloed van de stad waren de sterren niet erg helder, net zoals de dromen van jonge mensen vervagen en soms zelfs volledig verdwijnen door het felle licht van het leven zelf en alles wat dat met zich meebrengt. In de loop van mijn carrière,

zowel in de jeugdzorg als tijdens mijn werk als detective, had ik veel levens ontmoet die leken op dat van Åsa in Berlijn, en misschien had ik ook weleens iemand ontmoet als Emma. De verstotenen van het bestaan, trekvogels die al te lang waren gebleven zonder te weten dat de winter voor de deur stond en genadeloos zou zijn als het eenmaal zover was.

20

Als je op het hoogste punt van de Karmsundsbrug bent gekomen, sta je precies boven de zeearm die de Nordvegen werd genoemd. Op een heldere dag kun je alle richtingen uit kijken, zover het oog reikt, en krijg je het gevoel dat de hele Noorse kust zich onder je uitstrekt. Daar kwamen ze over het ijs aangesloft, de allereerste migranten vanuit Ultima Thule, in dierenvachten gekleed, verkleumd en hongerig, jagend op vluchtende kuddes rendieren. En daar kwamen latere generaties aangevaren, in eenvoudige bootjes, gemaakt van uitgeholde boomstammen en met primitieve peddels. Nog weer later, in de negende eeuw, kon je daar de bolle zeilen zien van de Vikinghoofdmannen die zich verzamelden voor de slag tegen Harald Schoonhaar. In de daaropvolgende eeuwen passeerden daar steeds grotere schepen, eerst nog door de wind voortbewogen, later door stoom en nog weer later door diesel en elektriciteit. En toen kwamen daar de luchtschepen aan, die landden op het vliegveld van Haugesund op Karmøy. En op

een dag in november 2003 reed ik daar in mijn Toyota Corolla, op weg naar Skudeneshavn.

Voor veel bewoners van de westelijke kuststreek was Skudeneshavn een veerponthaven die ze aandeden op weg van Mekjarvik en Stavanger of omgekeerd. Velen hadden de overtocht gemaakt op de zware golven van de Boknafjord, een van de meest woeste veerponttrajecten die ons land verbinden, van Kirkenes in het noorden tot Randaberg in het zuiden. Veel passagiers hadden zich aan de reling vastgeklampt en de zeelucht tot in het diepst van hun longen opgesnoven als ze eindelijk land in zicht kregen, de haven van Skudeneshavn, waar ze weer achter het stuur konden plaatsnemen of met wankele benen voet aan wal konden zetten, opgelucht dat ze de tocht over de fjord tussen Stavanger en Karmøy ook nu weer hadden overleefd. Maar ook voor dit traject bestonden er vergevorderde plannen voor een onderzeese tunnel. Over niet al te veel jaren zouden deze veerponten en de geschiedenis van Skudeneshavn voorbehouden zijn aan degenen die wisten wat ze zouden missen.

Zelfs in november stak Skudeneshavn als een verlate zomeridylle af tegen de grijsblauwe zee. Het plaatsje had nog het meest weg van een stadje aan de zuidkust dat op drift was geraakt en bij toeval aan de zuidkant van Karmøy was beland. De lange, smalle hoofdstraat met de goed onderhouden witte houten huizen en de grote en kleine botenhuizen gaf je het gevoel dat je minstens een paar eeuwen in de tijd was teruggegaan, toen de haven nog vol lag met grote zeilschepen en vissersboten in plaats van cabincruisers en speedboten. Nu waren de scholen haring vervangen door toeristen die zich in het hoogseizoen in dichte drommen door de hoofdstraat begaven en die slechts bij hoge uitzondering het risico liepen ingeblikt of op rekken te drogen gehangen te worden.

Ik had van tevoren gebeld om mijn komst aan te kondigen. De vrouw met wie ik had gesproken, had niet erg enthousiast geklonken

toen ik haar het doel van mijn bezoek had verteld, maar zoals ze zelf zei: 'In Fredly weigeren we geen enkele bezoeker.'

Fredly lag discreet een stukje van de hoofdweg af en ik moest de auto stilzetten, het raampje omlaagdraaien en de weg vragen aan een voorbijganger, een jonge vrouw met een kinderwagen. Glimlachend wees ze hoe ik moest rijden, alsof ik op weg was naar de Dame in het Park, een van de toeristische attracties van Skudeneshavn. Maar mijn doel was geen boegbeeld uit de tijd van de grote zeilschepen dat aan een rotswand zat vastgeklonken, maar een nog steeds levende vrouw die zo beschadigd was door de schipbreuk die haar eigen leven had geleden, dat niemand het in zijn hoofd zou halen haar voor iedereen tentoon te stellen.

Ik vond het witte, twee verdiepingen tellende gebouw ten slotte aan het einde van een zijweg en zo hoog op de rotsen dat je vanaf de ingang westwaarts kon uitkijken over de Noordzee, het graf van duizenden vissers, maar de laatste decennia bron van de welvaart die het land vanaf halverwege de jaren zeventig had overspoeld.

In de tijd van de grote zeilschepen was Fredly de privéwoning geweest van een grote reder en hij had het na zijn dood geschonken aan een kerkelijke instelling, vertelde de in sobere kleding gestoken vrouw die me verwelkomd had na me geobserveerd te hebben vanuit een vertrek dat volgens een bordje het KANTOOR was. Ze stelde zich voor als Laura Lothe en droeg een grijze jurk, die deed denken aan een uniform maar dat niet was. Ze had kort, grijs haar en een brilletje in de vorm van een halvemaan, waar twee felle ogen bovenuit keken. Aan een ketting om haar hals zat een klein, rond apparaatje dat deed denken aan een wekker, waarop ze waarschijnlijk alarmsignalen ontving van de bewoners.

Ze nodigde me uit in het kantoor, waar een wand gedomineerd werd door een groot schilderij van Jezus in het veld met een herdersstaf in

de hand en omringd door lammeren, en de andere wanden verscholen zaten achter boekenplanken en archiefkasten. Het raam bood uitzicht op het zuiden, waar ik boven de contouren van de oude houten bebouwing van Skudeneshavn een paar hoge kranen zag uittorenen.

'Ik moet u waarschuwen, meneer Veum. Veslemøy is onrustig vandaag, ik weet niet waardoor dat komt. Overigens is het ook op rustige dagen niet eenvoudig om contact met haar te krijgen.'

'Ik heb begrepen dat ze hier al heel lang is.'

'Ja, het langst van allemaal. Zo zie je maar waar verkrachting toe kan leiden.'

Aanvankelijk had ze een treurige indruk gemaakt; nu verschoot haar gezicht van kleur en kreeg het een felle, haast verwijtende uitdrukking, alsof ik verantwoording moest afleggen voor alles wat vertegenwoordigers van mijn sekse haar medezusters door de eeuwen heen hadden aangedaan.

'Ik heb begrepen dat het erg traumatisch voor haar moet zijn geweest.'

'Traumatisch? Dat is een veel te zacht woord. Het was een catastrofe. Ze is in een catatonische toestand geraakt, alsof ze voor altijd verstijfd van schrik is over wat ze als jong meisje op die afschuwelijke dag heeft meegemaakt. En dat is heel wat jaren geleden.'

'1975, voor zover ik heb begrepen.'

Ze knikte. 'Nu is ze een vrouw van in de veertig. Haar hele leven, vanaf haar veertiende tot nu, ligt ongebruikt achter haar. Ze heeft niets om naar uit te kijken. Ze is even levend als het boegbeeld van een schip.'

Het schoot door me heen dat er kennelijk toch een overeenkomst was met de Dame in het Park, hoe slecht gekozen die vergelijking ook mocht zijn.

'Maar is het wel mogelijk haar te ontmoeten?'

Ze knikte, hoewel het duidelijk was dat ze er geen heil in zag. 'U mag haar ontmoeten. Maar zoals gezegd, ze heeft niets te zeggen. Ze praat met niemand, zelfs niet met de mensen die hier werken!' En ze was nog niet klaar met haar verwijt. 'Als onnadenkende kerels eens wisten wat ze vrouwen aandoen als ze hen op die manier misbruiken!'

'Maar... heeft ze geen familie? Krijgt ze wel bezoek?'

'Haar ouders zijn beiden gestorven. Het was een zware last voor hen toen ze merkten dat hun dochter werd zoals ze werd. Ze heeft twee zussen die haar weleens komen opzoeken, maar er kunnen maanden tussen zitten en ze komen altijd alleen, alsof ze zich ervoor schamen haar aan andere familieleden te laten zien. En dan heeft ze nog een broer die een of twee keer per jaar komt, als hij hier toch in de buurt moet zijn. Hij woont in Bergen.'

'O? Hoe heet hij?'

'Vetle.'

'Vetle en Veslemøy. Krachtige namen, als je het mij vraagt. Hoe heten ze van achternaam?'

'Valaker. Ik dacht dat u dat al wel wist.'

'Nee. Alleen de voornaam is me verteld, Veslemøy.'

'Goed.' Ze kwam overeind. 'Zullen we eens kijken hoe het met haar is?'

'Ja, graag.'

Ze liep voor me uit en ik volgde haar door een gang die leek uit te monden in een redelijk grote verblijfsruimte die als woonkamer was ingericht. Voordat we daar waren, klopte ze op een deur aan de linkerkant van de gang en wachtte een paar tellen, waarna ze opendeed en naar binnen ging.

Na even gewacht te hebben volgde ik haar.

Veslemøy Valaker zat op een stoel voor het raam, in een merkwaardige kromme houding met de armen stevig om haar lichaam geslagen,

alsof ze het koud had. Ze droeg een bril met dikke glazen in een zwaar montuur, die op haar smalle neus met een spits puntje, als een klein skiheuveltje, een stukje naar beneden was gegleden. Door de brillenglazen zocht ik haar blik. Ze staarde met ijsblauwe ogen voor zich uit en vertoonde geen enkele reactie op het feit dat er iemand was binnengekomen.

Ze had blond haar dat nog geen spoortje grijs bevatte, maar het was levenloos en in een ouwelijk model geknipt, alsof ze haar haar zo had gedragen toen ze hier kwam en niemand het nodig had gevonden het te veranderen. De kleren die ze droeg gaven diezelfde indruk: een blauw met wit gestreepte overhemdbloes, een grijze pantalon en licht bruine schoenen zonder veters.

De kamer was eenvoudig ingericht met een opgemaakt bed, een tafel en twee stoelen, alles van witgeverfd hout. Aan de wand hing een schilderij in dezelfde stijl als in het kantoor van Laura Lothe, alleen was het motief hier Jezus die vertrouwelijk met kinderen sprak. Ze keken hem dankbaar aan zonder te weten wat hun later in het leven te wachten stond, misschien zelfs voordat ze volwassen zouden zijn.

'Dag Veslemøy', zei ik vanaf mijn plaats bij de deur.

Laura Lothe keek me narrig aan en Veslemøy vertoonde ook nu geen enkele reactie.

'Ik heet Varg en ik wil je geen kwaad doen.'

Deze keer kwam er wel een reactie, een heel kleine, alsof ze zich probeerde af te wenden om mij maar niet te hoeven zien.

'Zo reageert ze op alle mannen', zei Laura Lothe zachtjes. 'Wie het ook is. De dominee, haar broer, de dokter. Ze wil niets meer met jullie te maken hebben.'

Terwijl ik naar Veslemøy keek, voelde ik een enorme woede bij me opkomen, even onverzoenlijk als wat Laura Lothe me in haar kantoor had laten zien. Even vergat ik waarom ik hier was. Emma Hagland

was volkomen uit mijn gedachten verdwenen. Het enige wat ik voelde was een overweldigende drang om diegene die dit de jonge Veslemøy dertig jaar geleden had aangedaan, tegen de muur te zetten en het dichtstbijzijnde politiebureau te bellen om te voorkomen dat ik me als een gedateerde westernheld zou gedragen en het recht in eigen hand nam.

Nog steeds met haar gezicht half naar het raam gewend stootte ze een geluidje uit. 'Uh-hu.'

Ik wierp een vragende blik naar Laura Lothe.

Ze keek me recht aan. 'Ze wil dat u weggaat.'

Ik knikte. Ik wierp een laatste blik op Veslemøy en trok me langzaam terug naar de gang. Achter me zag ik hoe Laura Lothe zich over de ongelukkige vrouw boog, haar zorgzaam over het haar streelde, haar wangen aaide en een paar welgekozen woorden prevelde, voor mij te zacht om nog te kunnen verstaan.

Daarna richtte ze zich weer op, liep de gang in en sloot voorzichtig de deur. Geen van ons zei iets terwijl we terugliepen.

Ze liep met me mee naar de voordeur. Voor mijn vertrek wilde ik nog één ding weten. 'Naar ik heb gehoord, is er hier een incident geweest waarbij Veslemøy betrokken was, in 1986, als ik het goed heb?'

Ze keek me afwachtend aan. 'Ja.'

'Iemand zou de, eh, dader hiernaartoe hebben meegenomen?'

Ze perste haar lippen op elkaar tot een smalle streep, maar slaagde er niet in haar gezichtsspieren tot rust te brengen.

'Klopt dat?'

Toen ze uiteindelijk antwoord gaf, was het alsof haar hele mond tot een grimas was verstard, alsof het zo moeilijk was om de boodschap over te brengen dat het letterlijk pijn deed. 'Dat was het ergste wat ik in al die jaren dat ik hier werk, heb meegemaakt. Ze werd ontslagen, op staande voet!'

'Wie?'

'Een van onze personeelsleden. Ze had een vriendin uitgenodigd. Het was een onwaarschijnlijk mooie zomerdag en verschillende bewoners waren buiten in de zon gaan zitten, Veslemøy was een van hen. Plotseling kreeg ze een aanval. Ze werd volstrekt hysterisch, kwam overeind, viel op de grond en stootte zulke wanhopige geluiden uit, zo vertwijfeld dat het afschuwelijk was om te horen. Al het personeel kwam aangehold en toen bleek dat dat mens, die vriendin, een man bij zich had. En die man bleek de oorzaak te zijn van Veslemøys gedrag. We moesten hen wegsturen, zorgen dat ze zo snel mogelijk verdwenen. Het kostte ons dagen om Veslemøy weer een beetje tot rust te brengen. Ze huilde als een klein kind, met lange, verdrietige uithalen, terwijl ze naar adem hapte en haar ogen dichtkneep. Het duurde dagen voordat ze weer durfde te kijken. We moesten haar sondevoeding geven, anders had ze niets naar binnen gekregen. Het was werkelijk een verschrikkelijke belevenis, meneer Veum.'

'Ja, dat kan ik me levendig voorstellen.'

'Pas de volgende dag, toen we de naam van die man te weten waren gekomen en wat navraag hadden gedaan, begrepen we dat, ja, dat het de dader in eigen persoon was geweest. Ongetwijfeld uit pure onnadenkendheid of... Niemand wist eigenlijk wie hij was of wat zijn relatie was met Veslemøy. Zo heeft zij, dat personeelslid dus, het althans aan ons uitgelegd. Ze zag zelf in wat voor blunder ze had begaan en verontschuldigde zich ten zeerste. Evenmin als haar vriendin, die nota bene met die man getrouwd was, had zij geweten wat hij had gedaan. We moesten haar wel ontslaan, er was geen andere oplossing.'

'En was haar naam... Liv Larsen?'

Laura Lothe keek strak voor zich uit. 'Daar kan ik geen mededeling over doen.' Toen, alsof ze bij zichzelf had overlegd, zei ze: 'Maar ik hoor wel dat u goed geïnformeerd bent. Hier heeft ze zich begrijpelijk

genoeg nooit meer laten zien. En ik heb geen idee waar ze naartoe is gegaan.'

Dat had ik haar kunnen vertellen. Maar ik liet het zitten. Ik was niet gerust op haar reactie en ze hoefde het natuurlijk ook niet te weten, net zomin als Veslemøy.

Maar op de lijst van mensen met wie ik nodig een praatje moest maken als ik weer terug was in Bergen, stond Liv Høie Hansen bovenaan.

21

Ola Haugane en ik hadden telefonisch afgesproken in het café vlak bij de veerponthaven van Sand in Ryfylke. De gepensioneerde journalist had er de voorkeur aan gegeven om me daar te ontmoeten en voelde zich niet geroepen om daarna mee te gaan naar Buvik. 'Ik heb er alleen maar slechte herinneringen aan', had hij als uitleg gegeven, zonder verder op de details in te gaan.

Het Fargeriet Kafé lag in de hoofdstraat van het oude kustplaatsje. Het was gevestigd in een okergeel houten gebouw met bordeauxrode kozijnen en had een rustieke inrichting, met oude houten wandbekleding en nog de oorspronkelijke ramen met kleine ruitjes die op straat uitkeken. Ola Haugane zat aan een tafel bij de wand vlak achter de deur en toen ik binnenkwam had hij onmiddellijk door wie ik was. Ik hoorde daar niet.

Hij was begin zeventig en wat hij nog aan haar bezat, had hij over zijn smalle schedel naar achteren gekamd. Hij droeg een kleine bril

met een stalen montuur waar hij voortdurend overheen tuurde, alsof de sterkte van de glazen niet geschikt was voor de afstand tussen ons toen ik tegenover hem had plaatsgenomen aan de tafel met daarop voor beiden een kop koffie en een *klinge*, een opgerolde pannenkoek met boter en suiker. Hij droeg een versleten grijs pak met een rood met zwart geruit overhemd en zijn hele bovenlichaam helde voorover, alsof hij zat te piekeren boven een toetsenbord dat niet meer bestond. Maar zijn ogen stonden nog steeds waakzaam. Ik vermoedde dat er niet veel aan zijn aandacht ontsnapte.

'Privédetective?' vroeg hij sceptisch. 'Tja, in mijn tijd als razende reporter heb ik er wel een aantal ontmoet, maar die kwamen eigenlijk altijd uit de hoofdstad. Volgens mij ben jij de eerste die uit Bergen komt.'

'We zijn nog steeds dungezaaid. Jarenlang was ik de enige in Bergen, maar de laatste tijd zijn er een paar bij gekomen, voornamelijk oud-politiemensen die ofwel vinden dat ze nog te jong zijn om achter de geraniums te zitten, ofwel zelf ontslag hebben genomen.'

'Ja, die lui uit Oslo waren van hetzelfde slag.' Hij keek me afwachtend aan. 'Waarom heb jij in hemelsnaam belangstelling voor die smerige zaak in Buvik? Zelfs toen het actueel was, is het grotendeels onder de radar gebleven, zowel bij de politie als bij de media. Nu is het waarschijnlijk verjaard.'

'Eigenlijk gaat het mij om iets anders. Er is een jonge vrouw vermist die uit die buurt komt, in elk geval van vaderskant.'

'En die vader heet...'

'Destijds heette hij Robert Høie.'

Er leek een schaduw over zijn smalle gezicht te vallen en om zijn mond verscheen een verbitterde trek, alsof hij iets had geproefd wat erg vies smaakte.

'Tegenwoordig heeft hij er Hansen aan vastgeplakt.'

'Tja, hij moest zich natuurlijk ergens achter verschuilen, stel ik me zo voor.' Na een kleine stilte ging hij niet al te vrolijk verder: 'Dus jij bent hier in opdracht van Robert Høie Hansen?'

'Nee, nee. Hij heeft al jaren niets meer met zijn dochter te maken.'

Hij draaide zijn hoofd naar me toe en het was net alsof er een vos achter zijn oren vandaan kwam toen hij vroeg: 'O nee?'

'Jij hebt zeker niet bijgehouden hoe het hem is vergaan toen hij hier is vertrokken?'

Weer kreeg hij diezelfde uitdrukking van een vieze smaak in zijn mond. 'Nee, daar kun je donder op zeggen van niet. Beter kwijt dan rijk, dat is mijn mening en denk maar niet dat ik... Ik weet dat ik niet de enige ben die er zo over denkt.'

'Nu weet ik in principe waar dit over gaat. Eerder vandaag was ik op Karmøy waar ik... Veslemøy heb ontmoet.'

Voor het eerst leek hij oprecht verrast te zijn. 'Wat! Heb je Veslemøy ontmoet? Kijk eens aan. Hoe is het met haar?'

'Niet echt goed, helaas. Ze is catatonisch, praat met niemand en wijst alle vormen van contact af.'

'Verdomme!' Hij keek naar zijn koffiekop, kwam plotseling overeind, greep de kop en keek me woest aan alsof hij het ding in mijn gezicht wilde smijten. 'Ik moet nog een kop hebben. Jij ook?'

Ik ademde opgelucht uit en schoof mijn kop naar zijn kant van de tafel. 'Ja, graag.'

Terwijl ik wachtte op zijn terugkomst, nam ik een hap van mijn klinge. Het baksel smolt op de tong en smaakte naar verse boter en vanille.

Ola Haugane kwam terug, zette de koppen koffie met een bijna geërgerd gezicht op tafel en terwijl hij nog moest gaan zitten riep hij al uit: 'Wat een beroerde geschiedenis was dat! En het ergste was nog... de dader is nooit gepakt. Het is verdomme nooit voor de rechter

gekomen! Veslemøys leven is voorgoed vernietigd, dat heb je zelf kunnen zien, en haar familie viel uiteen. Haar ouders gingen er zo onder gebukt dat ze ver voor hun tijd stierven, haar broer ging ervandoor zodra hij kon en haar zusters wisten door hun huwelijk een heel eind van Buvik vandaan te komen. De boerderij ligt er nog, vlak aan zee, maar is in een bouwval veranderd. Dat is het laatste wat ik ervan heb gehoord.' Hij zuchtte, alsof de herinnering eraan enorm veel inspanning had gekost.

Ik boog me naar hem toe. 'Kun je me ook vertellen wat je precies van het incident afweet?'

Hij keek me grimmig aan. 'Goed, ik zal het je vertellen, maar ik waarschuw je. Het kan zijn dat je midden in de nacht wakker wordt en niet meer in slaap kunt komen, omdat je voortdurend moet denken aan wat een jong meisje kan overkomen als ze tussen de wolven terechtkomt, die zich bepaald niet als vriendelijke grootmoeders hebben vermomd, dat kan ik je wel vertellen.'

'Het spijt me dat ik je misschien teleurstel. Maar ik heb behoorlijk wat gezien en meegemaakt, en kan nog steeds goed slapen.'

'Juist. Maar zeg niet dat ik je niet heb gewaarschuwd.'

Ik gebaarde dat hij verder moest gaan.

'Het gebeurde allemaal op een mooie nazomeravond in 1975. Er was een dansfeest geweest in het jongerencentrum van Buvik en Veslemøy, die eigenlijk uit een heel ander milieu kwam, was er stiekem naartoe gegaan. Ze wilde de jongen zien die zoals velen wisten haar vriendje was.' Hij keek me veelbetekenend aan. 'Robert Høie.'

Ik knikte.

Op een docerende toon ging hij verder. 'Er doen nogal wat verhalen de ronde over de verdeling van de bevolkingsgroepen in dit deel van het land, of het nu om Ryfylke gaat of om Karmøy – en dat geldt ongetwijfeld ook voor de plek waar jij vandaan komt.'

'O, zeker.'

'Volgens een van die verhalen kun je de bevolking in twee groepen verdelen. Of het zijn trouwe kerkgangers of het zijn cowboys. De trouwe kerkgangers houden regelmatig een inzameling voor de armen in Afrika, de cowboys rijden rond in grote sleeën en versieren meisjes die langs de weg lopen. Maar niemand heeft het over de grote groep die zich daartussenin bevindt, doodgewone arbeiders en gezinnen die je overal in Noorwegen kunt vinden, in grote en in kleine plaatsen. Nu is het natuurlijk wel zo dat er hier in de dorpen minder van elke soort zijn; het is moeilijk om iets voor je buren geheim te houden en daardoor worden ook degenen die zich op de uiterste flanken bevinden zichtbaarder.' Hij keek me sarcastisch aan en voegde eraan toe: 'Vooral voor buitenstaanders.'

'Dank voor de preek. Wat gebeurde er die avond in het jongerencentrum?'

'In het jongerencentrum is niets gebeurd. Maar Veslemøy, die dus tot de kerkgangers behoorde, deed iets wat ze nog nooit had gedaan, in elk geval niet voor zover iemand anders dat wist. Ze ging helemaal los op de dansvloer. In de eerste plaats met Robert, maar ze danste ook een paar keer met anderen.'

Peinzend keek hij voor zich uit. 'Ik kan me haar nog heel goed herinneren, Veum, omdat ik een paar reportages had gemaakt op haar school en bovendien waren we in de verte familie. Vanwege haar bril viel ze snel op. Ze was sterk bijziend, al vanaf haar prille jeugd. Maar het was een lief meisje. Mooi op een kinderlijke manier en als je de bril wegdacht, was het goed voorstelbaar dat een leeftijdgenoot verliefd op haar werd.' Hij leek zich even te moeten herpakken voor hij zijn verhaal vervolgde: 'Het gebeurde op de terugweg.'

'Dat ze werd aangerand?'

'Ja.'

Het leek alsof er een slot op zijn mond kwam en de woorden die zich achter zijn tanden opstapelden, aan zijn tong bleven vastplakken. Hij nam weer een grote slok van zijn koffie en liet de lauwe vloeistof uitgebreid in zijn mondholte rondgaan voordat hij doorslikte. 'Haar ouders maakten zich zorgen toen ze niet om tien uur thuis was, de afgesproken tijd voor als ze 's avonds ergens naartoe ging. En ze hadden geen idee waar ze heen was gegaan. Ze had thuis met geen woord gesproken over het dansfeest in het jongerencentrum. Maar het werd elf uur, het werd middernacht en toen sloeg de paniek toe. De ouders telefoneerden met haar vriendinnen, maar de meeste kwamen uit hetzelfde kerkelijke milieu als zij en hadden geen flauw idee. Toen hoorden ze van iemand dat Veslemøy in het jongerencentrum was geweest en dat ze daar samen met Robert was vertrokken. De vader van Veslemøy ging naar het huis van Robert en belde aan, het was al ver na middernacht. Dat werd natuurlijk een hele toestand en Robert zelf werd uit zijn bed gehaald en moest in pyjama tekst en uitleg geven.'

'En wat had hij te zeggen?'

'Hij moest toegeven dat hij Veslemøy had gevraagd om naar het jongerencentrum te komen, ook al had ze daar geen toestemming voor. En dat hij daar inderdaad samen met haar was vertrokken, maar hij bleef volhouden – en daar is hij later nooit op teruggekomen – dat hij met haar is meegelopen tot de kruising waar ze het huis van haar ouders konden zien, maar dat zij toen begrijpelijkerwijze niet wilde dat hij nog verder met haar meeliep, zodat ze daar afscheid hebben genomen van elkaar. Hij was naar zijn eigen huis gegaan en dat was het laatste wat hij van haar had gezien, die avond dus, en voor zover ik weet heeft hij haar daarna nooit meer ontmoet.'

Jawel hoor, hoorde ik mijn innerlijke stem zeggen, *in elk geval nog één keer, in 1986*. Maar voorlopig hield ik het voor me.

'Er werd een grote zoekactie op touw gezet, maar ze vonden haar pas in de schemering in een kleine hooischuur, ongeveer een kilometer van de plek waar ze volgens Roberts verklaring afscheid hadden genomen. Ze lag helemaal opgerold in een hoek, alsof ze probeerde zich te verstoppen, en toen ze dichterbij kwamen, kroop ze weg, sloeg van zich af en gilde het uit van angst. Haar kleren waren verfrommeld, ze zagen dat er bloed op haar rok zat en het was overduidelijk wat haar was overkomen. Ook haar bril was weg, die werd pas enkele dagen later gevonden, in een nabijgelegen bosje. Kapot.'

'Maar... er werd toch zeker wel onderzoek gedaan?'

Hij keek mij somber aan. 'Tja, tja. Op dit punt traden er bepaalde mechanismen in werking, met als trefwoord schaamte.'

'Schaamte?'

'Ja. Degenen die haar vonden – haar vader was erbij... De meesten wilden onmiddellijk naar de politie, maar haar vader... hij weigerde. Dit zou hij voor zijn rekening nemen. De autoriteiten hadden hier niets te zoeken.'

'Dit zou hij voor zijn rekening nemen?'

'Ja. Voor hem, een van de meest trouwe kerkgangers uit de buurt, was dit blijkbaar een teken van boven. Niet alleen was zijn dochter ongehoorzaam geweest en had ze een plaats bezocht die voor haar verboden terrein was, wat hij haar luid en duidelijk had verteld, maar ook was ze het slachtoffer geworden van iets wat zo onnoemlijk en met schande omgeven was, dat het hem voorkwam als een straf van de Heer, het geluid des rumoers vanwege Sodom en Gomorra, dat zijn dochter willens en wetens had opgezocht. Dus, met andere woorden... Hij verbood domweg dat er door anderen actie werd ondernomen. Dit zou hij zelf regelen.'

'Ja, dat zei je al. Dus... wat heeft hij gedaan?'

Opnieuw een diepe zucht. 'Wat niemand doorhad, in elk geval die avond niet, was dat Veslemøy zwaar beschadigd was. Misschien niet zozeer fysiek, want aangezien er nooit een medisch onderzoek heeft plaatsgevonden, is dat domweg niet te achterhalen. Maar psychisch. Je hebt zelf gezien hoe ze er nu aan toe is en ik kan je vertellen dat ze dat al is vanaf die vervloekte nazomerdag in 1975. Degene die haar heeft misbruikt, heeft haar leven verwoest. Voor altijd.'

Het was alsof ik de echo hoorde van Laura Lothes stem uit Skudeneshavn. 'Goed, maar ik vraag het nog eens: wat heeft die vader van haar precies gedaan?'

'Niets, voor zover ik weet. Wat er binnen de vier muren van hun huis is gebeurd, weet niemand, maar... Veslemøy verdween gewoon uit beeld. Ze liet zich niet meer buiten zien. Ik weet uit andere bronnen dat de schoolleiding zich zorgen maakte en ging informeren. Na een tijdje werd ook Jeugdzorg ingeschakeld. De gemeentearts. Maar niemand kon helpen, en stukje bij beetje raakte het bekend hoe het met haar was gesteld. Ze had zich in haar eigen wereld opgesloten. Als in een schelp. Ze praatte niet, ze at nauwelijks en het was onmogelijk om ook maar iets uit haar te krijgen over wat er die avond was gebeurd. De gemeentearts... Ja, dit is vertrouwelijke informatie, Veum, maar ik heb het destijds van hemzelf gehoord... hij vond dat ze volkomen getraumatiseerd was en een zware psychiatrische behandeling zou moeten ondergaan om te kunnen herstellen. Zo liep het wat dat betreft ook af. Na een maand of acht, negen werd ze uit huis gehaald en naar een instelling gebracht. Ze is nooit meer thuisgekomen. Jaren geleden heb ik gehoord dat ze in een nieuwe instelling werd ondergebracht, waar ze voor de rest van haar leven als patiënt verpleegd zou worden.'

Opeens verhief hij zijn stem en hij sloeg zo hard met zijn vuist op tafel dat het lege kopje opsprong. 'Alles vanwege, ja, hoe moet ik dat

weten? Maar iemand heeft dit op zijn geweten en degene die later door de meesten werd nagewezen was Robert Høie. Niemand geloofde zijn verhaal. Niemand!'

'En hij? Hoe nam hij het op?'

'Zoals ik al heb gezegd: hij bleef hardnekkig volhouden wat hij had gezegd toen ze die avond bij hem thuis kwamen, en hij heeft nooit ook maar iets aan zijn verhaal veranderd. Maar je weet hoe het in een kleine gemeenschap kan gaan. Na een poosje wist iedereen wat er was gebeurd en de meesten hadden er zo hun eigen ideeën bij. Robert en zijn familie werden erop aangekeken. Zelf vertrok hij uit het dorp zodra hij naar de bovenbouw van de middelbare school ging en enkele jaren later verhuisden ook zijn ouders.'

'Was hij toen nog maar vijftien?'

'Ja, en Veslemøy was veertien! Ze was nog maar een kind, Veum!'

'Hij ook.'

'Ja...'

'En was er niemand anders die men van de verkrachting kon verdenken?'

'Ach, weet je, in alle gemeenschappen is er wel iemand die met kinderen rommelt, of het nu jongens of meisjes zijn. Zo iemand was er uiteraard ook in Buvik, een beetje een verlopen kerel van een jaar of vijftig, maar die had een alibi. Hij was met twee kameraden aan het vissen aan de andere kant van de fjord bij Nedstrand en ze overnachtten daar in een vissershut. Beide kameraden stonden voor hem in en er waren ook andere getuigen.'

'Zeg je nou alibi en getuigen? Werd er dus toch een onderzoek verricht?'

Hij legde zijn hand op zijn borst en glimlachte een beetje. 'Onderzoeksjournalistiek, Veum. Ik was degene die daarachter kwam. Ik voelde me erg betrokken bij de zaak omdat een familielid erover had

verteld en ik me Veslemøy zo goed kon herinneren vanwege die schoolreportage. Maar zoals gezegd, hij had er absoluut niets mee te maken.'

'Anderen?'

'Je had die twee broers, Torfinn en Åsmund. Het dynamische duo, zoals ze door sommigen werden genoemd. Maar ik vond ze meer weg hebben van de Joker en de Pinguïn dan van Batman en Robin.'

'Wat was hun achternaam?'

'Vangen.'

'En hoe passen zij in het plaatje?'

'Ach, weet je... Als er wat gebeurde in het dorp, vernieling of diefstal, dan was het in negen van de tien gevallen een van de twee – of meestal beiden – die erachter zat. Ze kwamen van elders, natuurlijk, dat zegt al genoeg. Zigeunerbloed, werd er gezegd. Hun vader had een klein boerenbedrijf overgenomen en maakte er een soort werkplaats van. Åsmund werkt er nog steeds: boten, auto's, motoren. Volgens de geruchten houden ze zich ook met andere zaken bezig, heling van gestolen spullen, en misschien handelen ze ook in drank en drugs, tja, zeg het maar.'

'En in het geval van Veslemøy?'

'Tja... hun werkplaats ligt naast de boerderij waar Veslemøy opgroeide, aan de overkant van de weg en niet al te ver van de plek waar Robert en zij die avond afscheid namen, als we hem op zijn woord mogen geloven.'

'En werden zij ook gehoord?'

'Dat was nou juist de ellende! Er is helemaal geen onderzoek verricht. Ik neem aan dat de politie op de hoogte was van het voorval, maar omdat er geen aangifte werd gedaan en geen medisch onderzoek waarop een onderzoek gebaseerd kon worden... Ze konden gewoon weinig doen.'

'Maar jij dan? Je hebt immers navraag gedaan naar die andere kerel. Heb je die twee broers dan niet opgezocht?'

Hij sloeg zijn ogen neer. Voor het eerst leek hij zich niet goed raad te weten met zijn houding. Ten slotte antwoordde hij, aanvankelijk aarzelend en langzaam, maar geleidelijk aan steeds overtuigender. 'Jawel, ik heb een poging gedaan. Ik heb hen opgezocht, maar dat was ergens anders voor. Als journalist kun je altijd wel wat verzinnen. Ik deed alsof ik een reportage maakte over het opzetten van een werkplaats in een klein gehucht als Buvik.'

'Dus je sprak met de vader?'

'Ja, maar die twee knullen hingen daar de hele tijd rond en terwijl ik daar wat rondliep, maakte ik met een van hen een praatje. Toen heb ik ook het geval van Veslemøy zijdelings aangestipt. Er volgde onmiddellijk een reactie. Ze vlogen me regelrecht aan en drukten me tegen de muur. Torfinn trok zelfs een mes en zwaaide ermee voor...' Hij wees naar zijn neus. 'Ik moest het niet wagen om hen daarvan de schuld te proberen te geven. In dat dorp kregen zij overal de schuld van. Als ik hier ook maar een letter over in de krant zou schrijven, zouden ze me persoonlijk opzoeken om me levend te villen, zeiden ze.'

'Heb je het niet verder onderzocht? Ben je niet naar de politie gegaan?'

Hij maakte een gebaar van machteloosheid. 'Dat zou me heel wat gedoe bezorgen en dat was het me niet waard. Maar één ding wil ik in dat verband nog wel zeggen. Robert was altijd al, van kinds af aan, gefixeerd op motoren. Zodra hij er de leeftijd voor had, kreeg hij een brommer en hij was vaak te vinden in de werkplaats van Vangen, om hulp te vragen voor reparaties of om het zelf te doen. Dus... ze waren geen vreemden voor elkaar, ook al waren Torfinn en Åsmund een paar jaar ouder dan hij.'

'Hm.' Ik keek naar de twee koffiekoppen en de bordjes. Alles was op en weer een nieuwe ronde bestellen was eigenlijk niet nodig. 'Zei je nou dat die Åsmund nog steeds die werkplaats heeft?'

'Ja. Je bent toch niet van plan ernaartoe te gaan?'

'Helaas heb ik de slechte gewoonte altijd het hol van de leeuw op te zoeken, met of zonder rugdekking. Ga je mee?'

Hij keek demonstratief op zijn horloge. 'Nee, Veum. Daar heb ik geen tijd voor en ook geen zin in.'

'En die andere broer, Torfinn? Wat is er van hem geworden?'

'Het laatste wat ik van hem heb vernomen, is dat hij zich in Bergen heeft gevestigd.'

'Kijk eens aan! Datzelfde geldt voor de broer van Veslemøy, Vetle. Weet je ook hoe het met hem is?'

'Haar kleine broertje? Nee. Ik weet alleen dat hij zo snel mogelijk uit huis is gegaan en dat zijn zussen... Nou ja, dat heb ik al gezegd.'

'Ja, en daarmee is het cirkeltje ook wel rond.'

Samen verlieten we het café, we stapten ieder in onze auto en reden weg. Waar hij naartoe ging, wist ik niet. Zelf ging ik naar Buvik. Geleidelijk aan was mij één ding duidelijk geworden. Het spreekwoord dat alle wegen naar Rome leiden, klopte niet. Vanuit Buvik leidden ze naar Bergen.

22

Het eerste wat ik zag toen ik de locatie naderde die volgens mijn kaart Buvik zou moeten zijn, was de klassieke, witgeverfde kapel met een ingemetseld kruis in de gevel. Vijfhonderd meter verderop lag een roodgeverfd gebouw. Te oordelen naar de posters die aan de buitenkant waren opgehangen, moest dat het plaatselijke jongerencentrum zijn. Het was alsof de kleuren van die twee gebouwen hun functie symboliseerden: de hemelse vrede tussen de witte wolken aan de ene kant en het bloed dat onophoudelijk door het lichaam stroomt en lust opwekt aan de andere.

Een bordje wees de weg naar de kade, maar ik betwijfelde of er nog een veerpont was. De overige huizen lagen verspreid op de helling die naar zee liep. Aan de ene kant van de weg lag een opgeheven winkel met een lege etalage, daartegenover stond een filiaal van een landelijke supermarkt, dat ook dienstdeed als postagentschap. Een op het eerste gezicht leeg schoolgebouw versterkte de indruk dat er steeds meer

mensen uit het dorp wegtrokken. Bovendien liep er op deze vrijdagmiddag in november geen kip op straat. Ik zag een paar mensen die voor de supermarkt met elkaar stonden te praten, dat was alles.

Ola Haugane had me uitgelegd waar de werkplaats van Åsmund Vangen lag: een stukje ten zuiden van de kruising en vervolgens nog een eindje over een onverharde weg naar de kust. Het begon al te schemeren toen ik het erf van de werkplaats op reed. Er stonden een paar gammele oude auto's, bij sommige zat er een prijskaartje achter de voorruit, en de bedragen waren zo laag dat het leek alsof je extra korting kreeg als je een gevaarlijk leven wilde leiden. Een roestige sneeuwschuiver maakte het plaatje compleet. De werkplaats zelf was een verouderd houten gebouw dat nog het meest weg had van een afgedankte koeienstal, maar de lucht die me tegemoetkwam toen ik aanklopte en naar binnen liep, was verzadigd van diesel en olie, vermengd met een prikkelend aroma van een lasapparaat.

De man die voorovergebogen over een gedeeltelijk gedemonteerde motorfiets had gestaan, richtte zich op toen ik binnenkwam, met in zijn ene hand een brander. Hij was mager, de baardstoppels op zijn kin en rond zijn smalle mond verrieden dat hij zich al een paar dagen niet geschoren had en hij droeg een donkerblauwe overall die sinds de eeuwwisseling niet meer in de buurt van een wasmachine leek te zijn geweest.

'Åsmund Vangen?'

'En jij bent?' vroeg hij in het plaatselijke dialect.

'Varg Veum.'

Hij keek me afwachtend aan.

'Ik kom voor... Ik ben bezig met een onderzoek.'

'Ben je een smeris?'

'Ik ben privédetective.'

'Ex-smeris dus.'

'Maatschappelijk werker.'

'Huh? Ik dacht dat alleen vrouwen met hangtieten en paarse sjaals dat werk deden.'

'Dan heb je het mis.'

'Nou, als je van Jeugdzorg komt, er lopen hier geen kleine kinderen rond. En een uitkering hoef ik ook niet, zelfs niet als ik mijn arm breek. Dus ik vraag me wel af wat je hier in godsnaam te zoeken hebt.'

'Jij hebt vroeger iemand gekend die Robert Høie heet.'

Meteen was hij op zijn hoede. Hij keek me achterdochtig aan, met een vragende uitdrukking op zijn gezicht. Als om tijd te winnen, zei hij alleen: 'Robert... Ja... Dat is erg lang geleden.'

Ik wachtte.

'Hij is hier opgegroeid. Hier vlakbij.' Hij loerde naar de deur waardoor ik naar binnen was gekomen. 'Wat is er... Is er iets gebeurd met... Robert?'

'Wat zou er gebeurd kunnen zijn, denk je?'

'Hoe moet ik dat nou verdomme weten! Wordt het niet eens tijd dat jij wat gaat uitleggen?' Hij zwaaide met de brander in de lucht, alsof ik daardoor aan de praat zou raken. Opeens leek hij te beseffen wat hij in zijn hand had. Hij zette het apparaat neer op de werkbank, haalde een zakdoek uit de zak van zijn overall, die even schoon was als het kledingstuk, en wreef ermee over zijn handen terwijl hij een paar passen in mijn richting zette. 'Nou, komt er nog wat van?'

'Zoals ik het heb begrepen, kwam Robert hier weleens langs.'

Hij kwam nog wat dichterbij. 'Honderd jaar geleden, ja.'

Nu stond hij zo dicht bij me dat ik de wrange olielucht van zijn overall kon ruiken en de speekseldruppeltjes in zijn mondhoeken kon zien. Zijn ogen hadden een opgewonden gloed, die aangaf dat hij zich niet zo zeker voelde, een nervositeit die in zijn gezicht tot uitdrukking kwam. Zijn niet al te schone huid, met grove, zwarte poriën boven zijn

neus en het bovenste deel van zijn wangen, trilde. In de blonde baardstoppels zag ik zweet, vermengd met olie.

'Maar toen is er hier in de buurt iets dramatisch gebeurd.'

De spieren van zijn kaken bewogen zichtbaar. 'Waar heb je het over?'

'Ik denk dat je dat wel weet.'

Hij kwam nog een stap dichterbij. Nog een stap en we zouden met het hoofd tegen elkaar knallen. Maar ik stapte niet achteruit. Met zijn magere, tengere gestalte joeg hij me geen angst aan. 'Ga ervan uit dat ik dat niet weet.'

'Ze heet Veslemøy en die avond hield haar leven op.'

Hij keek me recht in de ogen, al loenste hij een beetje. 'En wat heeft dat met ons te maken?'

'Met ons? Ik had het over jou.' Toen hij als reactie bleef staren, ging ik door: 'Maar ik begrijp dat je Torfinn hier graag bij wilt betrekken?' Zijn mond viel open en ging weer dicht zonder dat er geluid uit kwam en ik voegde er nog aan toe: 'Maar hij zit toch in Bergen, dus dan kan ik wel een praatje met hem maken als ik weer thuis ben.'

Toen kreeg hij de gave van het spreken terug. 'Praat maar met de duivel in de hel, jij!'

'Ja, veel verschil zal het niet maken.'

Hij hief zijn ene hand, balde die tot een vuist en hield die dreigend op. 'Loop naar de hel!'

'Kun je me dan de weg wijzen?'

Deze keer kwam hij zo dicht bij me staan dat ik gedwongen was een stap naar achteren te doen, om in elk geval aan zijn stank te ontkomen. Het was behoorlijk lang geleden dat ik een nog afstotelijker exemplaar van het menselijk ras was tegengekomen. Even bleven we elkaar staan aankijken; toen zag ik in dat ik waarschijnlijk niets meer uit die vent zou krijgen, tenzij ik mijn toevlucht nam tot geweld, en dat stond niet in mijn arbeidsvoorwaarden.

Om toch nog het laatste woord te kunnen hebben trakteerde ik hem op een klassieke regel uit de Peer Gynt: 'Tot de volgende kruising.' Vervolgens draaide ik me om en liep naar de deur.

'O ja?' riep hij me achterna.

'Begin je maar vast zorgen te maken', zei ik nog, waarna ik naar buiten stapte waar het nu flink donker was geworden. En uit die duisternis doemden de gevallen engelen op.

Ik hoorde het lawaai voordat ik ze op grote, zwarte motoren over het weggetje naar het erf zag verschijnen. Ze waren met zijn vijven, een voorop en vier in vleermuisformatie achter hem. Toen ze om mijn auto begonnen te cirkelen, opende ik het portier, ging achter het stuur zitten, draaide de sleutel om en startte de motor.

Even leek het erop dat ze me zouden insluiten. In mijn spiegel zag ik dat Åsmund Vangen in de deuropening stond en dat de voorste motor bij hem tot stilstand was gekomen. Ze wisselden enkele woorden met elkaar, waarna de biker de anderen een teken gaf, ze weken uiteen en ik verliet het terrein met het gevoel dat ik Mozes was die zonder reddingsvest de Rode Zee in stapte.

Ik maakte mijn veiligheidsgordel vast en draaide de hoofdweg op terwijl ik in de achteruitkijkspiegel keek. Er kwam niemand achter me aan, geen Egyptische soldaten en ook geen in het zwart geklede bikers. Maar toen ik van het erf wegreed had ik het logo op hun rug gezien: *MC BACCHUS NORWAY.*

23

Ik bleef mijn spiegel in de gaten houden terwijl ik verder reed. Toen ik de hoofdweg was opgedraaid, waren ze niet te zien. En mochten ze na een poosje besluiten om me te volgen, dan konden ze uit ten minste drie veerponten kiezen. Als ze de goede kozen, zat ik in de val. Ik reed naar de dichtstbijzijnde, zonder dat ik een motor zag.

Op de veerpont naar Nedstrand belde ik naar Norma, maar ze nam niet op. Alles wat ik hoorde was een bericht dat ze de telefoon niet kon opnemen, maar dat je altijd een boodschap kon inspreken. Ik volgde dat advies op en vroeg haar om terug te bellen.

De autorit naar het westen deed me denken aan een boek dat ik jaren geleden had gelezen, *Reis naar het einde van de nacht*. Het was pikdonker en de weg slingerde zich door het landschap waarbij achter elke bocht een potentiële verrassing lag. De lichtbundels van mijn koplampen doorkliefden het donker en reflecteerden in de markeringen aan beide kanten van de weg. Op de helling aan de ene kant rezen

hoge, donkere sparren op en aan de andere kant zag ik in de diepte de kust met hier en daar een lichtje van een boot of een gebouw. Af en toe passeerde ik een groepje huizen, een afgelegen boerderij of een terrein met afgesloten zomerhuisjes. Het grootste deel van de tijd bevond ik me in een virtuele tunnel, geschapen door het donker om me heen.

In mijn cd-speler zat een cd van Gene Ammons op saxofoon en misschien gingen daardoor mijn gedachten wel terug naar die voor mij volstrekt onbekende saxofonist die in januari 1942 op een bruiloft in Haugesund had gespeeld, exact negen maanden voordat ik werd geboren, in oktober van datzelfde jaar. Het enige wat ik van hem wist was zijn naam: Leif Pedersen. Of ik door moest gaan met die hoogstpersoonlijke zoektocht wist ik niet. Ik had geen idee of er nog meer te ontdekken viel. Het leek me beter om begraven saxofonisten te laten liggen waar ze waren en met opgeheven hoofd verder te gaan met de veel acutere onderzoeksvragen die zich zouden aandienen. Maar als op een dag alles stilstond, dan misschien...

Pas toen ik de E134 op reed, werden de rijomstandigheden beter. De afstanden tussen de verlichte plaatsen werden korter en ik kon me wat beter ontspannen. Toen ik in Våg aankwam, had ik nog steeds niets van Norma gehoord, en in plaats van door te rijden naar Bergen besloot ik terug te gaan naar Haugesund. Ik wilde haar persoonlijk spreken, in de eerste plaats om te vertellen van mijn ontmoeting met Veslemøy en haar te laten weten wat ik van mijn gesprek met Ola Haugane had opgestoken.

Toen ik de laatste rij heuvels voor Haugesund was opgereden, zag ik de stad als een uitgestrekt gouden sieraad aan het water liggen. Het lage wolkendek reflecteerde het licht op zo'n manier dat het leek alsof het landschap in een dekbed was gehuld, waaronder ik met behulp van een zaklamp een boek lag te lezen dat ik dolgraag uit wilde

krijgen. Maar ik moest nog een heel stuk en ik was bang dat ik er het grootste deel van de nacht voor nodig zou hebben.

Het was bijna acht uur toen ik voor haar witte houten huis in de Gange-Rolvs gate parkeerde. Er scheen licht achter de ramen van de woonkamer en de keuken. Ik liep naar de voordeur en belde aan. Niemand deed open. Ik haalde mijn telefoon tevoorschijn en belde nogmaals haar mobiele nummer. Ik kreeg hetzelfde automatische bericht als eerst.

Ik keek om me heen. De Gange-Rolvs gate maakte een stille, verlaten indruk. Achter verschillende ramen zag ik flikkerende lichten van tv-schermen. Ik vroeg me af wat ik moest doen. Gewoon maar doorrijden en het gesprek tot de volgende dag uitstellen of nogmaals een poging doen om erachter te komen waar ze was?

Om niets onbeproefd te laten pakte ik de deurkruk vast en drukte die omlaag. De deur ging open.

Ongerust stapte ik naar binnen. 'Hallo! Norma! Ben je daar?'

Geen antwoord. Het was doodstil. Geen radio, geen tv.

In de hal oriënteerde ik me snel. De deur naar de woonkamer stond op een kier, maar die naar de keuken zat dicht. Ik sloeg de kamerdeur wijd open. Er was niemand. Geen kop of glas op tafel, niets wat erop duidde dat iemand daar de afgelopen uren had gezeten. Toen liep ik naar de keukendeur en maakte die open.

Norma lag op haar rug op de vloer. Naast haar een omgevallen keukenstoel, alsof ze geprobeerd had zich tijdens de val ergens aan vast te grijpen. Naast haar rechterhand lag een koffiekop. Op de vloer een bruine vlek veroorzaakt door het vocht dat eruit was gelopen. Haar hoofd lag in een knik tegen het aanrecht, uit haar achterhoofd had bloed gevloeid dat op de vloer terecht was gekomen.

Ik schoot naar voren en knielde naast haar neer. Ik probeerde een polsslag te voelen, maar er was niets. Ik keek naar haar gebroken blik

en voelde de klamme kilte van haar huid. Tijdens mijn leven had ik genoeg doden gezien om te weten dat hier geen hulp meer zou baten.

Mijn lichaam voelde opeens loodzwaar aan terwijl ik me oprichtte en het kostte me heel wat krachtsinspanning om de telefoon te pakken en twee nummers in te toetsen. Het eerste was van de doktersdienst, voor het geval dat. Het tweede was van de politie.

24

De doktersdienst was er het eerst, maar de jonge arts met een buitenlands uiterlijk kon alleen maar vaststellen wat ik ook al had gedacht. Norma was dood.

'We moeten de politie bellen', zei hij.

'Dat heb ik al gedaan', zei ik, terwijl mijn lichaam door de schok nog als verlamd aanvoelde.

Hij keek me bezorgd aan. 'Is het een goede bekende van je?'

'Mijn zus', antwoordde ik, en alles wat ik niet kon zeggen welde als bitter braaksel in me op: *Mijn zus, die ik nog maar een paar dagen ken, ook al hebben we allebei meer dan zestig jaar ons eigen leven geleid. Mijn zus, die door mijn moeder door omstandigheden is afgestaan aan mensen die haar een ander leven konden bieden dan waar zijzelf op dat moment toe in staat was, en dat alles lang voordat ik zelf werd geboren werd, wat, zoals het zich nu laat aanzien, ook ingewikkelder is dan het altijd leek.*

Met een dof verdriet besefte ik dat het bij die paar dagen zou blijven. De grote zus die ik nog maar net had leren kennen, was voorgoed vertrokken.

Ik stond maar naar haar te kijken terwijl ik dacht, zoals ik zo vaak had gedaan, hoe snel het leven uit een mens kon verdwijnen, hoe snel de persoonlijkheid – die sommigen de ziel noemden – verloren ging en er slechts een holle, lege schaal overbleef. Nu al kwamen er blauwgrijze vlekken op haar huid als een teken dat het rottingsproces al in gang was gezet en dat, als er niet heel snel iets werd gedaan, haar lichaam totaal zou veranderen op een manier waar je liever niet aan dacht als je zelf op een leeftijd was gekomen dat het onverbiddelijke einde in zicht was.

Merkwaardig genoeg was het alsof de gesprekken die we de afgelopen dagen hadden gevoerd, het lange vacuüm hadden uitgewist van de jaren waarin we niets van elkaars leven wisten, zodat we toch herinneringen hadden aan een gezamenlijk bestaan, hoe gescheiden we dat ook hadden doorgebracht. Kennelijk zit er een kern van waarheid in het oude spreekwoord dat het bloed kruipt waar het niet gaan kan, hoe verdund dat bloed ook is.

'Hallo?' We hoorden voetstappen in de hal en even later stonden er twee geüniformeerde politiemensen en één in burgerkleding in de deuropening. 'Is hier een dode...?' De man die sprak, die burgerkleding droeg, onderbrak zichzelf toen hij Norma zag. 'Juist, ja.'

Hij wierp een snelle blik naar mij, vervolgens naar de arts en toen weer terug naar mij. Het was een man met een lang, smal gezicht en een zo goed als kaal hoofd. Alleen bij zijn oren groeide nog een beetje pluis.

Argwanend keek hij me aan. 'Hebben wij elkaar niet eerder ontmoet?'

Ik knikte. 'Dat dacht ik ook al. Dat moet zo'n jaar of tien geleden zijn, bij de kust ten zuiden van Ryvarden. Mijn naam is Veum.'

Peinzend tuurde hij voor zich uit. 'O ja, die zaak. Nou, ik ben inspecteur Liland. Was jij geen detective of zo?'

'Ja. Privédetective.'

'Juist.' Hij proefde het woord op zijn tong en vond het niet lekker. 'Heb jij de dode gevonden?'

'Ja.'

De arts kuchte. 'Hebben jullie mij nog nodig?'

Liland wierp hem een blik toe waaruit niet op te maken viel of wat hij daar zag hem wel beviel. 'Nee. We hebben uiteraard een overlijdensverklaring nodig en we moeten voor de goede orde sectie laten verrichten, maar dat komt later wel. Maar de ambulance moet blijven, zodat we de dode kunnen afvoeren.'

'Juist.' De arts knikte naar mij ten afscheid en vertrok zonder verder nog iets te zeggen.

Liland richtte zich tot een van de geüniformeerden. 'Gjessing... roep de technische recherche op. Hier moet nader onderzoek worden verricht.'

De agent knikte en liep naar buiten.

Vervolgens sprak hij mij aan. 'Ben je hier in verband met een zaak?'

'Ja en nee. Zij is mijn... halfzus.'

'Aha. Dus je kende haar goed?'

'Nee, helaas. We hebben elkaar afgelopen maandag pas voor het eerst ontmoet.'

Hij trok zijn wenkbrauwen op om zijn verbazing te laten blijken. Daar waren de haartjes ook tamelijk dungezaaid. 'En hoe komt dat?'

Ik haalde mijn schouders op. 'Ze is bij haar geboorte afgestaan aan mensen in Haugesund. Mijn moeder heeft haar bestaan de rest van haar leven geheimgehouden. Ik kwam er pas achter toen ze gestorven was.'

'En dat was onlangs?'

'Nee, dat was dertig jaar geleden.'

Hij schudde langzaam zijn hoofd. 'Dat begrijp ik niet.'

'Nee, maar dat heeft hiermee niets te maken.'

'Hiermee?' vroeg hij terwijl hij op Norma wees.

'Ja. Zij was mijn halfzus, Norma Johanne Bakkevik, zoals haar volledige naam luidt. Ze heeft mijn hulp ingeroepen bij de zaak die ik nu aan het onderzoeken ben. Kortom, zij was mijn opdrachtgever.'

'O?'

'Een van de lijntjes leidde naar Haugesund en dat was ook de reden dat we elkaar hier hebben ontmoet. Ik heb hier gisteren overnacht, en eerder vandaag ben ik... eerst naar Karmøy en later naar Buvik gegaan. Eigenlijk zou ik vanavond terug naar Bergen, maar ik wilde eerst nog iets met haar bespreken en toen... ja, toen vond ik haar dus.'

'Had je een sleutel?'

'Nee, de deur zat niet op slot.'

'Hm.'

'Ja.'

'In principe ziet dit eruit als een ongeluk. Oude vrouw met een kop koffie in haar hand wordt onwel, ze kan niet op tijd gaan zitten, valt en komt met haar hoofd tegen het aanrecht aan. Helaas is het niet de eerste keer dat ik zoiets meemaak, Veum. Maar...' voegde hij er met nadruk aan toe, 'we zullen dit uiteraard grondig onderzoeken, de technische recherche zal de plaats delict afschuimen, we zullen met eventuele getuigen praten... of met de buren dus, of zij iets gehoord hebben, kortom... dat doen waarvoor we betaald worden. Maar voor je vertrekt...'

'Ik heb geen haast.'

Hij keek me vanuit de hoogte aan. 'Nee, maar aan een privédetective hebben we hier geen behoefte. Dit kunnen we zelf wel aan.' Na

een kleine stilte, alsof hij verwacht had dat ik zou protesteren, zei hij: 'Voor je vertrekt, wil ik alleen nog weten met wie je gesproken hebt in verband met de zaak die je onderzoekt, zodat we ook met hen contact kunnen opnemen, voor zover we dat relevant vinden, tenminste.'

'Dat zijn er niet veel. Een familielid, ene Ruth Kjærstad, maar met haar hebben we het alleen over de, ja, familie gehad. En in verband met de zaak heb ik gesproken met de moeder van de jonge vrouw die ik probeer te vinden. Zij heet Ingeborg Hagland. Daarnaast heb ik nog een instelling bezocht in Skudeneshavn die Fredly heet, maar het lijkt me sterk dat dat ermee te maken heeft. Ten slotte was ik eerst in Sand, waar ik met Ola Haugane heb gesproken, een journalist, en vervolgens in Buvik, waar ik een confrontatie heb gehad met een kerel die Åsmund Vangen heet en daar een soortement werkplaats heeft. Daarna ben ik rechtstreeks hiernaartoe gereden, dus als hij hier iets mee te maken heeft, zou hij vleugels moeten hebben.'

Hij noteerde de namen. 'Die Vangen heeft niet direct onze grootste belangstelling', zei hij.

'Je denkt toch niet...'

'Voorlopig denken we helemaal niets, Veum. Wat is dat precies voor zaak die jij onderzoekt?'

'Zoals gezegd is er in Bergen een jonge vrouw verdwenen. Een studente verpleegkunde. Ze heet Emma Hagland en komt uit deze regio.'

'Is de politie daar dan niet mee bezig?'

'Nog niet. Maar als jij hen vraagt of ze erin willen duiken, zou ik je eeuwig dankbaar zijn.'

'Eeuwig?'

'Nou, toch zeker wel een paar weken.'

'En heb ik het goed begrepen dat je zus je die opdracht heeft gegeven?'

'Ja, zij was Emma's peettante.'

Hij knikte en liet het even bezinken. Vervolgens sloeg hij zijn notitieboekje dicht. Met een blik op Norma zei hij: 'Hier eindigt dus haar betrokkenheid. Een trieste zaak, Veum.'

'Ja.' Weer voelde ik het verdriet over het verlies in me opwellen. Nog zoveel zaken waren onbesproken gebleven en nu zouden we het er nooit meer over kunnen hebben. Misschien was het beter geweest als ze me nooit had opgezocht. Want ergens in mijn achterhoofd was een gedachte ontstaan: stel dat er een verband bestond? Was de vrouw die hier op de vloer lag, het slachtoffer van een ongelukkige val of was er boze opzet in het spel? En als het laatste het geval was, had dat dan te maken met de zaak waar ik mee bezig was en kwam het door iets wat ik had gezegd of gedaan?

Liland kuchte. 'Had je zus nog andere familie, Veum?'

'Haar man en zoon zijn overleden. Maar ze heeft een dochter, en verder nog een schoondochter en een kleinkind, voor zover ik dat heb begrepen.'

Opnieuw keek hij me ietwat gelaten aan, alsof hij afstand wilde nemen van zo'n los familieverband. 'Wil je dit misschien zelf aan de naasten vertellen?'

'Ik heb ze geen van allen ooit ontmoet. Ik weet niet wat mijn halfzus hun heeft verteld, of ze überhaupt van mijn bestaan op de hoogte zijn. Ik denk dat één schok per keer wel genoeg is, dus...'

'Met andere woorden, je wilt het aan ons overlaten?'

'Ja, alsjeblieft.'

'Of aan de dominee, natuurlijk.' Hij keek op zijn horloge. 'Dan denk ik dat je het beste naar huis kunt gaan, Veum. Ik moet hier op de technische jongens blijven wachten. Daarna gaan we met het onderzoek aan de slag.'

'Houden jullie me op de hoogte?'

'We nemen contact met je op als we iets bijzonders ontdekken. Zo niet, dan kun je je beter richten tot de... nabestaanden.' Hierbij keek hij me nijdig aan.

Ik knikte. Voor de laatste keer nam ik afscheid van Norma. *Vaarwel*, zei ik in mezelf, *vaarwel, grote zus*. Ik hoopte maar dat ze zich op een plek bevond waar ze het goed had, mocht dat nog ergens anders zijn dan in de gedachten van degenen die ze achterliet.

Ik knikte weer naar Liland, liep naar buiten en stapte in mijn auto. Even aarzelde ik, toen stak ik de sleutel in het contact en startte de motor. Ik draaide de volumeknop van de autoradio helemaal omlaag en stopte geen nieuwe cd in de speler. Ik moest rust hebben om te kunnen nadenken, tijd om haar te gedenken en om fatsoenlijk afscheid te nemen.

25

Op dit uur van de avond was er maar weinig verkeer. In de Bømlafjordtunnel was er zelfs geen auto te bekennen, niet voor me en niet achter me. Na Stord doken er af en toe wat voertuigen op, maar geen enkele die doorreed naar Sandvikvåg. Nadat ik even voorbij de afslag naar Leirvik een bord had gepasseerd dat waarschuwde voor overstekende herten, ontdekte ik in mijn achteruitkijkspiegel opeens een motor. Een paar kilometer bleef de afstand ongeveer gelijk, maar bij de afdaling naar Jektavik gaf de bestuurder gas, zwenkte opzij en passeerde me in een tempo dat beslist hoger lag dan de toegestane maximumsnelheid. Maar ondanks de snelheid herkende ik het embleem op de rug. Het was hetzelfde logo als ik in Buvik had gezien. Daarna verdween de motor uit mijn gezichtsveld. Ik controleerde regelmatig in mijn spiegels of de rest van de clan ook verscheen, maar het bleef bij de koplampen van een handjevol auto's die dezelfde route reden als ik. Toen ik in Sandvikvåg was aangekomen en mijn auto in het vak voor

de veerpont had gezet, zag ik de biker een paar plaatsen voor me in de rij staan, nog steeds met de helm op.

Eenmaal op de pont zag ik hem weer, nog steeds een paar plaatsen voor me, maar nu in de rij voor het cafetaria. Nu hield hij de helm onder zijn arm en kon ik zien wie het was: Robert Høie Hansen. Volgens mij had hij mij nog niet gezien.

Hij kocht een portie stoofvlees en een cola. Zelf investeerde ik in een portie bacalao en een flesje maltbier, zette alles op een dienblad en liep achter Høie Hansen aan naar het tafeltje waar hij zich wilde installeren, bij een raam dat op het westen uitkeek. Toen pas ontdekte hij mij.

'Heb je er bezwaar tegen dat ik bij je kom zitten?'

Hij liep rood aan. 'Of ik... En óf ik daar bezwaar tegen heb!'

'Ik wil je graag een paar vragen stellen.'

'Ik heb je niks te zeggen. Maak als de duvel dat je hier wegkomt!' Hij liet zich met een zware plof op de bank zakken, goot de cola in een glas en begon het stoofvlees naar binnen te werken, terwijl hij strak uit het raam bleef kijken als om aan te geven dat hij niet geïnteresseerd was in mijn gezelschap.

Ik haalde mijn schouders op en ging aan het tafeltje ernaast zitten, maar met mijn blik op hem gericht.

In diepe stilte verorberden we ieder onze maaltijd. Na gegeten te hebben liep ik weer naar de balie voor een kop koffie. Toen ik terugkwam ging ik aan zijn tafel zitten, deze keer zonder toestemming te vragen. Ik kwam direct ter zake: 'Ik heb Veslemøy vandaag ontmoet.'

Opnieuw liep hij rood aan, maar nu niet alleen uit ergernis. Uit zijn blik sprak eerder machteloosheid dan woede. 'Ik heb toch gezegd dat...'

'Daarna heb ik in Buvik met Åsmund gesproken.'

Nu viel zijn mond open. 'Verduiveld!' Hij leunde naar voren. 'Ik dacht dat je Emma moest zoeken, Veum!'

'En daar kwam nota bene een hele bende aangereden in hetzelfde kloffie als jij.'

Zijn gelaatsuitdrukking sprak boekdelen. Ik las er een mengeling in van bezorgdheid en gelatenheid. 'En wat dan nog?'

'Nou ja, maakten jullie misschien een gezamenlijk uitstapje naar Haugesund en omgeving?'

Toen hij niet antwoordde, ging ik verder: 'Want deze omgeving komt jou niet onbekend voor, toch?'

'En wat dan nog?'

'Ben je nog op familiebezoek geweest?'

'Familie?'

'Ja?'

Terwijl hij nadacht nam ik een slok koffie. Die was even bitter als een boedelverdeling in Sunnmøre.

Plotseling leunde hij weer naar voren, met een nijdige blik, maar wel wist hij zijn stem te beheersen: 'Waar ik ben geweest en wat ik heb gedaan, gaat jou geen ene moer aan! Als je niet...'

'Als ik niet...'

'Hij leunde weer naar achteren, sloeg zijn armen over elkaar en liet zijn biceps opzwellen voor zover dat in het strakke jack mogelijk was. 'Als je niet oppast, kun je weleens met heel wat ruiger volk dan ik te maken krijgen.'

Ik zocht zijn blik, maar voelde op hetzelfde moment een koude rilling over mijn rug lopen. 'The Wild Bunch?'

Hij knikte kort en liet zelfs een glimlachje zien. 'Daar kun je gif op innemen.' Toen kwam hij moeizaam overeind. 'Nu ga ik pissen. Loop je nu ook achter me aan?'

'Nee, dank je, ik denk dat ik blijf zitten.'

Hij griste de helm van de bank en nam die onder zijn arm, alsof hij bang was dat ik die in beslag zou nemen. Daar hoefde hij niet bang voor te zijn. Maar misschien kon ik die goed gebruiken als The Wild Bunch op een mooie avond voor mijn deur zou staan.

De pont minderde vaart voor het laatste stuk naar Halhjem. De exclusieve zomervilla's aan beide zijden van het vaarwater zagen er verlaten en afgesloten uit, en slechts bij een paar ervan brandde een buitenlamp. Door de luidsprekers klonk het bevel dat de passagiers naar het autodek moesten gaan om zich klaar te maken voor ontscheping, en ik zag geen enkele reden voor burgerlijke ongehoorzaamheid. Evenmin voelde ik behoefte om terug te gaan naar Sandvikvåg, waar op een vrijdagavond in november nog geen hotdog te krijgen was.

Robert Høie Hansen zag ik verder niet meer. Maar ik hoorde hem wel. Met brullende motor scheurde hij weg, alsof de duivel en het gehele politieapparaat hem op de hielen zaten, en hij was allang verdwenen toen ik de motor nog moest starten.

Nog steeds neerslachtig door wat ik de afgelopen uren had meegemaakt zei ik tegen mezelf: *Zet je gedachten opzij. Je hebt nog steeds een opdracht af te maken.* Dat mijn opdrachtgever dood was en ik naar mijn honorarium kon fluiten, had niets te betekenen. Integendeel, het was juist een erezaak voor me geworden om erachter te komen wat er met Emma Hagland was gebeurd en waar ze zich eventueel zou bevinden.

Tijdens het rijden dacht ik na over de richting waarin ik mijn onderzoek moest sturen. Ik had verschillende namen op mijn lijstje staan. Bij Kari Sandbakken en Helga Fjørtoft had ik het vermoeden dat ze allebei iets hadden achtergehouden. Ook met Knut Moberg zou ik nog graag een woordje wisselen. Een poging om Liv Høie Hansen te spreken te krijgen stond hoog op mijn lijstje en misschien moest ik het ook weer bij haar zoon proberen. Bovendien leek het me een

goed idee om de broer van Veslemøy Valaker op te zoeken, Vetle, die ook in Bergen woonde, en mogelijk, op termijn, Torfinn Vangen uit Buvik. Maar ik moest toegeven dat die twee laatsten zich zo ver van het eigenlijke doel van mijn speurtocht bevonden dat ik die niet met goed fatsoen bovenaan kon zetten.

Weer thuis in de Telthussmuget belde ik Sølvi om te vertellen dat ik heelhuids was teruggekeerd van mijn expeditie naar de provincie Rogaland. Ze had vriendinnen op bezoek en klonk zo opgetogen dat we het gesprek snel beëindigden. Ik kon haar niet eens over Norma vertellen. Daarna gunde ik mezelf twee borrelglazen Simers Taffel-aquavit, terwijl ik naar *Second Sacred Concert* van Duke Ellington luisterde. Bij het naar bed gaan bleven er twee indringende beelden op mijn netvlies kleven: het eerste van een ongelukkige vrouw die met haar hoofd naar het raam gekeerd zat en met niemand wilde praten en het tweede van een vrouw die op de keukenvloer lag en ook niet meer met iemand in gesprek zou gaan.

De volgende ochtend werd ik vroeg, al om een uur of acht, wakker door het geluid van mijn mobiele telefoon. Op het display zag ik dat het Åsa Lavik was, het meisje uit Berlijn. Nog half in slaap antwoordde ik: 'Ja?'

'Meneer Veum?'

'Daar spreek je mee.'

'Met Åsa Lavik.'

'Ja, dat zie ik.'

Na een korte stilte ging ze verder: 'Ik heb vannacht bijna niet geslapen. Ik denk alleen maar aan Emma en wat er met haar gebeurd kan zijn. Ik weet niet goed of ik misschien niet beter naar huis kan gaan om mee te helpen zoeken.'

Ik wreef in mijn ogen, nog steeds niet helemaal wakker. 'O? Tja, als je denkt dat dat kan helpen, maar... Eerlijk gezegd, op grond van wat

je me hebt verteld denk ik niet dat je op dit moment veel kunt doen. Maar aardig van je dat je het aanbiedt.'

'Ik pieker me suf. Ik heb geprobeerd om me onze laatste gesprekken weer voor de geest te halen, of ze misschien iets heeft gezegd wat erop kon wijzen dat er iets mis was of dat ze ergens mee bezig was...'

'Ja?' Ik voelde dat ik wakker werd.

'Ten slotte herinnerde ik me iets, waar ik toen nauwelijks op gereageerd heb, omdat we het om een of andere reden ergens anders over kregen. Maar ze vroeg of ik wist wat het woord "moribund" betekende. Dat zei me niets en toen kregen we het ergens anders over.'

'Moribund?'

'Ja. En nu heb ik het op internet opgezocht. En... het betekent dat je stervende bent.'

'Ja, er bestaat een liedje van Jacques Brel dat zo heet: *Le moribond*.'

'Wie?'

'Een zanger uit het stenen tijdperk. Heeft ze er nog wat meer over gezegd?'

'Nee, helaas. Maar ik vond het zo akelig toen ik er weer aan dacht, nu ze dus verdwenen is en niet eens op haar telefoon reageert.'

Ja, zei ik tegen mezelf. *Niet op je mobiele telefoon reageren is in deze tijd zo ongeveer synoniem met dood zijn.*

Haar stem trilde hoorbaar toen ze verderging: 'Ik hoop dat u haar snel vindt!'

'Ja... Dank je wel, Åsa. Als er weer iets is, bel ik je. Tot nader order houden we op deze manier contact.'

'Goed. Bedankt.' Ze hing op en ik bleef zitten met de telefoon in mijn hand.

Moribund?

Ik moest bekennen dat me dat niet echt beviel.

26

Ik nam de auto naar de wijk Møhlenpris en vond een parkeerplaats vlak bij de Konsul Børs gate. Ik vermoedde dat ik op een zaterdagochtend meer kans had de twee studenten thuis aan te treffen dan op een andere dag in de week. Misschien was Knut Moberg ook wel thuis en zat hij bij wijze van uitzondering met zijn echtgenote aan een glas exclusieve rode wijn te nippen. Naar zou blijken was dat niet ver van de waarheid, alleen was het plaatje omgekeerd en had iemand er dwars doorheen getrapt.

Ik belde beneden aan bij het bordje met de namen Fjørtoft, Sandbakken en het doorgestreepte Hagland. Even later klonk er een stem door de luidspreker die ik herkende als die van Helga. 'Ja, wie is daar?'

'Met Veum. Ik moet jullie weer spreken.'

'Ja maar... ik ben de enige hier.'

'Dat is prima.'

'Maar...'

'Helga, ik moet echt met je praten!'

'Goed dan!' riep ze uit. Een seconde later zoemde het slot en kon ik de deur opendoen.

Toen ik de derde verdieping bereikte, had ze de deur op een kier opengedaan en stond ze in de opening met een vastbesloten uitdrukking op haar gezicht: ze was niet van plan me binnen te laten. Ze droeg dezelfde grijze trui als de vorige keer, maar deze keer droeg ze er een rode velours broek onder en had ze blote voeten. Haar haren zaten zo mogelijk nog meer door de war, alsof er een windhoos doorheen was gegaan. Waarschijnlijk was ze net wakker. 'Wat wilt u?' vroeg ze, nog voordat ik de laatste treden had bereikt.

Ik gebruikte een paar seconden om op adem te komen. 'Moribund, zegt jou dat wat?'

Haar ogen gingen wijd open. 'Wat... zegt u nou?'

'Het woord "moribund".'

Ze keek langs me heen, alsof er nog iemand anders aan kwam. 'Nooit van gehoord.'

'Heb je dat woord nooit eerder gehoord?'

'Nee.'

'Het betekent "degene die zal sterven". Misschien "terdoodveroordeelde". Of simpelweg "de stervende". Emma had het erover toen ze met een vriendin in Berlijn belde.'

'O, die, ja.'

'Maar jou zegt het niets?'

'Ik heb toch al...'

Plotseling hoorde ik in het appartement geluid, alsof er iets omviel. Ik probeerde langs haar heen te kijken of ik wat kon zien, maar ze trok de deur nog verder op een kier. 'Ik dacht dat je zei dat je hier de enige was.'

'Ik zei niet... Zo bedoelde ik het niet.'

'Nee? Hoe bedoelde je het dan?'

'Ik bedoelde... dat ik de enige was die met u kan praten.'

'Aha. En wie maakt dat lawaai dan? Kari?'

Ze perste haar lippen op elkaar alsof ze geen antwoord wilde geven, maar opnieuw werd ze door iets in het appartement verrast. Ik hoorde het geluid van een deur die openging en een iel klinkend stemmetje dat riep: 'Helga, ben jij daar?'

Helga draaide zich half om en riep naar binnen: 'Ja, maar ik ben bezig. Blijf in je kamer!'

Ik kreeg veel zin om tegen de deur te leunen en die zelf open te duwen, maar ik wist dat ik dat voorlopig niet mocht doen.

Opnieuw klonk het stemmetje: 'Is dat hysterische mens er weer?'

'Ga naar binnen!'

Na iets wat waarschijnlijk een denkpauze was, hoorden we een deur met een gedempte knal dichtslaan. Helga stapte nu helemaal naar buiten, trok de deur achter zich dicht, keek spiedend het trapportaal rond en zei met zachte, bijna vertrouwelijk klinkende stem: 'Het was hier vannacht een enorme toestand. Zij van boven stond hier op de bel te drukken tot ik eindelijk opendeed en toen kwam...' Weer een onderzoekende blik naar boven. 'Toen kwam *híj* ook naar beneden, en toen begonnen ze te vechten.'

Ik sloeg ook een vertrouwelijke toon aan. 'Ik weet over wie je het hebt. Kun je er iets meer over vertellen?'

Nu deed ze de deur weer open. 'Kom maar binnen.' Ik volgde haar, maar liep bijna tegen haar op omdat ze opeens bleef stilstaan. 'Alleen hier in de gang.'

Ze reikte om me heen om de deur te sluiten. We stonden zo dicht tegen elkaar aan dat we op een liefdespaar leken dat op het punt stond elkaar te kussen. Zij kreeg het ook door en stapte snel een halve meter

achteruit, maar toch nog zo dicht in mijn buurt dat ik haar over haar wang kon strelen, als dat de bedoeling was geweest.

Op dezelfde zachte toon ging ze door: 'Het was vannacht. Kari was uit geweest, naar een feest, zei ze tegen me. Ik lag al in bed, maar toen klonk er zoveel herrie dat ik weer opstond om te kijken wat er aan de hand was. Toen lag Kari daar.' Ze wees naar de plek waar ik stond en rolde met haar ogen. 'Ze was... ladderzat.'

'Ik snap het. Maar hielp jij haar naar haar kamer en naar bed?'

Ze knikte. 'Nadat ze...' Ze knikte in de richting van een deur waar een rood hartje op prijkte en maakte een veelzeggend gebaar met haar ene hand vanaf haar maag naar haar mond terwijl ze haar lippen verwrong en haar tong zo ver mogelijk uitstak. Duidelijker kon ze het niet zeggen. 'Maar uiteindelijk wist ik haar in bed te krijgen.'

Nu wees ze naar de voordeur. 'Maar toen ik zelf weer naar bed wilde, hoorde ik in het portaal opnieuw lawaai, alsof er iemand van de trap af viel. Ik bleef staan luisteren en na een poosje hoorde ik het geluid boven verdergaan.' Ze keek me aan. 'Ik had al zo'n idee wat er was gebeurd, maar... Het ging me niet aan, dus ik wilde weer terug naar bed.' Nu keek ze naar het plafond. 'Toen hoorde ik hard geschreeuw van boven. Gegil en geschreeuw. En toen... toen kwam ze hierheen.'

'Mevrouw Moberg?'

'Ja. Ze bleef maar op die bel drukken. Ik wist niet ik moest doen. En toen begon Kari ook nog eens te schreeuwen vanuit haar kamer dat ze moesten ophouden.' Snel wierp ze een blik naar een van de gesloten deuren. 'Ten slotte moest ik wel opendoen, maar precies op dat moment kwam meneer Moberg ook naar beneden en ontstond er een verschrikkelijke scène. Die vrouw drukte me gewoon opzij, ze sloeg me hier...' Ze greep naar haar schouder. 'Ze riep maar aldoor: "Waar zit die hoer? Waar zit die hoer?" Maar toen kwam Moberg zelf ook binnentuimelen, die was ook niet echt nuchter meer. Hij greep

haar beet en dwong haar naar achteren. Maar zij bleef maar gillen: "Ik moet die hoer hebben! Ik wil met haar praten! Ik zal haar dwingen de waarheid te spreken!"

Helga's ogen waren wijd opengesperd. Ze leek de gebeurtenissen van de afgelopen nacht zo sterk voor zich te zien dat het bijna was alsof het opnieuw gebeurde. 'In de kamer van Kari was het muisstil. Moberg en zijn vrouw vielen op de vloer terwijl ze maar bleven vechten. Ik wist niet wat ik moest doen. Moest ik dan ingrijpen of zo?'

Ik gebaarde dat... tja, ik had ook geen idee.

'Zij siste tegen hem: "Dacht je soms dat ik jullie niet zag? Jullie dachten zeker dat je slim was, maar ik zag jullie wel uit het raam toen jullie op straat stonden te vozen. Jullie hadden achter de struiken in het Nygårdspark liggen..." Ja, ze zei...' Helga kreeg een blos. 'Nou, een erg direct woord voor... het met elkaar doen.'

'Ja, daar zijn genoeg alternatieven voor.'

Haar gezicht vertrok even toen ze verder vertelde. '"En dan net doen alsof jullie niet samen thuiskwamen, hè? Eerst haar naar boven sturen en vijf minuten later kwam je zelf. Maar je had lekker niet door dat ik het licht uit had gedaan en alles zag wat jullie deden. Met een verrekijker!" gilde ze. "Met de verrekijker zag ik wat je met haar deed!" En toen haalde hij naar haar uit.'

'Sloeg hij haar?'

'Ja. Een paar keer met vlakke hand – zo – recht in haar gezicht. Hard! En toen viel ze stil – eerst – en daarna begon ze te huilen, het leek wel een sirene! Hij gaf haar nog een klap, om haar te laten ophouden, maar het hielp niet. Toen ging hij staan en hees haar overeind. Hij drukte haar ene arm achter haar rug omhoog en opzij, zodat ze wel mee moest komen, naar buiten en naar boven.' Ze keek naar de deur.

'Een knus vrijdagavondje dus.'

Vlak achter haar ging een deur open en daar, half strompelend, verscheen Kari Sandbakken; ze droeg zwart ondergoed en verder niets. Haar haren zaten vastgekleefd aan haar hoofd, op haar gezicht waren mascara en lippenstift van de vorige dag onregelmatig uitgelopen. Toen ze mij zag, sperde ze haar ogen open. 'Gadsie! Hij weer!' riep ze uit, ze schoot weer terug in haar kamer en trok de deur met een klap achter zich dicht.

Helga zocht mijn blik, bijna alsof ze het mij verweet.

'Het lijkt er verdacht veel op dat het hoog tijd is om andere huisvesting te zoeken.'

Ze knikte zwijgend met een moedeloze uitdrukking op haar gezicht. Toen zei ze: 'Het laatste wat ik hoorde toen hij haar min of meer de trap op sleurde was dat ze gilde: "Zij eruit of ik eruit! Zij of ik! Jij mag kiezen!"'

'Dan hoeven we er tenminste niet meer aan te twijfelen, Helga, dat Moberg en Kari iets hebben samen.'

'Ja, ik begon ook al te vermoeden dat het zoiets was.'

'Maar dan heb ik nog een belangrijke vraag voor jou. Heeft hij ook iets bij jou geprobeerd?'

Ze opende haar mond en sloot hem weer. 'Moberg? Nee.' Na een kleine stilte voegde ze eraan toe: 'Hij vond mij zeker niet aantrekkelijk genoeg.'

Ik keek haar aan. 'En bij Emma dan?'

Ze haalde haar schouders op, bijna onwillig, zonder antwoord te geven.

'Tegen haar vriendin in Berlijn had ze gezegd dat hij zich had opgedrongen, zoiets zei ze, geloof ik, maar dat ze hem op zijn nummer had gezet en dat het toen afgelopen was.'

'Zou kunnen.'

'Zou kunnen? Je weet het niet?'

'Nee, maar ik wist het toch ook niet van hem en Kari? Tenminste niet voor gisteravond! Ik weet het niet zeker.'

'Bedoel je nou dat je denkt dat Emma en hij ook...'

'Nee!' viel ze me in de rede. 'Emma was niet zoals...' Ze keek naar Kari's deur. 'Zij zou nooit... Maar als u het op die manier zegt, dan is het misschien waar wat ze tegen haar vriendin zei, dat hij zich... aan haar opdrong, maar dat ze hem afwees.'

'Heeft ze er tegen jou niets over gezegd?'

'Nooit.'

'Tja. Ik had nog graag met Kari willen praten, maar iets zegt me dat ik misschien beter een andere dag kan komen.'

'Dat denk ik ook.'

'Maar... ik heb je de vorige keer toch mijn kaartje gegeven?'

'Ja.'

'Kun je me niet bellen als blijkt dat jullie op straat worden gezet – van de ene dag op de andere? Ik moet met haar praten.' Weer keek ik naar de deur achter haar.

'Goed, ik beloof het. En u hebt onze telefoonnummers toch, of niet?'

'Ja.'

Ze liep met me mee naar het portaal. Ik daalde de trap af en zij deed de deur achter me dicht. Vervolgens bleef ik staan en keek naar boven. Voor de bovenburen was het vast ook niet de meest geschikte dag, maar...

Toen hoorde ik dat daarboven ook een deur openging. 'Hallo?' klonk de stem van Ellisiv Moberg.

'Eh, ja?'

'Is dat de politie?'

Sjokkend kwam ze de trap af, gekleed in een roestbruine zijden ochtendjas. Aan haar voeten zaten elegante schoenen met hoge hakken,

waardoor ze bij elke trede die ze afdaalde het gevaar liep te struikelen. Haar oogleden hingen half voor haar zeegroene ogen en wat ik daarvan zag, was zo troebel dat de kleur nog het meest op spoelwater leek. Om haar ene oog zat een stevige blauwe zwelling en op haar ene wang en haar kin had ze blauwgele afdrukken van klappen.

Toen ze mij in de gaten kreeg, verscheen er een teleurgestelde uitdrukking op haar gezicht, maar opeens herkende ze me. 'Jij! Jij was hier toch al eerder deze week?'

'Ja, ik vroeg naar...'

Ze had nu de overloop van de derde verdieping bereikt. Met een trillende vinger wees ze naar de deur. 'Die meiden daar... Hoeren zijn het! Hij heeft er een bordeel van gemaakt. En het was nog wel zo'n respectabel huis. Kijk dan! Kijk dan wat hij met mij heeft gedaan!' Eerst liet ze me haar gezicht zien, toen sloeg ze haar ochtendjas open en ontblootte haar schouders. 'Kijk dan!'

Gelukkig had ze een slipje aan, maar haar borsten waren bloot en ook daarop prijkten grote blauwe plekken en op een ervan zat zelfs iets wat op tandafdrukken leek. Ze zocht mijn blik, haast in een soort masochistische triomf, en sloeg haar ochtendjas weer dicht. 'Ik heb de politie gebeld!'

'Daar heb je goed aan gedaan', zei ik en ik knikte, draaide me om en liep naar beneden. Toen ik bij de benedendeur aankwam, stonden ze daar al, twee agenten, een man en een vrouw, hij gladgeschoren en zij met een lange blonde vlecht.

Ik hield de deur voor hen open en knikte, maar hij zwaaide met zijn knuppel en hield die horizontaal voor me, alsof hij tolgeld wilde. 'Even wachten!' zei hij bars. 'Er is hier een melding gedaan van huiselijk geweld. Heb jij daar iets mee te maken?'

'Nee, absoluut niet. Maar de vrouw die jullie heeft gebeld, staat drie verdiepingen hoger op jullie te wachten.'

De vrouwelijke agent passeerde me met een knikje. Ze keek omhoog en riep: 'Hallo?'

'Is dat de politie?' klonk het van boven.

'Ja.'

Ik knikte naar de mannelijke agent. 'Veel plezier', zei ik terwijl ik naar buiten liep. Hij keek me onheilspellend aan, stak zijn knuppel weer in zijn riem waar hij hoorde en besteeg met zijn collega de trappen.

Een doodgewone zaterdagochtend in de Konsul Børs gate, voor zover ik dat kon beoordelen.

27

Vetle Valaker stond in de Gouden Gids. Hij woonde aan de Vognstølbakken en nam op toen ik hem belde. Ik stelde me voor, vertelde hem wat mijn beroep was en vroeg of hij tijd had om me te ontmoeten.

'Waar gaat het over?' vroeg hij.

'Ik heb gisteren Veslemøy gezien', zei ik.

'O?' Hij klonk verbaasd. 'In welk verband, als ik vragen mag?'

'Haar naam werd genoemd in verband met een zaak die ik onderzoek. Er is een jonge vrouw verdwenen. De dochter van iemand die u waarschijnlijk kent. Van Robert Høie, die zich nu Høie Hansen noemt.'

Dit moest hij kennelijk even verwerken, maar zijn antwoord klonk luid en duidelijk. 'Ik weet inderdaad wie dat is. Maar ik begrijp niet hoe ik u in dat verband kan helpen.'

'Als we even kunnen praten zal ik het uitleggen.'

'Nou, ik zal niet moeilijk doen. Over een uurtje moet ik toch naar het centrum. Waar kunnen we elkaar ontmoeten?'

'Bij het Zeemansmonument? Ik draag een halflang zwart leren jack.'

Hij mompelde iets onverstaanbaars en verbrak de verbinding.

Ruim op tijd was ik bij het monument. Toen op het afgesproken tijdstip een man met een vragende uitdrukking op zijn gezicht op me afliep, knikte ik voorzichtig naar hem en hij bleek inderdaad de juiste persoon te zijn.

Vetle Valaker was een man van rond de veertig. Op zijn hoofd zat een discreet geruite grijze sixpence, die ook in de uitverkoop heel wat duurder was dan de naam deed vermoeden. Zijn haar was voor zover ik dat kon zien, kort en donkerblond. Hij had een ronde kin met nauwelijks een hals eronder. Voor de rest zag hij eruit als de doorsnee man van zijn leeftijd. Geen uitgesproken sportief type, maar ook geen bankzitter. Hij droeg een lichtbruin leren jack met een riem, wat hem ouder maakte dan hij was. De bruine slacks en de grijze, zorgvuldig geknoopte sjaal om zijn hals versterkten die indruk. Zijn handdruk was zakelijk. 'Valaker.'

'Veum. Zullen we een kop koffie drinken?'

Hij knikte. 'Wat stel je voor?'

Het was niet meer als vroeger, toen er in bijna elke straat wel een degelijke lunchroom te vinden was. De moderne koffietentjes hadden het overgenomen, maar die waren doorgaans klein en de tafeltjes stonden zo dicht op elkaar dat je er nauwelijks een discreet gesprek kon voeren. Ik wees naar Galleriet, een winkelcentrum uit de tachtiger jaren. 'Daar, op de vijfde verdieping?'

Hij knikte, en via de boekhandel op de hoek liepen we het overdekte atrium binnen dat vroeger, voordat het winkelcentrum alles had opgekocht, de binnenplaats was van de oorspronkelijke bebouwing. We namen de roltrap naar de vijfde verdieping, waar het cafetaria was, en we vonden een leeg tafeltje bij het raam met uitzicht op de Torgalmenningen, de grote winkelpromenade. Ik was in een royale bui en

trakteerde hem en mijzelf op een krentenbol met koffie. Ik nam het bonnetje mee dat ik met opgave van tijd en uren zou verwerken in de factuur die ik na afloop zou opmaken, ook al had ik geen idee aan wie ik die moest sturen.

'Ik heb gehoord dat je Veslemøy bezoekt als je daar in de buurt bent.'

'Ja, maar hooguit een paar keer per jaar. Zij beleeft er ook weinig plezier aan.'

'Het...' begon ik.

'Maar...' zei hij.

We zwegen allebei en ik gebaarde dat hij moest verdergaan.

Hij knikte. 'Maar... Wat ik wilde zeggen.... Waarom heb jij haar opgezocht? Je denkt toch niet dat wat haar zo lang geleden is overkomen... dat het iets te maken heeft met de verdwijning van Robert Høies dochter?'

'Nou, het zit zo dat... Als ik met een zaak bezig ben en iets tegenkom wat er slechts zijdelings mee te maken lijkt te hebben... Het is mijn ervaring dat dat opeens toch van groot belang kan zijn. Dus toen ik hoorde wat jouw zus destijds was overkomen, werd ik... ja, nieuwsgierig is misschien niet het goede woord, maar... geïnteresseerd.'

Hij perste zijn lippen op elkaar terwijl hij zijn koffie naar binnen probeerde te werken, wat me hoogst onpraktisch voorkwam. Hij moest dan ook zijn papieren servetje gebruiken om zijn kin af te vegen.

'Hoe oud was jij toen het gebeurde?'

'Ik? In 1975?' Hij leek zelf even te moeten rekenen. 'Ik was twaalf. Veslemøy veertien.'

'Dus je kunt je het... incident wel herinneren?'

'Ik kan me alles nog herinneren van wat er daarna gebeurde. Dat Veslemøy dagenlang in bed bleef liggen en vervolgens weigerde haar kamer te verlaten. Mijn ouders die me helemaal niets wilden vertellen

over wat er gebeurd was, behalve dan dat iemand... lelijk had gedaan tegen Veslemøy.' Hij slikte. 'Je moet begrijpen... we waren thuis streng christelijk.'

'Ja, dat heb ik begrepen.'

'Van mijn klasgenoten heb ik gehoord wat er met haar was gebeurd. Dat ze verkracht werd door... ja, dat weet je wel. Door Robert Høie.'

'Maar hij heeft dat toch nooit toegegeven?'

'Nee, dat... dat weet ik niet. Niet officieel, in elk geval, en de politie heeft het ook nooit onderzocht. Maar Veslemøy is nooit meer de oude geworden. Dat heb je zelf gezien.' Hij had nu wat meer kleur op zijn wangen gekregen, aangedaan door wat er met zijn zus was gebeurd, net als iedereen met wie ik daarover had gesproken.

'En was er dan niemand die er iets aan probeerde te doen? Ik bedoel... het bij de politie aangeven is één ding, maar het zelf gaan oplossen is iets anders.'

'Je bedoelt... het recht in eigen hand nemen?'

'Ja, of... Misschien niet zozeer het recht in eigen hand nemen, maar maatregelen treffen. Robert vertrok immers zo snel hij kon uit het dorp. Misschien wel omdat hij zich er niet meer veilig voelde.'

'Dat moet je hem vragen.'

'Jij vertrok ook zo snel je kon uit het dorp.'

Hij keek me ontsteld aan. 'Met wie heb jij gepraat? Hoe diep heb je je neus hier eigenlijk in gestoken?'

Ik maakte een verontschuldigend gebaar. 'Dat valt wel mee, maar, zoals ik al heb gezegd: ik zoek de dingen graag tot op de bodem uit. Tot helemaal onderin.'

'Nou, als je hiervan de bodem kunt vinden krijg je een beloning!'

'Een stempel in mijn zondagsschoolschrift?'

'Ja, lach maar hoor, maak je maar vrolijk over die rare gelovigen, maar als je eens wist...'

'Zo bedoelde ik het niet', zei ik snel.

'O jawel. Want zo reageerden de mensen thuis ook. De anderen! Zo is het toch altijd geweest? "Wie niet met Mij is, die is tegen Mij", zei Christus. Lucas 11:23.'

'Maar...'

'Maar wat ik wilde zeggen was het volgende: mijn ouders... ze gingen er zo onder gebukt dat ze er letterlijk ziek van werden en ze zijn lang voor hun tijd gestorven. Na die toestand met Veslemøy is het leven thuis nooit meer hetzelfde geworden. De stemming was zo bedrukt dat... Voor een jonge knul was het daar geen leven meer, om het zo maar uit te drukken. Voor mijn zussen gold hetzelfde. Zo snel ze konden zijn ze vertrokken. En omdat ik toch naar de bovenbouw van de middelbare school wilde, ben ik in Haugesund op kamers gaan wonen.'

'Wanneer was dat?'

Weer leek hij erover te moeten nadenken. 'Ik ben daar van 1978 tot 1981 op school geweest. En na mijn maatschappelijke dienstplicht te hebben vervuld ben ik in 1983 gaan studeren.'

'Welk vakgebied?'

'IT als hoofdvak.'

'Computers?'

Hij glimlachte een beetje uit de hoogte en knikte. 'Informatietechnologie.'

'En waar werk je?'

'Ik heb een zes-tiende-aanstelling bij de lerarenopleiding in Bergen. De overige vier-tiende werk ik als invalkracht op de bovenbouw van een middelbare school.'

'Waar precies?'

'Dat verschilt. Er is bijna geen school in Bergen waar ik niet heb lesgegeven. Op dit moment werk ik op Tanks.'

'Klinkt niet verkeerd. Maar terug naar het onderwerp. Jij bent dus weggegaan uit Buvik. Heb je daarna nooit overwogen om Robert Høie ter verantwoording te roepen voor wat hij destijds naar alle waarschijnlijkheid had gedaan?'

'Hem ter verantwoording roepen? Dat ligt niet in mijn handen. "De HEERE zal het zien en zoeken." 2 Kronieken 24:22.'

'Juist...' Ik keek naar mijn eigen handen. Daar kon ik het antwoord op alle vragen ook niet vinden. 'En hoe zat het met... Ken je die twee broers nog, Torfinn en Åsmund Vangen, van toen je nog thuis woonde?'

Hij trok een grimas. 'Het dynamische duo? Ja, die kan ik me nog wel herinneren. Hoezo?'

'Nou... Torfinn woont ook in Bergen, heb ik ontdekt. Ben je hem misschien hier tegengekomen?'

'Torfinn Vangen? Hij keek me aan alsof hij er niets van begreep. 'Nee, sinds ik daar ben weggegaan heb ik eigenlijk geen seconde meer aan hem gedacht.'

Ik knikte. 'Zomaar een ingeving.'

Hij boog naar me toe. 'Je wilt toch niet zeggen... Zouden die twee iets met die aanranding van Veslemøy te maken hebben gehad?'

'Ik vraag je alleen of je Torfinn bent tegengekomen, verder niets.'

'Ik snap überhaupt niet waarom je met me wilde praten, Veum. Waar kan ik jou nou in vredesnaam mee helpen, als het je inderdaad om de dochter van Robert Høie te doen is? Wat voor meisje is dat trouwens?'

'Ze heet Emma en ze is afgelopen najaar naar Bergen verhuisd om verpleegkunde te studeren. Maar daarna is ze verdwenen.'

'Gewoon... verdwenen?'

'Ja.'

'Spoorloos, bedoel je?'

'Ja, inderdaad. Tot nu toe, in elk geval. Daarom zoek ik overal waar ik maar kan naar aanknopingspunten. Misschien zoek ik te ver, misschien levert het wat op. Zo kwam ik bij jou uit.'

'Juist. Ik begrijp het.' Hij spreidde zijn armen. 'Maar ik ben bang dat ik je hier niet mee kan helpen.'

'Nee, maar in elk geval bedankt dat je met me wilde praten.'

'Goed... bedankt voor de koffie en de krentenbol.'

Samen verlieten we het pand en op straat namen we afscheid, ongeveer op de plek waar we elkaar een uur eerder hadden ontmoet. Heen en terug duurt even lang, had ik in mijn jonge jaren geleerd. Maar later had ik ontdekt dat je juist van de omwegen leert. Misschien was dit zo'n omweg. Misschien ook niet.

28

Het was zaterdag, vroeg in de middag, maar voor mijn gevoel nog lang geen weekend. Ik had besloten een nieuwe poging te wagen bij Robert, Liv en Andreas Høie Hansen.

Ik parkeerde mijn auto bijna aan het einde van de Sudmanns vei en kuierde naar hun huis. Toen ik het hek opendeed, zag ik dat de carport leeg was, de motorfiets was weg. Ik stak het grind over en belde aan. Niemand deed open. Toen ik wegliep en me daarna weer naar het huis omdraaide, zag ik het gordijn achter een van de ramen bewegen. Ik liep erop af en tikte hard tegen de ruit. Na een paar seconden verscheen het gezicht van Andreas achter het glas.

Ik wees naar de voordeur en gebaarde dat ik met hem wilde praten. Hij keek me zonder veel enthousiasme aan. Toen knikte hij stuurs en liep weg. Ik ging naar de voordeur en wachtte tot hij zou opendoen.

De deur ging op een kiertje open. 'Wat wil je?'

‘Is je vader of moeder thuis?’

‘Nee. Dan hadden ze zelf wel opengedaan. Pa is met de motor weg en ma is... daarboven.’ Hij keek naar de steile bergwand.

‘Maar jij bent thuis’, stelde ik vast. ‘En ik wilde jou nog wat vragen.’

‘Goed’, klonk het gelaten.

‘Ik heb de vriendin van je zus gesproken, die in Berlijn zit, en ze vertelde dat Emma en zij vroeger een keer naar Bergen waren gegaan om jullie te ontmoeten. Emma was toen zestien en jij een jaar of twaalf, dertien.’

‘Ja, ja’, antwoordde hij op dezelfde gelaten toon.

‘Kun je je dat nog herinneren?’

‘Ja. Maar ik... ik heb niet met haar gesproken.’

‘Nee, dat heeft die vriendin verteld. Åsa, zo heet ze. Dat ze je zagen terwijl je achter het raam van... Was dat jouw kamer?’

Hij knikte. ‘Ik was het helemaal vergeten, totdat ze me er weer aan herinnerde.’

‘Zíj herinnerde jou eraan?’

Hij werd rood. ‘Ja... Of... Dat ik het me weer herinnerde toen ze dit najaar weer hier kwam. Toen mama en ik thuiskwamen en zij met pa stond te praten.’

‘En hij stuurde haar gewoon weg?’

‘Ja.’

‘Vond je dat niet raar? Dat hij zo reageerde?’

Hij haalde zijn schouders op.

‘Maar toen we elkaar de vorige keer spraken, Andreas, zei je dat je toen pas, dus dit najaar, doorkreeg dat je een halfzus had.’

Hij dacht na. ‘Ja.’

‘Maar nu zeg je dat je je toen die eerste keer weer herinnerde.’

‘Ja.’ Hij keek me geïrriteerd aan. ‘Maar pa heeft nooit wat gezegd. Pa zei die eerste keer helemaal niks. Ma deed open en toen ik er

later naar vroeg, zag ze er geschrokken uit en zei dat het gewoon iemand was die iets wilde verkopen. Maar toen ze...' Hij onderbrak zichzelf.

Ik stond hem aan te kijken. Omdat hij bleef zwijgen, nam ik het woord weer. 'Daar zei je het alweer, Andreas. Je hebt wel degelijk contact met haar gehad.'

Hij beet op zijn lippen, alsof hij wilde voorkomen dat er nog meer uit zijn mond vloog.

'Wanneer was dat?'

'Goed dan!' Hij staarde naar de grond. 'Ze heeft me gebeld.'

'Gebeld? Op je mobiele telefoon?'

'Nee, hier. Onze gewone telefoon. Ze had het al eerder geprobeerd, zei ze, maar ze hing altijd op als pa of ma opnam.'

'Juist. En wanneer was dit?'

'Van het najaar.'

'Nadat ze hier was geweest?'

'Ja.'

'Wat wilde ze dan?'

Zijn blik ging weer omhoog. 'Nou. Ze zei wie ze was en dat ze... contact met mij wilde.'

'En wat heb je haar geantwoord?'

'Ik zei... dat het goed was.'

'Nu zijn we een stukje verder gekomen, Andreas. Hier heb je de vorige keer niets van verteld.'

'Nee, want... het moest geheim blijven.'

'Tussen haar en jou?'

'Ja.' Snel voegde hij eraan toe: 'Papa en mama mochten er in elk geval niets van afweten.'

'Maar... hebben jullie elkaar dan ook ontmoet?'

'Eén keertje maar.'

'Waar?'

'In een café. In de Dromedar.'

'Wanneer?'

'Vlak nadat ze hier was geweest. Begin september.'

'En dat is de enige keer dat je haar hebt ontmoet?'

'Ja.'

'Klikte het niet tussen jullie?'

'We hadden het te druk met andere dingen.'

'Hebben jullie dan nog telefonisch contact gehad?'

Hij aarzelde. 'We hebben wat gemaild. Ik heb immers IT op school en zij kreeg mijn mailadres van school. Als ze me daar berichten stuurde, kon niemand anders het lezen. Maar zo vaak kwam dat niet voor. Dat ze me mailde, bedoel ik.'

'En wanneer heb je voor het laatst wat van haar gehoord?'

'Tja... een maand geleden of zo.'

'Half oktober?'

'Zoiets.'

'Heb je die mails bewaard?'

'Op de schoolcomputer? Ben je gek of zo? Ik heb ze meteen gewist, zodat niemand ze kon lezen.'

'Maar dan moet ik je vragen... Stond er in die mails iets, hoe onbenullig ook, wat ons een aanwijzing kan geven voor wat er met haar is gebeurd?'

Langzaam schudde hij zijn hoofd. 'Ik zou niet weten wat dat kan zijn.'

'Dat ze iemand had ontmoet? Of dat ze van plan was te verhuizen?'

'Dat weten haar huisgenoten toch beter dan ik!'

'Nee, die wisten er ook niets van.' Machteloos spreidde ik mijn armen. 'We hebben gewoon helemaal niets, Andreas.'

Hij keek me aan, alsof hij dacht dat ik nog meer zou zeggen.

'Dat moet toch... Maak je je geen zorgen om haar? Ze is tenslotte toch je halfzus.'

Hij haalde zwakjes zijn schouders op. 'Ik kende haar niet. Daar hebben we nooit de tijd voor gekregen.'

'Vind je dat niet jammer?'

Weer gingen zijn schouders omhoog en omlaag. 'Wat je niet kent, mis je niet.'

'Meen je dat echt?'

Hij gaf geen antwoord, maar zijn blik verplaatste zich van mijn gezicht naar het hek achter ons en ook ik keek om.

Liv Høie Hansen was gearriveerd. Op haar joggingschoenen trippelde ze over het grind, gehuld in een lichtgroen trainingspak met witte strepen langs de mouwen en langs de buitenkant van de broekspijpenhaar benen. Op haar hoofd zat een blauw met oranje muts, waarop met schuine letters de kreet *STOLTZEKLEIVEN OP-EN-TOP* prijkte.

Zweetdruppels glansden op haar voorhoofd en ze hijgde een klein beetje toen ze voor ons bleef staan. 'Wat wil je?'

'Met jou praten.'

'Waarover dan?'

'Over Veslemøy.'

'Huh?' hoorde ik Andreas achter me zeggen. 'Wie is dat?'

Liv Høie Hansen keek me met nog meer afkeer aan dan haar zoon had gedaan. 'Ik heb jou niets te zeggen.'

'O jawel.'

Een paar tellen bleven we elkaar aankijken. Toen wendde ze haar blik af. 'Goed dan. Kom maar binnen. Maar eerst ga ik douchen.' Ze keek haar zoon aan. 'Andreas. Laat hem de woonkamer binnen. Ga met hem mee en... hou hem in de gaten.'

'Hoezo, hou hem in de gaten?' vroeg Andreas niet-begrijpend.

'Nou, dat hij niet gaat snuffelen in dingen die hem niet aangaan.'

'O, zo, ja', antwoordde haar zoon zonder te begrijpen wat daar precies mee werd bedoeld.

29

De woonkamer had een groot raam dat uitkeek op zee, maar het begon al te schemeren en de zichtbaarste markering in het panorama was de oplichtende kralenketting van de Askøybrug die als een soort virtuele hangmat voor luchtgeesten het beeld beheerste. Liv Høie Hansen bleef ons vanuit de deuropening met haar ogen volgen, totdat we hadden plaatsgenomen in de klassiek ogende salon, die niet echt gezellig overkwam. Andreas leek zich er ook niet op zijn gemak te voelen.

De eerste paar minuten verstreken in een pijnlijke stilte. Hij had zijn ogen neergeslagen, ik keek juist om me heen om alle indrukken in me op te kunnen nemen.

Voor de wand tegenover het raam stond een opvallend grote vitrinekast, gevuld met kleine en grote bokalen en beeldjes. Ik nam aan dat de meeste door Liv waren binnengebracht, maar het kon natuurlijk zijn dat een aantal met motorclubactiviteiten te maken had. Een van

de zilverkleurige beeldjes had in elk geval de vorm van een motorfiets.

De wandversieringen weerspiegelden diezelfde sfeer. Een groot, in zwart-wit uitgevoerde poster van Marlon Brando in *The Wild One* staarde ons van een van de wanden aan, in een rood met gele lijst. Een bijpassende foto van Brooklyn Bridge, weliswaar in kleur uitgevoerd, domineerde de andere wand. Het leek alsof het wegdek op de brug was bedekt met een veelkleurig geknoopt tapijt. Zelfs zonder op te staan en dichterbij te komen nam ik aan dat het om een foto van de marathon in New York ging, en wie weet bevond Liv Høie Hansen zich wel onder de deelnemers. Deze twee foto's vormden een sterk contrast met een serie bloementekeningen aan weerszijden van de deur naar de hal, die uit een ouderwets herbarium leken te zijn gehaald. De meubels waren verder nogal gedateerd en het viel me op dat er in deze kamer geen tv aanwezig was, net zomin als een stereo-installatie en een radio of leesstof.

In de hal hoorden we een deur slaan en niet veel later klonk er een zacht geruis door de leidingen. Toen leek het me tijd om de stilte te doorbreken. 'Dus... wat doe jij zoal op een zaterdag, Andreas?'

'Niks bijzonders.'

'O nee? Zit je niet op een sport?'

'Opnieuw keek hij me bijna achterdochtig aan. 'Huh? Sport?'

'Ja, je moeder is duidelijk erg actief op dat gebied. Heeft ze jou niet aangespoord om aan sport te gaan doen?'

'En zeker net zo gek te worden als zij? Nooit van mijn leven!' Na even nagedacht te hebben mompelde hij: 'Maar toen ik klein was heeft ze dat wel geprobeerd.'

'Voetbal... atletiek... iets anders?'

Hij liet een diepe zucht horen. 'Ik heb geen zin om daarover te praten.'

Ik probeerde een andere invalshoek. 'En uitgaan? Je hebt vast wel een paar klasgenoten met wie je optrekt?'

Een paar tellen gleed er een onbestemde uitdrukking over zijn gezicht, een soort mengeling van jaloezie en extreme eenzaamheid. Hij gaf geen antwoord, maar schudde ontkennend zijn hoofd.

'Dus jij vermaakt je het liefst achter de pc, begrijp ik?'

Even lichtte zijn gezicht op, maar meteen doofde het enthousiasme weer en antwoordde hij op de oude, ongeïnteresseerde toon. 'Ja, klopt.'

'Heb je daar dan wel vrienden?'

Hij keek mij vol verachting aan. 'Vrienden?'

'Ja? Mensen met wie je... kennis probeert te maken, zoals... Emma.'

Weer een diepe zucht, als om te benadrukken hoe vervelend hij dit gesprek vond. In de hal klonk opnieuw het geluid van een slaande deur en hoopvol keek hij die kant op. Maar het duurde nog wel een minuut voordat zijn moeder in de deuropening verscheen, gekleed in een soort huispak in ongeveer dezelfde kleuren als haar trainingspak, groen en wit, maar nu vormde het wit een langwerpige vlek op haar borst, als bij een eekhoorn. De huid van haar gezicht en haar hals was nog een beetje vochtig van de damp in de badkamer, en haar korte, rode haar, ook nog nat, stak alle kanten op.

Toen zij verscheen, sprong Andreas op, sneller dan ik hem ooit eerder had zien bewegen. 'Mag ik nu weg?'

'Ja.' Ze knikte, maar bleef vlak bij de deur staan totdat hij haar was gepasseerd. Ze had hem niet aangekeken, maar haar gelaatsuitdrukking loog niet. Het was de deels bezorgde, deels moedeloze uitdrukking van een moeder die weet dat ze geen controle meer heeft over haar zoon. De deur van zijn kamer werd hard en demonstratief dichtgeslagen.

Ze kwam de kamer in. Terwijl ze plaatsnam op een stoel die recht tegenover me stond vroeg ze: 'Waar hebben jullie het over gehad?'

'Andreas en ik? Nergens over, eigenlijk. Dat wil zeggen... natuurlijk wel over Emma.'

Ze wierp me een boze blik toe. 'Waarom ben je hier, waarom val je ons hier opnieuw mee lastig?'

Ik keek haar recht aan. 'Zou het niet logischer zijn me te vragen of ik nieuws heb? Of ik bij mijn speurtocht naar Emma nog wat ben opgeschoten?'

Ze rolde met haar ogen en me nabauwend zei ze: 'Goed dan! Heb je nieuws? Ben je bij je speurtocht naar Emma nog wat opgeschoten?' Toen ik niet meteen antwoordde, ging ze door: 'Maar daar wilde je me niet over spreken, toch, toen je buitenstond?'

'Nee. Maar laten we het eerst over Emma hebben. Nee, ik heb helaas geen nieuws. Ze is nog steeds spoorloos verdwenen.'

Een ogenblik liet ze een meer menselijk trekje zien. 'Maar dat kan toch niet! In deze tijd kan toch niemand zomaar in het niets verdwijnen? Met alles wat we doen laten we elektronische sporen achter.'

'Tenzij er iets ernstigs is gebeurd. En zelfs dan duikt de vermiste persoon uiteindelijk wel op.'

'Ja.' Ze knikte ernstig.

'Wat dat andere betreft: gisteren heb ik op Karmøy een bezoek gebracht aan Veslemøy Valaker.'

Meteen zag ze er een stuk gespannener uit. 'Aha.'

'Ik wist niet dat Ingeborg en jij elkaar vroeger goed gekend hebben. Of liever gezegd, dat jullie drieën elkaar goed kenden. Jij, Ingeborg en Robert.'

'En wat dan nog? Niets nieuws onder de zon. We...'

'Ja?'

'We zaten bij elkaar op school, in Haugesund. Ingeborg en ik zaten in dezelfde klas, Robert een klas hoger. Maar... zij werden een stel.'

'Waren jullie allebei verliefd op hem?'

'Misschien. Op die leeftijd word je zo gemakkelijk verliefd. En het gaat ook even snel weer over.'

Ik glimlachte flauwtjes. 'Inderdaad. Dat hebben we bijna allemaal wel meegemaakt. Maar jouw verliefdheid op Robert ging niet over, begrijp ik.'

'Toch wel. Maar... Nou ja. Na mijn eindexamen vertrok ik uit Haugesund om verpleegkunde te gaan studeren, ja, hier in Bergen. Toen ik klaar was kreeg ik een baan op Karmøy en ben ik weer teruggekeerd, in 1983.'

'Was dat in Fredly?'

'Ja.' Ze zweeg even. Blijkbaar vond ze dit geen prettig gespreksonderwerp. 'Toen kwam ik hen weer tegen.'

'En...'

'En, en, en! Wat wil je nou toch?'

Ik probeerde me zorgvuldig uit te drukken. 'Ik ben op zoek naar een soort causaal verband.'

'Een causaal verband? Tussen... wat er toen is gebeurd en... nu?'

'Bijvoorbeeld. Wat is er toen eigenlijk gebeurd?' Ze zweeg. 'Toen je Robert en Ingeborg uitnodigde om bij Veslemøy langs te gaan.'

Ze liep rood aan. 'Zo was het niet! Je hebt het verkeerd begrepen! Ik had destijds geen flauw idee wat er tussen Robert en Veslemøy was gebeurd, ik wist niet dat hij... verdacht werd van...'

'Maar kende je de achtergrond dan wel? Haar verhaal?'

Ze kneep haar ogen tot spleetjes. De huid van haar magere gezicht verstrakte, alsof ze de eindstreep van, voor mijn part, de marathon in New York in zicht kreeg. 'Dat verhaal kende iedereen in Fredly. Dat was gewoon verschrikkelijk. Zo'n afschuwelijk verhaal, natuurlijk vooral vanwege de gevolgen die het voor Veslemøy zelf had, al die jaren daarna. Maar hoe kon ik weten...' Ze keek me bijna verwijtend aan. 'Dat kon ik toch niet weten!'

'Laten we bij het begin beginnen. Je was je oude schoolkameraden weer tegengekomen, Ingeborg en Robert.'

'Ja.' Nu keek ze recht voor zich uit, ver terug in de tijd. 'Emma was net geboren en ze waren dolgelukkig. Dat geef ik ronduit toe. Ik benijdde ze en... ja, wie weet was ik echt wel jaloers op ze, toen ik zag hoe goed ze het hadden.'

'Dus heb je daarom...'

'Nee, heb ik toch gezegd! Dát wist ik niet. Toen niet. Het ging over. We begonnen weer met elkaar om te gaan. Ingeborg probeerde zelfs een geschikte partner voor me te vinden, als een echte koppelaarster.' Ze vertrok haar mond even in een soort grijns. 'Zonder succes, zoals je wel zult begrijpen. En toen... Ja, we hadden het er een paar keer over gehad, dat ze me in Skudeneshavn, in Fredly, zouden opzoeken. En toen, het was op een zaterdag in juni, een van de eerste echt warme zomerdagen dat jaar. We hadden de meeste bewoners naar buiten gereden. Ook Veslemøy. En toen kwamen ze er zomaar aan, zonder afspraak en zonder me iets te laten weten. Hij parkeerde gewoon voor het gebouw en ze liepen over het gras voor het huis, daar waar Veslemøy zat... en toen gebeurde het.'

'Herkende ze hem?'

'Of ze hem herkende?!' Haar mond viel open alsof mijn vraag veel te bescheiden was geweest. 'Daarmee begon het pas! Er kwam een reactie, een explosie, het was zo erg, ik heb nooit meer zoiets meegemaakt. Ze werd volstrekt hysterisch. Ze tierde en raasde, ze ging tekeer. Eerst staarde ze Robert aan alsof hij een wezen van een andere planeet was en de uitdrukking die ze toen op haar gezicht had... die was gewoon onbeschrijfelijk. Ze was verlamd van schrik. Toen sloeg ze haar handen voor haar ogen en weigerde ze die weg te halen. Ze viel van de stoel waar ze op zat en bleef vervolgens op de grond liggen jammeren. De andere personeelsleden kwamen aan-

gerend, het werd een regelrechte chaos en Robert stond erbij en keek ernaar.'

'Hoe reageerde hij?'

'Als ik een levend lijk zou moeten beschrijven, dan was hij dat op dat moment. Hij stond gewoon stokstijf naar haar te kijken, niet in staat zich te verroeren, niet in staat iets te zeggen. Maar Ingeborg...'

'Ja?'

'Zij keek van Veslemøy naar Robert en weer terug. Veslemøy werd door andere personeelsleden naar binnen geholpen, maar Robert bleef daar maar staan, nog steeds roerloos, maar nu met een uitdrukking op zijn gezicht van... ja, van een slecht geweten, weet ik veel, maar zo duidelijk dat iedereen wel moest begrijpen wie hij was, wat hij had gedaan...' Haar stem brak. 'Met Veslemøy.'

'Dus jij bent daar ook wel van overtuigd?'

'Overtuigd waarvan?'

'Dat hij degene was die haar heeft aangerand.'

'Ik?' Ze keek me aan alsof ze niet begreep wat ik haar had gevraagd. 'Ingeborg was er in elk geval wel van overtuigd.'

'Ja?'

'Ze greep hem beet en trok hem mee naar de auto, zonder nog op of om te kijken. Daarna reden ze rechtstreeks naar Velle, waar ze toen woonden, en wat er toen is gebeurd weet ik niet, maar het moet een verschrikkelijke scène zijn geweest, want het eindigde ermee dat ze hem van het ene op het andere moment het huis uit zette, zei dat ze hem nooit meer wilde zien, dat hij voorgoed uit haar leven was en dat hij het wel kon vergeten om ooit nog contact met Emma te hebben. Ze stond hem zelfs niet toe alimentatie voor Emma te betalen!'

'Dat was een stevige reactie.'

'Reactie? Het was een soort hysterische aanval, net als bij Veslemøy, als je het mij vraagt.'

Na een kleine stilte deed ik mijn mond weer open. 'En wat gebeurde er toen?'

Nog steeds keek ze me niet-begrijpend aan. 'Wat bedoel je?'

'Nou, ik bedoel... Hoe kwam het dat Robert en jij, na die hele toestand... een stel werden?'

Ze beet op haar lippen, alsof ze niet wist wat ze moest zeggen. Ten slotte zei ze: 'Tja, ik raakte daardoor mijn baan kwijt. Ik werd op staande voet ontslagen. Toen kreeg ik een invalbaan in het ziekenhuis van Haugesund en... een paar maanden later kwam ik Robert tegen in een uitgaansgelegenheid in Haugesund. Dat was een lastige situatie, in het begin althans. Maar we gingen zitten, dronken een biertje... en toen kreeg ik zijn versie van het geheel te horen.'

'Zijn versie van...'

'Van wat er met Veslemøy was gebeurd! Wat er toen was voorgevallen!'

'Juist. En wat...'

'Want hij hád het niet gedaan!'

'O nee?'

'Het waren anderen geweest.'

'Anderen?'

'Twee anderen!'

Ik voelde een akelige rilling over mijn rug lopen. 'En die twee anderen... hoe heten die?'

'Ik heb geen idee. Dat heeft hij nooit verteld.'

'Maar waarom... Hoe wist hij dat dan en waarom heeft hij er niets van gezegd?'

'Omdat...' Plotseling leek ze wanhopig. 'Omdat ze hem bedreigden. Ze zouden hem vermoorden!'

'Maar...' Het duizelde me. Mijn gedachten maalden door mijn hoofd. De ontmoetingen met Ingeborg, Veslemøy en – niet in de

laatste plaats – met Åsmund Vangen drongen zich op, haakten in elkaar en veranderden in een nachtmerrieachtige brij. 'Hij kan hier toch niet jarenlang mee hebben rondgelopen, dat hij de schuld kreeg van wat anderen hadden gedaan...? Ja, zelfs toen hij zijn vrouw en dochter kwijtraakte, heeft hij niet verteld wat er was gebeurd. Waarom? Kun je me dat uitleggen, Liv?'

Nu maakte ze een vastbesloten indruk. 'Nee, dat kan ik niet. Dat zul je hem toch echt zelf moeten vragen.'

'Maar jij geloofde hem dus wel, althans voldoende om met hem te trouwen, naar Bergen te verhuizen en daar een nieuw leven te beginnen?'

'We zijn pas getrouwd toen we hier al woonden.'

'Maar...'

'Ja', onderbrak ze me. 'Ik geloofde hem.'

'Waar is hij nu?'

'Robert? Hij is lid van een motorclub.'

'Ja, dat weet ik.'

'Ze hebben zondag, morgen dus, een zogenaamd open huis.'

'En dat wil zeggen?'

'Dat ze de deuren openen voor iedereen die belangstelling heeft. De buren, anderen.'

'De politie?'

'Die vast ook wel, als ze zin hebben. Dus vandaag zijn ze daar aan het klussen om alles klaar te maken.'

'Ik snap het. Dus je weet niet wanneer hij thuiskomt?'

'Nee, maar... het wordt vast laat.'

'Zou ik er dan morgen ook heen kunnen gaan?'

'Ja, waarom niet? Heb je nog meer?'

'Nee. Ik dacht het niet.' Ik kwam overeind van het bankje waar ik op had gezeten, als dat tenminste de juiste naam was van het meubelstuk.

'Ik begrijp nog steeds niet wat dat met de verdwijning van Emma te maken heeft.'

'Nee, maar...' Terwijl ik naar de deur liep, schoot me weer wat te binnen. 'Ze was hier toch al eerder, in 2000, Emma, met een vriendin.'

'Ja, ze stonden plotseling voor de deur en belden aan. Ik kon ze nauwelijks uit elkaar houden. Ze leken als twee druppels water op elkaar, zoals zo vaak met jonge meisjes. Hetzelfde kapsel, dezelfde kleren en dezelfde obstinate gelaatsuitdrukking.'

'Maar ze stelde zich voor en vroeg naar haar vader?'

'Ja, maar hij weigerde haar binnen te laten.'

'En hij kwam niet eens naar buiten om haar te begroeten.'

'Nee. Het... Het was iets wat hij achter zich had moeten laten, als een trauma. Voor hem bestond zijn dochter niet meer, niet meer sinds Ingeborg hem de deur uit had gezet, toen in 1986.'

'En jullie hebben Andreas niet verteld wie ze was?'

Ze keek wat ongelukkig. 'Nee. Dat wilde Robert zo. En ik deed wat hij zei.'

'Maar...' Ik wist niet wat ik moest zeggen.

'Dat moet je hem ook maar vragen als je hem ziet', zei ze, nu op een bijna sarcastische toon.

'Ja, dat moet ik maar doen.' Ik liep verder naar de deur. Maar weer bleef ik staan. 'À propos. Een uitdrukking als "moribund", zegt jou dat wat?'

'Moribund? Natuurlijk. Dat wordt nog af en toe in de status van patiënten gebruikt. Dat betekent dat degene die het betreft... niet zal overleven.'

'Precies.'

'Waarom vraag je daarnaar?'

'Nou, het geval wil dat Emma dat tegen een vriendin heeft gezegd.'

'O?'

Voordat ik die zaterdagmiddag het huis verliet, kruisten onze blikken elkaar voor de laatste keer, en het was alsof ik in haar ogen de reflectie zag van mijn eigen onbewuste reactie. Een gevoel van onzekerheid en bezorgdheid, als gevolg van dat ene woord: *moribund*.

30

Ik stapte in mijn auto en belde Sølvi. 'Ben je weer bekomen van het dameskransje?'

Ze lachte vrolijk. 'Min of meer. Misschien heb ik iets te veel wijn gedronken.'

'Heb je morgen ook zin om mee te gaan naar een open huis bij jou in de buurt?'

'Een open huis waarvan?'

'Van motorclub Bacchus, Norway.'

Hetzelfde vrolijke lachje. 'Ik dacht het niet. Morgen, zei je?'

'Ja.'

'Maar vanavond ben je hier hartelijk welkom. Dan hoef je niet zo ver te rijden.'

'Is dat de enige reden?'

Deze keer daalde haar lach een terts. Ik vatte dat op als een bevestiging, bedankte haar voor de uitnodiging en startte de motor.

Sølvi stond al in de deuropening toen ik aankwam, ze omhelsde me en gaf een kus op mijn wang. Ze droeg een blauwe jeans, een simpel bloesje met kleine ruitjes dat los over haar heupen viel en daaronder, voor zover ik dat kon zien, een zwart hemdje.

Terwijl ik mijn jas en schoenen uitdeed stond ze naar me te kijken en toen ik de kamer in wilde gaan, hield ze me tegen. 'Wat is er, Varg?'

Ik keek haar aan. 'Niets, hoor...'

'Ik zie toch dat er iets is! Heb je haar gevonden? Dat meisje naar wie je op zoek was?'

'Helaas niet.'

'Toch is er iets gebeurd, dat zie ik. Vertel nou.'

Ik slaakte een diepe zucht. 'Ik heb je heel kort iets verteld toen ik hier afgelopen woensdag was. De vrouw die me die opdracht gaf, Norma...'

'Ja, je halfzus, die je nooit eerder had gezien.'

'Ze is dood.'

'Wat!' Geschokt keek ze me aan. 'Maar... Hoe...'

'Op het oog lijkt het een ongelukkige val in haar eigen huis, maar ja... Veel moorden zien er precies zo uit en worden daarom nooit aangemerkt als moord.'

'Maar... heeft dat met jouw zaak te maken?'

'Dat vraag ik mezelf ook af. Maar het was natuurlijk vooral een schok voor me. Afgelopen maandag zaten we voor het eerst van ons leven tegenover elkaar. Nu zal dat nooit meer gebeuren. En we hebben niet de tijd gekregen om elkaar echt te leren kennen.'

Weer sloeg ze haar armen om me heen. Deze keer drukte ze zich tegen me aan, alsof ze het verdriet met me wilde delen.

'Het is niet zo dat... Ik ben niet erg verdrietig, want zo goed kende ik haar niet. Ze kwam bij me omdat ze een opdracht voor me had. Wat dat betreft maakte het niet uit of ze familie was. Maar juist dat

maakt het zo akelig.' Onder het praten voelde ik de brok in mijn keel groter worden en het kostte me steeds meer moeite de woorden uit te spreken. Nu pas leken de ernst en de tragiek van de gebeurtenissen voor het eerst tot me door te dringen. 'Ik stel me voor hoe het in de komende jaren had kunnen zijn. Dat we de gelegenheid hadden gekregen om elkaar echt goed te leren kennen. Ik had haar familie kunnen ontmoeten, een soort verlate oom kunnen worden, of oudoom.'

'Dat kan toch nog steeds?'

'Ja, maar niet op dezelfde manier. Als het gebeurt, dan in elk geval zonder haar.'

Ze gaf me een klein kusje op mijn mond. 'Maar nu heb je in elk geval hier een extra familie gevonden. Zullen we de kamer in gaan?'

'Ja, graag.'

In de kamer hing al een gezellige zaterdagavondsfeer. Helene zat naar een kinderprogramma op tv te kijken, maar zwaaide enthousiast toen ze me zag. Op de salontafel stond een schaal met tapas. Sølvi had zichzelf al een glas rode wijn ingeschonken, ze schonk mij er ook een in en ging op de bank zitten waar ze zich voor mijn komst had geïnstalleerd met een dikke stapel zaterdagse kranten naast zich.

Ik vertelde haar iets uitgebreider wat ik in Rogaland had meegemaakt, onder andere de nieuwe feiten over mijn moeder en de gedachtestroom die deze bij mij op gang hadden gebracht.

Ze keek me bezorgd aan. 'Nee maar! En niemand had jou dat eerder verteld?'

'Wie zou dat moeten zijn? Als het echt waar is, waren mijn ouders natuurlijk niet de aangewezen personen om me dat te vertellen. Zelfs Norma wist het niet, het bleek pas toen die verre nicht donderdag op bezoek kwam.'

'Maar die saxofonist... Zou je hem nog kunnen opsporen, denk je?'

'Dat staat nog te bezien en ik weet echt niet of ik daar wel zoveel zin in heb. Eerst en vooral moet ik me focussen op de zaak waar ik nu aan werk.'

'En dat gaat lukken?'

'Ik zal al het persoonlijke opzij moeten zetten. Maar het inspireert me toch ook wel. Ook in deze zaak is sprake van een onbekende vader, dat geldt voor Emma net zo goed als voor mij. En er is ook iets met een halfzus en een halfbroer, die familie zijn van elkaar, maar toch ook weer niet.'

Ze streelde me over mijn wang. 'Het verbaast me niets dat je een beetje in de war bent. Ik geloof dat ik er zelf compleet kierewiet van zou zijn geworden.' Na een poosje vroeg ze: 'Maar heb je nog andere dingen weten uit te zoeken?'

'Ja. Maar ik heb geen idee wat daar de betekenis van is.' In het kort vertelde ik haar over mijn bezoek aan Veslemøy en wat ik tot dusverre had weten te achterhalen over wat er op die dag in augustus 1975 was gebeurd.

'Wat een verhaal! Maar is dat van belang voor waar je nu mee bezig bent?'

'Tja... dat antwoord moet ik je schuldig blijven. Toch heb ik een beetje een raar gevoel dat er een verband is, dat het ergens met elkaar te maken heeft.'

Ze glimlachte flauw. 'Eerder had je het ook weleens bij het juiste eind.'

'Weleens, ja. Maar niet altijd. Dus dat ik van plan ben om morgen naar het open huis van de MC Bacchus Norway te gaan, is omdat ik het spoor weer wil oppakken.'

'Alleen daarom?'

'Niet alleen daarom. Maar ik heb het gevoel dat Robert Høie Hansen in beide gevallen een soort sleutelfiguur is, een knooppunt waar alle losse draadjes bij elkaar komen.'

'Maar vanavond blijf je hier.' Ze stak haar hand uit en wreef behoedzaam over mijn nek. 'Dan kun je al die dingen een beetje loslaten.'

'Ik zal mijn best doen. Maar mijn hoofd rust nooit. En ik krijg ze maar niet uit mijn gedachten. Dat geldt in de allereerste plaats voor Veslemøy, maar ook voor Emma, die ik niet eens heb ontmoet, maar die in mijn beleving een... Ja, wat is ze eigenlijk? Een verwaarloosd kind? In elk geval het slachtoffer van een afschuwelijk conflict tussen haar ouders, dat zo dramatisch eindigde dat zijzelf twee keer werd afgewezen door haar vader toen ze bij hem voor de deur stond. De eerste keer wilde hij haar niet eens zien!'

Dat beeld zag ik voor me toen ik de volgende dag rond een uur of twaalf in mijn auto zat na een gezellige avond met twee vrouwen te hebben doorgebracht, een van elf en een van net vijftig, en vervolgens een nacht met de oudste van de twee. Zowel de avond als de nacht had me goedgedaan. Nu was het speelkwartier voorbij en keerde ik weer terug in de werkelijkheid. De zwarte engelen wachtten, maar niet met een brandend zwaard in de hand. Vandaag hielden ze het zwaard in de schede en heetten Jan en alleman met open armen welkom.

Normaal gesproken kwam MC Bacchus Norway bijeen in een afgedankt fabriekscomplex aan de kust, afgeschermd van ongewenst bezoek door een hoog houten hek met bovenop prikkeldraad, een hek met een stevig slot en een bord waarop met grote letters te lezen stond: *VERBODEN TOEGANG VOOR ONBEVOEGDEN!* Om alle verdere misverstanden te voorkomen was er boven de tekst een groot zwart doodshoofd getekend.

Maar vandaag stonden de poorten naar de hel wagenwijd open. Voor het hek hadden ze een provisorische parkeerplaats gemaakt, waar ik naartoe verwezen werd door een man met halflang grijs haar, gekleed in een zwarte spijkerbroek, een T-shirt en een degelijk leren gilet met het clubembleem, gevoerd met schapenvacht. Hij nam me

met duidelijke scepsis op toen ik uitstapte, maar bleef rustig en onthield zich van commentaar.

Op het terrein was het nog niet bepaald dringen geblazen. De meerderheid van de aanwezigen was in het zwart. De meeste bezoekers waren vaders die met hun zoons naar motoren wilden kijken. De aanwezige vrouwen leken in hoofdzaak tot het organiserend comité te behoren en stonden achter geïmproviseerde tafels. Tegen een geringe vergoeding, die ten goede zou komen aan de behoeftigen in hun zwarte motorclubuniform, boden ze belangstellenden zelfgemaakt gebak aan, wafels met jam, hotdogs, koffie en limonade, dit alles afgeschermd met tentdoek tegen eventuele regen.

Maar ze hadden geluk met het weer. Tussen de jagende, witgrijze wolken was zelfs af en toe een zonnestraal te zien.

De paar bezoekers concentreerden zich op de uitgestalde motorfietsen, ze keken met bewondering naar de glanzend gepoetste lak en bestudeerden aandachtig de glimmende metalen onderdelen. Geëngageerde eigenaars vertelden vol enthousiasme hoe voortreffelijk hun voertuigen in het verkeer functioneerden en hoe snel ze konden rijden 'op afgebakende trajecten – haha', zoals een van hen het uitdrukte terwijl hij knipoogde naar een vader die vlakbij stond, die op zijn beurt grinnikend reageerde.

De clubleden onderscheidden zich van de rest van de aanwezigen als vliegen op een slagroomtaart. Ze zagen er opvallend identiek uit. De meesten hadden halflang haar en veel van hen een volle, tamelijk goedverzorgde baard. Anderen hielden het bij snorren, van kleine, bescheiden tot volle en grote knevels die bij sommigen overgingen in bakkebaarden, in een vorm en grootte die ik sinds de jaren zeventig van de vorige eeuw niet meer dacht te hebben gezien. Toch was het voor mij geen probleem om Robert Høie Hansen te identificeren. Chagrijnig en zwijgzaam stond hij naast een motorfiets die naar ik

aannam de zijne was en hij maakte niet bepaald een gastvrije indruk. De mensen die hem passeerden, liepen dan ook door en maakten geen praatje met hem. Ik begon zijn kant op te lopen, maar stopte toen iets anders mijn aandacht trok. Een van de clubleden was op een hogergelegen rotspunt geklommen. Nu klapte hij in zijn handen en werd onthaald op applaus en gejoel van de andere leden. De overige aanwezigen draaiden zich om in zijn richting en kwamen dichterbij toen ze zagen dat hij hen wenkte.

De man op de rotspunt onderscheidde zich niet erg van de rest. Dezelfde kleren en hetzelfde halflange, warrige haar. Verder had hij gekozen voor de variant van een lange snor, op smaak gebracht met baardstoppels van een paar dagen oud.

'Hallo daar, luitjes!' riep hij boven de menigte uit. 'Mijn naam is Torfinn Vangen en ik ben hier – ja, hoe zal ik het noemen – een soort van bedrijfsleider.'

De clubleden grinnikten en lachten en een paar bezoekers deden voorzichtig mee. *Juist*, zei ik tegen mezelf. *Dus hier hou je je op.* Maar nadat ik zijn broer in Buvik gezien had, zou dat geen verrassing voor me moeten zijn.

'Een keer per halfjaar houden we hier een open huis. De laatste keer was afgelopen mei. Nu houden we ons winterfeest, voordat de kersthysterie ons allemaal in zijn greep krijgt.'

'Yess!' riep een van de ingewijden, waarop nieuwe klapsalvo's volgden.

'Dat doen we niet in de laatste plaats voor de jongere garde.' Hierna zweeg hij even terwijl hij zijn blik liet glijden over de aanwezigen, waarbij hij zijn ogen kort liet rusten op vertegenwoordigers van het opgroeiende volkje en een wolfachtige grijns trok, alsof hij hen het liefst zou verslinden. 'Jullie zijn degenen die over een paar jaar op je eerste motor gaan rijden en daarom spreek ik jullie aan, want als jullie

naar het nieuws luisteren, naar de tv kijken of in de krant lezen wat anderen over ons zeggen, krijgen jullie een totaal verkeerd beeld van waar wij mee bezig zijn.'

Iets voorzichtiger klapsalvo's deze keer, voor het grootste deel van de leden zelf.

'Ze zeggen dat wij drugs smokkelen en met andere vormen van criminaliteit bezig zijn, maar dat zijn leugens! Alles wat wij willen is met onze motoren bezig zijn, eraan sleutelen, ze in een topconditie brengen en er lange, gezamenlijke tochten op maken in dat mooie land van ons, van de Sognefjord tot aan de grens met Zweden, van Kaap Lindesnes tot aan de Noordkaap.'

Bij de toehoorders nam het enthousiasme toe.

'Wanneer jullie op gewone dagen bij onze ingang een bord zien met "verboden toegang" erop, is dat omdat we op dit terrein zoveel waardevolle spullen hebben staan – nieuwe en oude motoren, en dan heb ik het nog niet eens over onze voorraad zeldzame reserveonderdelen – dat we onbevoegden wel móéten buitensluiten. Het is geen geheim dat veel criminelen, niet alleen uit Noorwegen maar uit heel Europa, hier best graag wat van zouden meenemen. En onze ervaring is dat de politie nooit erg zijn best doet om de inbraken en diefstallen die wij hier hebben meegemaakt op te lossen. Eerder het tegendeel!'

Opnieuw wat verspreide klapsalvo's.

'Maar vandaag staan alle deuren open. Ga maar kijken, jullie mogen het zelf zien...' Hij spreidde zijn armen. 'Hartelijk welkom in ons clubgebouw...' Hij wees naar de open deuren van het oude fabrieksgebouw. 'Ga maar kijken en loop gerust rond, je mag overal komen. Maar... voor de allerkleinsten toch een kleine waarschuwing. Bij de waterkant liggen steile rotsen, dus we hebben liever niet dat iemand te ver die kant op loopt. Daar staan trouwens ook geen motoren.' Hij

leek even te moeten nadenken, maar sloot toen af: 'Een fijne dag toegewenst allemaal!'

Hij nam nog meer applaus van de toehoorders in ontvangst, stak toen een stevige vuist omhoog en sprong van de rots. Daar werd hij opgewacht door een paar clubkameraden, die hem op zijn rug klopten en hem feliciteerden met zijn prachtige toespraak. Hij liet zijn blik over hun schouders heen glijden om rond te kijken en toen hij mij zag, bleven zijn ogen op mij rusten, iets langer dan natuurlijk was. Maar misschien vroeg hij zich alleen maar af wie ik was. Nu wist ik in elk geval waar Torfinn Vangen zich ophield, mocht ik hem later nog iets willen vragen.

Andermaal begaf ik me op weg naar Robert Høie Hansen, die tenslotte de reden was dat ik me hier bevond. Hij kreeg me in de gaten voordat ik bij hem was en zijn gelaatsuitdrukking werd zo mogelijk nog afwijzender dan eerst.

Toen ik voor hem bleef staan en een knikje gaf bij wijze van begroeting keek hij me stuurs aan en zei: 'We hebben elkaar niks te zeggen.'

'Ik heb gisteren met je vrouw gesproken.'

'Dat heb ik gehoord', mompelde hij nauwelijks hoorbaar. Toen verhief hij zijn stem. 'Maar ik heb jou absoluut niks...'

'Dus Torfinn Vangen is de leider van jullie club?'

'Dat...'

'Jullie kenden elkaar al uit Buvik.'

Hij liep donkerrood aan. 'Nu moet jij echt maken dat je...'

'Is er een plek waar we elkaar onder vier ogen kunnen spreken?'

'Hoe traag ben jij? Heb je niet begrepen dat ik niet met je wil praten?'

'We kunnen ook prima hier een en ander doornemen, als je dat liever hebt. Het is immers open huis. Misschien is het wel aardig voor de bezoekers om te horen wat er hier echt schuilgaat achter... in elk geval een van de façades.'

'Je waagt het niet...' Toen nam hij kennelijk een besluit. 'Goed dan! Aan de achterkant is een loods. Daar kunnen we praten.'

'Juist', zei ik terwijl ik merkte dat mijn stemming omsloeg. Ik keek nadrukkelijk om me heen, maar niets wees erop dat we in de gaten werden gehouden.

'Het hoeft niet, hoor. Jíj was degene die zo graag wilde praten.'

'Ja, inderdaad, dat wil ik ook.'

Hij boog voorover en haalde de sleutel uit het contact, keek om zich heen en maakte een gebaar met zijn hoofd. Ik volgde hem en we liepen de dichtstbijzijnde hoek om. Eenmaal in de schaduw was het veel kouder. Zelfs met de zon op de hoogste stand bleef het koud.

Ongeveer halverwege de muur zat een grote, grijze schuifdeur. Ik keek omhoog en zag een bewakingscamera die precies op de deur was gericht.

'Ze kunnen ons zien', zei ik terwijl ik naar de camera wees.

'Niet vandaag. Iedereen is bezig op het terrein.'

Hij haalde een forse sleutelbos uit de zak van zijn gilet die aan een ketting was vastgemaakt. Snel wist hij de juiste sleutel te vinden, stak die in het slot, draaide hem om en schoof de deur met een zwaar, schrapend geluid open.

Ik liep achter hem aan naar binnen. Hij stak de lamp aan die aan de zoldering hing en schoof de deur weer dicht. Toen draaide hij zich om naar mij met een uitdrukking op zijn gezicht die ik niet goed kon interpreteren, behalve dat ik er geen goed gevoel bij kreeg.

31

Het begon me te dagen dat ik misschien toch de verkeerde plek had uitgekozen om met hem te praten. Zoals hij daar voor de deur stond was het alsof hij boven mij uittorende, en hij was vele kilo's zwaarder en enkele tientallen jaren jonger dan ik, gespierd als een prijswinnende stier en met een ongeveer even gemoedelijke blik. Zijn grote, donkere baard bewoog, alsof hij ergens op stond te kauwen, wellicht op zijn eigen tong.

Ik keek om me heen. De opslagloods was groot en leeg, met uitzondering van een paar kapotte klapstoelen die in een hoek waren geslingerd. Ik besloot me weer tot hem te richten.

'Nou?' bromde hij. 'Waar wilde je het ook alweer over hebben?'

'Zoals ik al zei toen we elkaar vrijdagavond op de pont tegenkwamen: ik heb Veslemøy bezocht en ben in Buvik geweest.'

Er broedde iets in zijn blik. 'Wel alle duivels! Wat moet je daarmee? Wie heeft jou gevraagd om die oude rotzooi op te graven? Ingeborg?'

'Nee, zoals ik al had gezegd toen ik bij jullie thuis kwam...'

'Je zei dat Emma... Dat mijn dochter verdwenen was en dat je daarom kwam. Wat heeft Emma's verdwijning in Bergen – nu – in vredesnaam te maken met wat er toen is gebeurd? Dat was toch al jaren vóór haar geboorte?'

'Ja, maar wat er toen is gebeurd heeft grote gevolgen gehad voor haar leven. Dat was toch de reden dat Emma's moeder met jou heeft gebroken, ja, ze heeft je zelfs de deur uit geschopt, of niet soms?'

Hij gaf geen antwoord, keek me alleen nijdig aan.

'Dat was dus de reden', ging ik verder. 'En ik kan me niet aan de indruk onttrekken dat dat op een of andere manier de wortel is van al het kwaad in deze zaak.'

'Al het kwaad? Deze zaak? Verduiveld nog aan toe! Je hebt toch geen idee wat er met Emma is gebeurd? Ze is er ook gewoon vandoor gegaan, dat is het!'

'Ook?'

'Ja, ze... is ervandoor gegaan.'

'En dat wéét jij?'

'Hoezo? Ik weet helemaal niks.'

'Heb je op wat voor manier dan ook contact gehad met haar nadat ze naar Bergen was vertrokken, afgezien van die treurige ontmoeting bij je voordeur toen je haar hebt afgewezen, in september?'

Hij keek me vastberaden aan. 'Geen enkel contact. Heb je dat nou nog niet begrepen? Ik wilde niks met haar te maken hebben!'

'Waarom niet? Omdat je je schaamde?'

'Waarom zou ik me schamen?'

Ik zette nog een stap in zijn richting. 'Ik weet precies wat er in 1975 met Veslemøy is gebeurd, Robert.'

'Precies...'

'En je vrouw heeft me jouw versie ervan verteld.'

'Wat! Heb je met Liv over... En heeft zij...' Hij opende en sloot zijn vuisten op een manier die bij zijn thuiskomst voor Liv Høie Hansen weinig goeds voorspelde. 'Ze had... verduiveld... Ik ben de enige die precies weet wat er toen gebeurd is!'

'O ja? Ben jij de enige? Waren er niet een paar anderen bij betrokken?'

'Ik...' Hij onderbrak zichzelf en keerde zich half om.

Achter hem werd de deur met het bekende schrapende geluid opzijgeschoven.

Vijf in het zwart geklede kerels kwamen binnen, met Torfinn Vangen in de spits. De achterste man schoof de deur hard dicht. De anderen waaierden uit achter Robert Høie Hansen, alsof deze plotseling vleermuisvleugels had gekregen.

Torfinn Vangen stelde zich naast hem op. Met zijn hoofd half naar Robert gekeerd keek hij mij strak aan terwijl hij vroeg: 'En waar hebben de heren het over, als ik vragen mag?'

'Over de goede oude tijd in Buvik', zei ik. 'Over Veslemøy Valaker en zo. Kun jij daar nog wat meer over vertellen, misschien?'

In zijn smalle ogen leek iets zwarts te smeulen. Toen richtte hij al zijn aandacht op Robert. 'Wat heb jij godverdomme allemaal gezegd?'

Robert verbleekte zichtbaar, ik zag zelfs dat er zweetdruppeltjes op zijn voorhoofd kwamen. 'Hij liegt! Ik heb geen woord gezegd, Torfinn! Ik zweer het!'

'Hoe is hij dan in Buvik terechtgekomen? We hebben zijn kenteken op vrijdag genoteerd, toen hij met Åsmund heeft gesproken. Diezelfde auto staat nu hier geparkeerd en we hebben gecheckt wie hij is. Die vent is een soort smeris, Robert, en hij zit oude rotzooi om te spitten.'

'Echt waar, Torfinn, ik heb hem niks verteld over...'

'Je hebt al veel te veel verteld! Waarom heb je hem hier in godsnaam mee naartoe genomen?'

'Het is vandaag toch open huis, of niet?' merkte ik op.

Bliksemsnel draaide hij zich naar mij om. 'En jij houdt je bek!'

Nu leek het alsof Robert bijna zat te janken. 'Híj wilde praten! Hij zei... Als ik niet... dan zou hij het uitschreeuwen, zodat iedereen het zou horen!'

'Wat zouden ze horen, Robert?'

Even weifelde hij, maar toen kon hij zich niet langer bedwingen. 'Dat gedoe met Veslemøy.'

Met één hand gaf Torfinn Vangen een teken. Een van de mannen achter Robert liep twee stappen naar voren en zwaaide met een knuppel door de lucht. Die kwam met zo'n hard en hol geluid op Roberts achterhoofd terecht dat het net was alsof hij een biljartbal had geraakt. Robert sperde zijn ogen wijd open, toen gleden zijn pupillen weg onder zijn oogleden en zagen we een ogenblik alleen het wit van zijn ogen. Met een geluid dat mij deed denken aan het ontsnappen van lucht uit een ballon viel hij voor me op de grond en bleef daar liggen.

Torfinn Vangen gaf opnieuw een teken en nu kwamen er drie mannen op mij af, twee van hen met een knuppel in hun handen. De vierde bleef met een brede grijns voor de deur staan.

Ik stapte naar achteren terwijl ik hun blik probeerde te vangen. Twee van hen stapten zo ver opzij dat ik hen niet zo goed meer in de gaten kon houden. De derde raasde op me af terwijl hij de knuppel ophief.

Voor de gevelde Robert Høie Hansen stond Torfinn Vangen te grijnzen. 'Geef het maar op, opa! Je komt hier pas weer uit als wij je dragen.'

Ik bracht mijn handen naar mijn mond en schreeuwde: 'Help! Heeeelp!'

Weer gaf hij zijn kornuiten een teken en onmiddellijk gingen ze op de aanval over. Ik hief mijn armen boven mijn hoofd als een soort schild, maar ik kreeg op een ervan zo'n harde klap dat die als verlamd

was. Tegelijkertijd kwam de vrijbuiter op me af en stootte zijn knuppel keihard in mijn maag, zodat alle lucht eruit verdween. Terwijl ik ineenkromp, voelde ik de klap van een andere knuppel op mijn hoofd, niet zo hard als de klap die Robert had geveld, maar genoeg om sterretjes te zien; mijn benen wilden me niet meer dragen en ik viel voorover op de grond.

Voordat ik mijn bewustzijn helemaal verloor, voelde ik dat ze me omdraaiden, mijn jack openmaakten en mijn zakken doorzochten. Een van hen haalde mijn autosleutels tevoorschijn en hield ze triomfantelijk omhoog. 'Hier!' zei hij.

'Mooi zo', hoorde ik Torfinn Vangen vanuit de verte zeggen. 'We ruimen ze wel op zodra iedereen het terrein heeft verlaten.'

'Allebei?'

'Veel gezelliger, toch, met zijn tweeën? Hebben ze nog een beetje gezelschap op hun laatste reis.'

'Hahaha', lachte een van de kerels. Het lachje kwam me bekend voor.

'Hèhèhè', lachte een ander.

Hohoho, lachte ik in mezelf, maar dat hoorde niemand.

32

Mijn hoofd leek tot de rand toe vol te zitten met glas, resten van een gebroken spiegel. Aan alle kanten stak en prikte het en toen ik mijn ogen opende, was mijn beeld wazig en incompleet. Het duurde een aantal minuten voordat ik weer kon focussen.

Het eerste wat ik zag was Robert Høie Hansen. Hij was met een dik touw om zijn buik en onder zijn oksels vastgebonden. De ene kant van het touw was vastgemaakt aan een grote haak die aan een takel aan de zoldering was bevestigd en hij was omhooggehesen, zodat hij nu ongeveer vijf meter boven de grond hing, als een stuk slachtvee dat klaar was om uitgebeend te worden. Zijn benen waren omwikkeld met brede stukken ducttape, vanaf zijn enkels tot zijn kruis, en bij zijn armen was hetzelfde gedaan.

Zoals hij daar hing met zijn handen strak voor zijn lichaam hangend deed hij me denken aan een gestorven heilige die opsteeg naar de hemel.

Zelf zat ik op de grond met mijn handen op mijn rug, vastgebonden aan een betonnen paal en ook bij mij waren armen en benen stevig ingesnoerd. Ik kon me maar nauwelijks verroeren, hoe hard ik ook aan het touw en de tape rukte en trok.

Ik keek om me heen. We bevonden ons in een betonnen kelderruimte, slechts verlicht door zwak daglicht dat door getraliede ramen hoog in de muur binnensijpelde. Langs de muren stonden kisten en kartonnen dozen van verschillend formaat en het rook er sterk naar olie, als in een militaire wapenopslagplaats. Aan een eind van de ruimte zat een stevige ijzeren deur van het soort dat in bunkers en schuilkelders wordt gebruikt.

Het viel niet mee om mijn hoofd te bewegen. Ik was duizelig en voelde een acute drang om over te geven. Mijn rug en achterhoofd deden ontzettend pijn en ik voelde zo'n sterke angst in mijn lichaam dat ik uit alle macht mijn best moest doen om me ertegen te verzetten, anders zou ik meegesleurd worden in iets wat me uiteindelijk in de grote duisternis zou doen belanden, lang voordat ik dat van plan was.

Ik sloot mijn ogen en concentreerde me op mijn ademhaling, in en uit, in en uit. Toen ik mijn ogen weer opendeed, focuste ik zoveel mogelijk op Robert Høie Hansen, in een poging contact te krijgen voordat alle hoop verloren was.

'Robert', zei ik en alleen de vibratie van mijn eigen stembanden was al voldoende om een nieuwe golf van pijn door mijn hoofd te laten gaan, alsof alles daarbinnen in stukjes was geslagen.

Hij reageerde niet.

'Robert!' zei ik, iets harder nu, met als effect dat er achter mijn voorhoofd een onweersbui leek los te barsten.

'Euh?' klonk het zacht, alsof hij half in slaap was.

'Word wakker, Robert!'

'Heuh?'

Nu gingen duizend trommelaars los in mijn hoofd, maar ik beet mijn kiezen op elkaar en ging door: 'Wakker worden, Robert! Robert Høie Hansen! Contact, ja?' Zachter en bijna als opmerking voor mezelf mompelde ik: 'Mayday, mayday, mayday...'

Met een wonderlijke, bijna draaiende beweging, alsof zijn hoofd uit de kom was geraakt, keek Robert Høie Hansen op, liet zijn blik door de ruimte glijden en bleef knipperen totdat hij kon focussen, en aangezien ik het voorwerp was waarop zijn blik zich richtte, leek het alsof ook hij braakneigingen kreeg. 'Verduiveld!' kreunde hij. 'Verduiveld!' herhaalde hij. 'Verduiveld', zei hij nog eens nadrukkelijk, als om te onderstrepen dat alle goede dingen in drieën bestaan.

'Hoor jij bij die groep die denkt dat je hem kunt oproepen door zijn naam drie keer uit te spreken?' mompelde ik.

'Ach, loop naar de hel, jij!'

'Ja, daar woont hij', merkte ik gevat op, om de stemming erin te houden.

'Wie?'

'Laat maar. Weet je waar we zijn?'

Hij antwoordde met een vraag. 'Zie je nu wat voor ellende je ons hebt bezorgd?'

Ik moest hierover nadenken. 'Ja, ik snap dat ik mezelf in moeilijkheden heb gebracht, maar waarom ze jou ook te grazen hebben genomen, begrijp ik niet.'

'Wat?' Het kostte hem moeite zijn blik scherp te houden. 'Wat bazel je nou?'

'Te veel woorden? Dan geef ik je de samenvatting: ja, ik zie het.'

'Zie... wat?'

Ik kreunde luid. 'Weet je waar we zijn?' herhaalde ik.

Deze keer draaide hij zijn hoofd met moeite nog verder opzij. Zijn mond bewoog geluidloos, alsof hij tegen zichzelf praatte.

'Wat? Ik hoor je niet!'

Hij draaide zijn hoofd weer terug en keek me opnieuw aan. 'Bij de Osterfjord. Een oud depot van de burgerbescherming, dat we een aantal jaren geleden hebben overgenomen.'

'Dus hier stallen jullie je smokkelwaar.'

Daar reageerde hij niet op.

Ik stak mijn neus in de lucht en snuffelde demonstratief. 'Ook wapens?'

Hij keek me met een lege blik aan.

'Ver van de bewoonde wereld, zeker?'

'Een doodlopende weg naar het water. Prikkeldraad om het terrein.'

'Dus het heeft geen zin om om hulp te roepen?'

'We kunnen roepen tot we geen stem meer overhebben. Niemand die ons hoort.'

'We moeten hier weg zien te komen, Robert! Voordat ze terug zijn.'

Er glom iets in zijn ogen. 'Ja... weg.' Maar hij leek er niet in te geloven.

Om te laten zien wat ik bedoelde, rukte ik nog eens hard aan het touw waar ik mee was vastgebonden, terwijl ik tegelijkertijd mijn polsen van elkaar af probeerde te bewegen, in de hoop dat er wat speling in de tape zou komen.

Ik keek Robert weer aan. 'Je weet toch dat je hier hangt vanwege Veslemøy?'

'Huh? Hoe bedoel je?'

'Omdat Torfinn bang is dat je me hebt verteld wat er toen echt is gebeurd.'

'Torfinn...'

'Tegen je vrouw heb je gezegd dat je onschuldig bent. Dat jij niet degene bent die Veslemøy heeft verkracht. Maar dat zij je hebben bedreigd voor als je je mond niet zou houden.'

'Ja...'

'Maar dat geloof ik niet.'

'Wat?'

'Ik geloof niet dat je onschuldig bent. Niet zó onschuldig, in elk geval. Dan zou je het aan Ingeborg hebben verteld, zodat zij het zou weten. Je zou dan niet zomaar hebben geaccepteerd dat ze je de deur uit zette en je je dochter nooit meer te zien zou krijgen. Dat wilde je toch niet, of wel? Die totale breuk was niet alleen te wijten aan Ingeborgs woede en teleurstelling. Het had net zoveel te maken met de schaamte die je voelde over wat je had gedaan.'

'Waar ik aan méé had gedaan.'

'Ja, ja. Waar je aan mee had gedaan, dan.'

Hij maakte een ietwat wanhopige, trappende beweging met zijn ingesnoerde benen, als een vis aan een haak, nog niet dood en in staat om te spartelen uit protest.

'Vertel het nu dan maar, Robert. Het lijkt erop dat we niet verder zullen komen dan hier, dat geldt voor ons allebei. Vertel het maar gewoon allemaal.'

Hij begon te praten, maar zonder me aan te kijken, alsof hij het tegen zichzelf had, een monoloog die hij ongetwijfeld al die jaren sinds 1975 herhaaldelijk tegen zichzelf had afgestoken. 'Ik... liep met haar mee naar huis, maar bracht haar niet tot aan de voordeur. Haar ouders, weet je. Ze wilde niet dat die ons zouden zien. Dus we bleven staan op de kruising en toen waren zij opeens verschenen.'

'Torfinn en Åsmund?'

Hij knikte. 'Het dynamische duo. Plotseling waren ze er gewoon. Ze pakten haar vast. Hielden een hand voor haar mond, zodat ze niet om

hulp kon roepen. Ze keek me wanhopig aan, alsof ze woordeloos om hulp smeekte. Maar die jongens... het waren mijn vrienden. Ik was vaak in de werkplaats om aan mijn bromfiets te sleutelen. Ze hadden me altijd geholpen. En ze zeiden: "Je hebt het zeker nog nooit met een meisje gedaan, hè? Kijk dan maar eens goed!" Toen trokken ze haar jurk op, drukten haar tegen de grond en zeiden: "Kijk maar eens goed! Zoiets heb je zeker nog nooit gezien!" En ik... Ik weet niet wat me bezielde. Ik heb het nooit kunnen begrijpen. Maar Torfinn zei: "Jij mag haar eerst, Robert! Kom mee! Het bos in, en dan..." En ik ging mee en deed wat ze zeiden en daarna moest ik haar vasthouden... eerst verkrachtte Torfinn haar en vervolgens Åsmund, en ten slotte pakte Torfinn haar nog een keer! Ze... We... waren net wilde beesten. En daarna... Ze lag daar maar, doodstil. Op een gegeven moment moet ze zijn flauwgevallen, en ik zei: "We moeten..." maar zij zeiden dat zij er wel voor zouden zorgen dat ze thuiskwam, dat ik gewoon naar huis moest gaan, en Torfinn zei: "We vermoorden je als je wat zegt, Robert! We vermoorden je!"'

Het was alsof die lange monoloog hem weer tot leven had gewekt en hij richtte zijn blik op mij, als om me te laten begrijpen hoe hij zich al die jaren daarna moest hebben gevoeld, vooral toen hij dacht dat alles achter hem lag en hij haar plotseling in Fredly tegenkwam, samen met Ingeborg, en het allemaal uitkwam.

Maar ik kon hem geen vergeving schenken. Hij was niet onschuldig. Het was niet zonder reden dat hij hier, bijna dertig jaar later, als een slachtdier hing. In zekere zin was het rechtvaardig. Maar hij had nu geen behoefte aan vergeving. Niet nu. Net zomin als ik. We moesten hier weg, voordat de zwarte engelen terug zouden komen om hun voornemen uit te voeren.

'Robert! Nu je me dit allemaal hebt verteld, heb ik nog een vraag voor je: Emma. Weet je echt niet wat haar kan zijn overkomen, waar ze naartoe is gegaan?'

Moedeloos schudde hij zijn hoofd. 'Nee, Veum. Dat heb ik je keer op keer verteld. Ik weet absoluut niet wat er met Emma kan zijn gebeurd.'

'Een reden te meer om hier weg te zien te komen, vind je niet?'

'Ja. Maar hoe?'

'Tja', zei ik. 'Daar zeg je wat...'

33

Ik keek naar de haak waaraan hij hing. 'Als jij je lichaam zou kunnen bewegen...'

'Bewegen?'

'Ja. Als jij erin slaagt naar voren en naar achteren te zwaaien en als het maar hard genoeg gaat, dan wipt de lus van het touw misschien van de haak waar jij aan hangt en dan...' Ik keek van zijn voetzolen omlaag en dacht: *Dan val je vijf meter naar beneden op de betonnen vloer. En als je geluk hebt, breek je niets.*

'En dan wat?'

'Dan kom je hierheen en dan...' *Dan zien we wel wat er gebeurt.*

Nog steeds keek hij twijfelend, maar hij begon te schommelen en wist zijn lichaam in een soort zwaai te krijgen, zo goed en zo kwaad als dat met zijn vastgebonden lichaam ging.

Ik volgde hem met mijn ogen en riep hem bemoedigend toe. 'Zo, ja! Doorgaan, Robert! Naar voren en naar achteren! Naar voren...

naar achteren!' Ik zag dat de lus bovenaan een piepklein beetje speling kreeg. 'Het werkt! Ga door!'

Maar opeens leek hij het op te geven, hij hield op met zwaaien, hijgde zwaar en ten slotte hing hij daar maar met neergeslagen ogen en een strakke grimas.

'Wat is er? Niet opgeven! Het werkt!'

Wanhopig keek hij me aan. 'Het lukt me niet. Het zal... Hier eindigt het voor ons, Veum. Dat snap je toch wel?'

'Om de dooie dood niet!'

Opnieuw begon ik aan mijn eigen touwen te trekken. Voelde ik nou een piepkleine speling in het touw waarmee mijn armen achter aan elkaar gebonden zaten, één aan elke kant van de betonnen paal? Tegelijkertijd viel me nog iets anders op. Het licht in de kelder werd zwakker. Achter de smalle ramen begon het donker te worden.

Nieuw gekreun van Roberts kant. Toen ik die richting weer op keek, was hij opnieuw naar voren en naar achteren aan het zwaaien, nu met een vastbesloten uitdrukking op zijn gezicht. Ik begon hem weer aan te moedigen, terwijl ik bezig bleef mezelf los te maken.

Nu voelde ik het duidelijk. Er kwam beweging in het touw achter de paal. Een paar keer rukte ik hard. Daarna probeerde ik voorzichtig te wrikken. *Ja! Misschien...* Ik drukte mijn vingers strak tegen elkaar zodat mijn hand zo smal mogelijk werd. Toen trok ik voorzichtig... voorzichtig...

'Uh, uh, uh', kreunde Robert terwijl hij naar voren en naar achteren zwaaide. Nu was er geen twijfel meer dat ook bij hem iets te gebeuren stond. De lus aan de haak bewoog synchroon mee met zijn bewegingen: naar de muur, van de muur, naar de muur, van de muur, elke keer een centimeter verder.

Nogmaals gaf hij het op. 'Ooooh, verduiveld, verduiveld, verduiveld!' riep hij uit.

'Hij komt echt niet, hoor. Dat kun je wel vergeten', zei ik terwijl ik mijn rechterhand nog een stukje verder terugtrok. Mijn pols schrijnde en brandde, het leek wel alsof de huid eraf geschaafd werd terwijl ik trok. Het bonsde in mijn hoofd. Lichtpuntjes dansten voor mijn ogen, zo fel dat ik erdoor verblind werd. Daar! Plotseling was er minder weerstand voor mijn hand, hij gleed gemakkelijker en ineens was hij vrij. 'Yess!' riep ik zo hard dat Robert, hangend in het schemerige vertrek, zijn hoofd oprichtte en naar me keek.

'Ben je los?'

'In elk geval met één hand.'

Maar ik had nog werk te doen. Met mijn vrije hand wist ik het uiteinde van de ducttape rond mijn benen te pakken en begon dat los te maken, totdat ik één voet vrij had, me half kon omdraaien en de knoop achter de betonnen paal beter kon vastpakken. Ik spande mijn spieren zo goed ik kon en er ging een felle pijnscheut door me heen toen een nagel afbrak, maar ik merkte dat ik vorderingen maakte. In mijn achterhoofd zeurde een akelig gevoel dat de tijd drong; seconde na seconde, minuut na minuut ging voorbij, maar eindelijk, eindelijk begon er speling te komen in de knoop aan de achterkant van de paal. Weer gaf ik een flinke ruk en opeens was ook mijn linkerhand vrij. Nu kon ik me beter bewegen en ik ging onverdroten door. Na een paar minuten was ik helemaal los en kon vrij rondlopen, ook al klopte het bloed in mijn hoofd en deden mijn spieren pijn alsof ik zwalkend op de eindstreep van een triatlon afliep. Eigenlijk zou ik mezelf het liefst laten neerploffen, me als een foetus oprollen en de tranen vrij spel geven.

Maar er was nog meer te doen.

Ik bestudeerde de situatie van Robert Høie Hansen. 'Luister eens', zei ik. 'Als ik erin slaag een paar van die kisten te verschuiven, ze op elkaar zet en erbovenop klim, is het voor mij misschien net hoog genoeg om je los te maken.'

'O?' Hij leek er geen vertrouwen in te hebben en zelf was ik er ook niet van overtuigd, met de gedachte aan zijn lichaamsgewicht en de inspanningen waar ik mijn eigen lichaam al aan had blootgesteld.

Ik liep op een drafje naar de dichtstbijzijnde kisten. Mijn poging om er een van op te tillen mislukte, het ding was loodzwaar en de geur van olie werd sterker. Ik probeerde een andere, maar het resultaat was hetzelfde.

'De kartonnen dozen', kreunde Robert.

Ik keek om me heen en ontdekte een stapel kartonnen dozen. Ik holde erheen, pakte de bovenste en probeerde die op te tillen. Dat ging beter. Toen ik met dat ding naar Robert toe liep, hoorde ik aan de binnenkant gerammel van metaal tegen metaal. Patronen, vermoedde ik.

Ik zette de doos onder hem neer, maar kwam erachter dat er nog minstens een bovenop moest en misschien ook nog een eronder, om het steviger te maken. Nadat ik op die manier een piramide had gebouwd, bleek dat ook die ontoereikend was.

Nu was ik de wanhoop nabij. 'Is hier nergens een trap of zo? Of een ladder?'

'Misschien daar in de hoek', zei hij.

'Waar?' Ik tuurde in het donker, kreeg door waar Robert op doelde en draafde erheen. Aan die kant van het vertrek was het zo mogelijk nog donkerder. Ik struikelde over allerlei rotzooi: weggegooide kartonnen dozen en andere troep die ik zonder licht niet kon determineren. Bij de achtermuur aangekomen bewoog ik me op de tast verder. Eindelijk voelde ik iets wat op een metalen ladder leek. Ik liet mijn handen erlangs glijden. Het was een inklapbare trap. Ik tilde hem op, nam hem onder mijn arm en rende weer naar Robert.

Als een uitgehongerd kind dat wacht tot het aan de beurt is bij de voedseluitdeling, volgde hij me met zijn blik. Snel zette ik de trap vlak naast hem op en klom omhoog totdat ik me op gelijke hoogte met zijn bovenlichaam bevond.

Ik greep hem vast en probeerde hem aan zijn riem verder omhoog te tillen. Maar dat was geen doen. Hij was veel te zwaar, ik kon hem slechts een heel klein stukje omhoog krijgen. Het touw stond wel iets minder strak, maar geen denken aan dat ik de lus van de haak kon wippen.

Ik moest iets anders bedenken. Opnieuw nam ik de situatie in ogenschouw. 'Robert, luister. Ik zet de trap recht onder je. Ik klim erop en als jij dan je benen een treetje hoger kunt krijgen, kan ik misschien zelf die lus van de haak halen.'

Weer pakte ik hem bij zijn riem vast, maar nu om hem langszij te trekken. Dat ging niet. Zelf moest ik een paar treden omlaag om zijn benen bij zijn enkels vast te pakken. Nu plantte ik zijn benen met de zware motorlaarzen stevig op een trede. Ik ging nog een trede omlaag, greep hem bij zijn enkels beet en drukte omhoog, zodat zijn knieën bogen. Een nieuwe krachtsinspanning van mijn kant zond een pijnscheut door mijn ruggengraat, maar ik kreeg het voor elkaar: ik wist zijn laarzen een treetje hoger te krijgen.

'Oké, Robert. Strek je benen, dan kom je weer iets hoger te staan.'

Hij kreunde, maar deed wat ik zei.

'Zo blijven staan!'

Ik wurmde me langs hem heen en klom naar de hoogste trede. Ik keek omhoog. De haak was in het donker maar nauwelijks te zien. Ik deed een greep naar het touw, maar verloor bijna mijn evenwicht en moest een stap omlaag doen. Vervolgens deed ik een nieuwe poging en deze keer wist ik het touw te pakken te krijgen. Ik duwde het omhoog, hoger, nog hoger en nog een stukje. En wip, daar gleed de lus van de haak en viel het touw omlaag. Snel daalde ik af terwijl ik Robert vasthield.

Maar het was te laat. Hij was uit balans en begon te vallen. Met mijn ene hand klampte ik me aan de trap vast, terwijl ik Robert met

mijn andere hand probeerde tegen te houden. Er ging een schok door mijn arm alsof het gewricht van mijn schouder loskwam. Mijn hand gleed van de trap, maar ik slaagde er wel in de vaart uit onze val te halen. Als een Siamese tweeling gleden we in slow motion langs de trap naar beneden en ten slotte tuimelden we op de betonnen vloer, waar we allebei bleven liggen, na de meest pijnlijke bevrijding die je je kon voorstellen.

Opnieuw had ik nog het meest zin om me aan de ellende over te geven, in een diepe slaap te vallen en alles te vergeten. Maar ik hees mezelf aan mijn nekvel omhoog en kwam overeind, eerst op mijn knieën, vervolgens rechtopstaand. Ik boog me over Robert heen. 'Robert! Ben je bij kennis?'

Onder me hoorde ik gekreun. 'Ja.'

'Ik ga je proberen los te maken.'

'Goed.'

Ik had op dat moment graag een jaar van mijn leven gegeven voor een mes, maar alweer moesten mijn nagels het vuile werk doen. Traag en moeizaam wist ik de tape die om zijn armen en benen zat gewonden, los te krijgen. Het leek wel een uur te duren, maar in werkelijkheid zal het sneller zijn gegaan. Eindelijk was hij helemaal los. Ik richtte me op en strekte me uit, stak vervolgens een hand uit en hielp hem overeind. Wankelend bleef hij voor me staan en zelf stond ik ook niet al te vast op mijn benen.

'Nu zien dat we hieruit komen.'

'Jaa...'

In het donker liep ik zo goed en zo kwaad als het ging in de richting van de ijzeren deur. Toen ik die had gevonden, greep ik de hendel, drukte die omlaag en probeerde de deur open te duwen. Er was geen beweging in te krijgen. Nu probeerde ik het omgekeerde en trok de deur naar me toe. Hetzelfde resultaat. Alles wees erop dat de deur aan

de buitenkant op slot was gedaan, waarschijnlijk door er een zwaar voorwerp tegenaan te zetten. Ik probeerde het nog een paar keer, maar de deur week geen millimeter van zijn plaats.

Ik richtte me weer tot Robert. 'De ramen! Dat is onze enige kans!'

In het donker kon ik zijn gezicht amper onderscheiden, maar uit zijn houding kon ik opmaken dat hij ook daar weinig vertrouwen in had.

'We moeten het proberen!' Ik liep naar de trap, tilde hem op en zette hem neer onder een zwak verlichte plek aan de muur die verraadde dat daar een raam zat. Ik klom helemaal naar boven. Als ik op mijn tenen ging staan kon ik net de rand van het raam bereiken. Ik liet mijn hand langs het kozijn glijden om een harpje te vinden en halverwege de onderkant vond ik er een. Ik drukte erop, het gaf mee en even later had ik het smalle raam naar buiten opengeduwd.

Terwijl frisse lucht naar binnen stroomde, slaakte ik een zucht van opluchting.

De euforie duurde een seconde of vijf. Toen hoorde ik door het open raam het ronkende geluid van motoren die door het bos hiernaartoe reden, en tegen de toppen van de bomen zag ik het flakkerende lichtschijnsel van hun koplampen.

34

Ik draaide me om en tuurde de donkere loods in. Met overslaande stem riep ik: 'Waar kunnen we ons hier verstoppen?'

Robert gaf geen antwoord en ik vloog zo snel ik kon de trap af. Toen ik hem half struikelend had bereikt, bleek hij nog steeds als een soort pilaar op de plek te staan waar ik hem had achtergelaten. 'Robert! Ze komen hierheen! Waar kunnen we ons verstoppen?'

'Hier?'

'Ja!'

Nu hadden de bikers het gebouw bereikt. De herrie nam af. Sommigen hadden hun motor al uitgezet.

Ik greep Robert beet. 'Kom!'

Terwijl ik me probeerde te herinneren hoe de ruimte eruit had gezien voordat het donker werd, trok ik hem mee naar de plek waar ik de trap had gevonden. 'Misschien is er achter die kisten nog plaats. Met een beetje geluk zien ze het open raam en denken ze dat we daar-

uit ontsnapt zijn.'

Robert mompelde iets onverstaanbaars terug.

In het donker stootte ik me aan de rotzooi die me eerder was opgevallen. Ik trapte het opzij en liep verder, naar de muur. Al tastend voelde ik links van ons een stapel grote houten kisten. Ik probeerde er een hand achter te krijgen, maar veel verder kwam ik niet. Ik wilde ze optillen en wegschuiven, maar dat was hopeloos. Ze waren veel te zwaar.

Nogmaals ging ik in gedachten na hoe het er hier had uitgezien. Het enige wat ik me kon herinneren waren de kartonnen dozen die ik had opgestapeld om Robert van de haak af te halen. Ik stak mijn handen uit en voelde om me heen. Konden we er een soort muur van bouwen waar we ons achter konden verschuilen?

Tegelijkertijd luisterde ik naar de geluiden van buiten. Het was aardig stil geworden. Alle motoren waren uitgezet, maar door het raam hoorde ik stemmen en ik dacht die van Torfinn Vangen te herkennen die zijn kompanen een paar bevelen gaf.

In alle haast wist ik een paar dozen naar me toe te trekken die ik op elkaar stapelde, zo ver van de muur dat we erachter konden wegkruipen. Vervolgens trok ik Robert ernaartoe. Hij liet zich gewillig meevoeren, als een uit de kluiten gewassen speelgoeddier en ongeveer even welbespraakt.

Nu hoorde ik geluiden bij de stalen deur, alsof de blokkade werd weggehaald, en even later klonk het geluid van een deur die moeizaam openging. Gelijktijdig ging het licht aan het plafond aan, waarschijnlijk ook via een knop aan de buitenkant. Aanvankelijk was het een zacht gloeiend lichtpuntje, maar het werd met de seconde feller. Ik knipperde met mijn ogen en keek naar Robert. Zijn mond stond halfopen en hij hapte naar lucht als een vis op het droge.

'Wel alle duivels!' klonk het bij de deur.

Toen kwam de stem van Torfinn Vangen: 'Wat is dit, verdomme!'

'Kijk daar! Het raam!'

'Wie heeft ze godverdomme vastgebonden?'

Het werd stil.

Een dun stemmetje zei: 'Je hebt het zelf nog gecheckt, Torfinn.'

'Gecheckt, gecheckt! Natuurlijk heb ik erop vertrouwd dat... wie was het? Jij, Anders? Bjørn?'

De ontkennende antwoorden waren maar nauwelijks te verstaan.

'Het is niet zeker of ze al ontsnapt zijn', hoorde ik iemand zeggen wiens stem ik nog niet eerder had gehoord, kennelijk het slimste jongetje van de klas.

'Nee, inderdaad', zei Torfinn Vangen, die bijna hoorbaar om zich heen keek. 'Je hebt gelijk.'

Ik drukte me tegen Robert aan en dook zo ver mogelijk ineen achter die smalle stapel kartonnen dozen. Langzaam kwamen de zware stappen van in laarzen gehulde voeten dichterbij, steeds dichterbij.

Een eindje van ons vandaan bleven ze staan.

Ik hield mijn adem in.

Toen klonk er een wat onbestemd geluid, alsof iemand zijn lachen probeerde in te houden. Ik hoorde zachte bevelen en vervolgens het geluid van meerdere laarzen die zich aansloten bij het eerste paar. Nu was het niet langer mis te verstaan. Ze stonden ons uit te lachen met een zware, mannelijke lach die uitgestoten wordt als de eerste stripper verschijnt op een vrijgezellenfuif van een man van middelbare leeftijd die voor de tweede keer in het huwelijksbootje stapt.

'Kijk nou toch eens! Hebben we muizen in de loods?'

'Muizen? Dit zijn ratten, hoor. Grote, dikke ratten.'

'Piep piep! Kom maar hier, jullie zijn gezien!'

Als twee afgedankte etalagepoppen die wachten op het vervoer naar de vuilnisbelt, stonden Robert Høie Hansen en ik daar. Ik keek opzij. Hij had zijn ogen geopend en staarde voor zich uit met een uit-

drukking waaruit mateloze angst sprak. Er kwam een gesmoorde kreet uit zijn mond en over zijn wangen stroomden twee grote, glanzende tranen.

'Wat zei je?' klonk het aan de andere kant van de stapel dozen. Toen zetten de mannen zich weer in beweging. Een van hen gaf zo'n harde trap tegen de dozen dat die alle kanten op vlogen en daar stonden we dan, als twee weerloze meisjes die naakt en wanhopig naar een vijandige groep kerels staren.

Het waren dezelfde vijf mannen die zich in Morvik met ons hadden beziggehouden, maar nu stonden ze niet in gespreide formatie. Drie van hen hadden net als de vorige keer een knuppel in de hand en zwaaiden daar al vol verwachting mee.

'Nee maar!' zei Torfinn Vangen sarcastisch. 'Lekker op stap geweest? Maar erg ver zijn jullie toch niet gekomen.'

'Ver genoeg', mompelde ik.

'Vind je, opa? Maar als wij klaar met je zijn, zul je verder zijn gekomen dan je lief is.' Hij draaide zich om naar zijn kameraden. 'Kennen jullie dat liedje nog, mannen? Van die dansende opa? "Opa danst, kijk eens hoe stoer, steeds met de voetjes van de vloer." Zullen we eens kijken hoe goed hij kan dansen? Kom op, opa, haal de voetjes van de vloer!'

Snel deed hij een paar passen in mijn richting. Ik deed mijn best zijn volgende zet voor te zijn, maar was te traag. Hij schopte met zijn voet hard tegen mijn been, waardoor ik mijn evenwicht verloor en zijdelings tegen het beton smakte.

'Dat stelde niet veel voor, opa! Kom, sta op, dan proberen we het nog een keer.'

Op mijn knieën gezeten keek ik naar hem op. 'Als je geen betere danspartners in de aanbieding hebt dan jezelf, blijf ik liever zitten.'

'O ja?'

Deze keer haalde hij keihard uit naar mijn gezicht, maar ik wist mijn linkerschouder op te heffen, zodat die de trap opving. Toen hij opnieuw wilde uithalen, begon Robert te kreunen: 'Torfinn! Niet...'

Torfinn Vangen hield in, plantte zijn voet stevig op de grond en richtte zich tot de laatste spreker. 'Wat? Nog meer die zin hebben in een dansje?'

'Torfinn! Ik snap niet waarom je me dit aandoet! Ik heb geen woord gezegd!'

Torfinn Vangen stak een hand uit. 'Geef me een knuppel.' Een van de anderen gehoorzaamde vlug. Vervolgens stapte Torfinn op Robert af en drukte de knuppel hard in zijn maagstreek, zoals hij ook al eerder die dag had gedaan. 'O nee? Maar je had hem best wat kunnen vertellen, toch? Jij was altijd al de onzekere factor. De rotte appel in de mand. Ik heb altijd geweten dat we ons op een bepaald moment van je zouden moeten ontdoen. Nu is het zover. Maar als het een troost voor je is: je gaat niet alleen. Opa gaat mee.'

Opnieuw voelde ik de wanhoop door mijn lichaam stromen. Ik keek de andere mannen aan: 'Vinden jullie dit allemaal dan maar oké? Snappen jullie niet wat er gebeurt? Als dit uitkomt, draaien jullie allemaal jarenlang de bak in.'

Torfinn Vangen richtte zich weer tot mij. 'Hoezo, als dit uitkomt? Er zal niets te vinden zijn. Daar zorgen we wel voor. Kom op, mannen! Doe wat we hebben afgesproken.'

'Mannen!' probeerde ik weer. 'Hebben jullie dan geen eigen wil? Volgen jullie domweg bevelen op zonder er zelf ook maar over na te denken? Jullie hebben toch zeker wel een gezin, sommigen van jullie tenminste, of niet? Vriendinnen? Jullie moeten...'

Torfinn Vangen zwaaide de knuppel door de lucht en trof me tussen mijn hals en schouder, zodat mijn hele nek als verlamd was. De volgende klap kwam keihard op mijn schedel terecht en ik verloor de

controle, ik klapte in elkaar en bleef als een geslacht dier op het beton liggen. Ik bleef bij bewustzijn, maar deed geen poging weer overeind te komen, in de hoop dat hij het hierbij zou laten.

'Jij houdt je bek!' snauwde hij me toe. Toen ik geen antwoord gaf, trapte hij me vol verachting in mijn zij, maar hij sloeg niet meer.

Hierna richtte hij zich weer tot de anderen. 'Rol het plastic uit! Als ze netjes ingepakt zijn, brengen we ze naar buiten, we vullen het pakket op met stenen en dan hupla, naar de bodem van de Osterfjord met die twee.'

Weer dat eensgezinde mannengelach. 'Naar de bodem van de fjord!' herhaalde een van hen. Hij had een wat hogere stem dan de rest, misschien was hij de jongste van het stel.

'Ze worden niet eens vissenvoer, ze blijven voor eeuwig als mummies op de bodem liggen!'

Ik hoorde het geluid van dik plastic dat werd uitgerold over de grond. Het koude zweet brak me uit. Van alle onmogelijke situaties waarin ik verzeild was geraakt, was dit de ergste. Veel wees erop dat dit ook de laatste zou zijn. Ik voelde de tranen opwellen. Als een voorspel van de dag des oordeels begonnen er beelden in mijn hoofd op te komen. Flitsen van jeugdherinneringen, uit Nordnes, uit Ryfylke en Sunnfjord. Uit mijn schooltijd in Nordnes en later van de middelbare school. Van mama en papa, als hij tenminste mijn vader was. Mijn eerste vriendinnetjes, Sylvelin, Reidun, Elisabeth en Rebecca. Naar zee, naar Oslo, naar Stavanger. De sociale academie in Stavanger. Beate en Thomas. Een gezinsleven en mijn werk, dat veelal buitenshuis plaatsvond, een beroerde combinatie. Kinderen die ik had gezocht, kinderen die ik had opgespoord. Het flitste allemaal door me heen, herinneringen aan de zaken waar ik aan had gewerkt, de vondst van lijken, confrontaties met de daders, gesprekken met de vertegenwoordigers van de politie, Dankert Muus, Vegard Vadheim en Jakob E. Hamre. En Norma, die

in een onnatuurlijke houding op de keukenvloer lag, Emma, die ik nog niet had gevonden, Veslemøy, die niet wilde praten en ten slotte ikzelf, op zo'n donker en afgesloten doodlopend spoor terechtgekomen dat alle hoop verloren leek. Ik dacht aan de kleine Helene, die haar vader een paar jaar geleden had verloren en aan haar moeder Sølvi, die opnieuw moest meemaken dat iemand die haar na stond niet meer terug zou komen en bovendien in het niets zou zijn opgelost. Er liep een rilling over mijn rug. De bodem van de Osterfjord, donker, koud en...'

'Zo, Torfinn, hier is het spul!'

'Mooi. Breng dat slachtvee hier maar heen. Bjørn, help jij even met die verrader!'

'Nee!' klonk het uit een andere hoek.

'Wat? Verdomme!'

Boven me hoorde ik een zwaar ploffend geluid. Voorzichtig draaide ik mijn hoofd om. Torfinn Vangen was achterovergevallen. Robert Høie Hansen liep met gebalde vuisten op hem af.

'Jij durft wel, hè?'

Torfinn Vangen stond weer recht op zijn beide benen. Toen Robert dicht genoeg genaderd was, zwaaide Torfinn met de knuppel en liet die met een afschuwelijk geluid op Roberts hoofd neerkomen; het klonk alsof zijn schedel barstte. Toch liep Robert door en wist Torfinn nog eens twee klappen te verkopen, een linkse en een rechtse, waarna hij zich met zijn hele gewicht op hem stortte en ze allebei als een zak op de grond neerploften.

'Mannen!' brulde Torfinn terwijl hij onder de dikke Robert lag. 'Trek hem van me af!'

De anderen renden erop af. Toen ze alle vier bezig waren Robert van Torfinn af te halen, wist ik overeind te krabbelen en ik holde naar de deur. Maar mijn knieën waren nog slap, dus snel ging het niet.

Torfinn was de eerste die doorhad wat er te gebeuren stond. Hij wees naar me. 'Jongens! Hou hem tegen! Kenneth! Jij en Tore!'

Ik dook naar de grond, greep een stuk metaal dat bruin zag van de roest, tilde het op en slingerde dat in hun richting. Het raakte een van hen op de schouder, maar hij wierp het gewoon van zich af zonder zichtbaar letsel te hebben opgelopen.

Ik rende verder naar de deur en kwam precies zo ver dat ik een blik van de buitenwereld kon opvangen, toen een van hen me bij mijn arm greep en me omdraaide. Hij wilde me een kopstoot geven, die ik nog wist te ontwijken, maar toen stortten ze zich met zijn beiden op me en werd ik met een harde klap tegen de deurpost aan gesmeten. Toen pakten ze me om mijn middel en slingerden ze me terug de loods in.

Moeizaam wist ik overeind te krabbelen, juist op tijd om getuige te zijn van de aankomst van de cavalerie, net als aan het einde van de oude western die ik in 1958 in bioscoop Eldorado had gezien. Met een wapen in de hand stormden de politietroepen naar binnen.

De kreten schalden door de ruimte: 'Politie! Politie! Op de grond! Op de grond, nu!'

Door het transparante veiligheidsscherm voor zijn helm keek een van hen me onderzoekend aan. 'Jij ook! Op de grond!'

Ik voelde de tranen komen, maar probeerde te glimlachen.

'Op de grond!' commandeerde hij, wijzend met zijn wapen.

Zonder protest knielde ik neer en ging languit liggen, terwijl mijn lichaam trilde en mijn tranen stroomden. Krachtige handen bogen mijn armen op mijn rug en klikten handboeien vast om mijn polsen. Verderop hoorde ik vergelijkbare geluiden, hier en daar een begin van een protest, gevloek en getier, maar opeens was het stil. Het was geen rustige, vreedzame stilte, maar eerder een bevroren beeld uit een oorlogsreportage van een slagveld, waar alleen de overwinnaars nog rechtop stonden. Ik tilde mijn hoofd op en keek om me heen. Door de

deur zag ik een oude bekende binnenkomen. Het was Moses Meland, een observatierechercheur die me al eens eerder uit de brand had geholpen.

'Laten we hier maar een gewoonte van maken', zei ik. 'Dat jij op het laatste nippertje mijn leven redt.'

Hij keek me aan en trok een scheve grijns. 'Ik zal erover nadenken...'

Toen vielen mijn ogen dicht en verdween alles om me heen. In mijn hoofd begonnen de beelden rond te draaien, alsof ik naar de laatste filmvoorstelling van mijn leven keek. In het donker waren de lampjes boven de nooduitgangen uitgedoofd. Ik kon alleen maar hopen dat ze weer aan zouden gaan als de film was afgelopen.

35

Toen ik weer bijkwam, lag ik in een kamer met witte wanden. Ik had zo'n stekende hoofdpijn dat het leek of alle kraaien van de stad op volle kracht door een luidspreker zaten te krassen. Ik draaide mijn hoofd om me te kunnen oriënteren, en meteen raakte de ruimte uit balans, zodat ik me aan het bed vastklampte om er niet uit te vallen. Door de opkomende misselijkheid voelde ik me gedwongen om mijn ogen weer te sluiten. Terwijl ik luid kreunde, vroeg ik me af wiens gezicht het was dat ik aan de andere kant van het bed had gezien en dat als een ballon leek op te zwellen.

Een koele hand streek over mijn voorhoofd en een stem die met een echo leek te spreken zei: 'Varg?'

Zonder mijn ogen te openen antwoordde ik: 'Ja?'

'Ik ben het, Sølvi.'

Ja, dat was het, Sølvi. Dat had ik natuurlijk moeten weten.

'Hoe voel je je?'

'Alsof mijn hele hoofd op ontploffen staat. Is het ook groter geworden?'

'Je hoofd? Nee.'

'Zo voelt het anders wel.'

'Je hebt een zware hersenschudding en een grote buil op je voorhoofd. Ook zit je onder de blauwe plekken en de schrammen, maar verder ben je volgens de artsen in orde.'

'En... die ander?'

'Je bedoelt Høie Hansen?'

'Ja... Robert.'

'Die is er erger aan toe.'

'Juist. Is hij...?'

'Hij ligt in coma.'

Alsof het was afgesproken, gleed ook ik weg. Het volgende wat ik me herinnerde was dat iemand me in mijn arm prikte en een hoge stem die zei: 'Nu geven we hem iets om te slapen. En iets tegen de pijn.'

'Goed.'

'U kunt nu wel naar huis. Vanavond zal er geen verandering meer optreden. Met een beetje geluk blijft hij vannacht doorslapen.'

'Ja, ik heb een dochtertje... Maar morgen kom ik terug.'

'Fijn.'

Toen kwam de donkere nacht met allerlei dromen. De vrouw met de hoge stem kreeg geen gelijk. Ik werd minstens een keer per uur wakker, opende mijn ogen en merkte dat de kamer nog steeds bewoog, maar de golven waren niet meer zo hoog, het was mogelijk om via een klein vaarwater de haven te bereiken.

De volgende dag was het beter. Ik kon rechtop in bed zitten en ontbijten van een blad op een tafeltje dat van opzij aangeschoven werd, ook al kreeg ik nog niet veel naar binnen. En de koffie smaakte net zo

bitter als ik had verwacht. Maar mijn boot was in de haven afgemeerd. Nu alleen nog door de douane.

Tijdens de doktersronde kwam een jonge mannelijke arts met een kaalgeschoren hoofd en een rond brilletje naast me zitten. Hij legde me uit, zowel in eenvoudige taal als in Latijns gebazel, hoe het met de binnenkant van mijn hoofd was gesteld, waar de kraaien nu allemaal waren verdwenen en alleen een hardnekkig windgeruis hoorbaar was. 'Je hebt een vrij zware hersenschudding opgelopen, Varg. In je nek is een spier gescheurd, hier...' Daarbij wees hij bij zichzelf. 'En verder een aantal laesies en zwellingen, de meeste hier...' Hij wees naar beide bovenarmen. 'Bij je maag zit een zware bloeduitstorting, maar voor zover we hebben kunnen constateren, geen verder intern trauma. Toch willen we je nog ten minste één etmaal onder observatie houden voor we verdere conclusies kunnen trekken over je herstel.' Hij trok een geruststellende glimlach. 'Je leeftijd in aanmerking genomen ben je er verrassend goed vanaf gekomen. Zonder twijfel heb je een uitstekende conditie. Maar je zult er nog wel een tijd last van houden, dus we adviseren je om je voorlopig ziek te melden als je uit het ziekenhuis ontslagen bent.' Na een kleine pauze voegde hij eraan toe: 'Wil je nog iets vragen?'

Ik dacht na. 'Hoe oud ben ik?'

Bezorgd keek hij me aan. Toen gluurde hij naar de papieren die hij in zijn handen had. 'Eenenzestig, volgens onze gegevens.'

'Bedankt.'

'Wist je dat zelf niet meer?'

'Jawel. Ik voel me alleen honderd.'

Hij knikte, maar behield de onderzoekende artsenblik. 'Je zult je na verloop van tijd weer jonger gaan voelen.'

'Dat hoop ik.'

'Dan zie ik je morgen weer.'

'Ook dat hoop ik.'

Hij lachte. 'Humor kan geen kwaad. Dat maakt alles makkelijker.'

Deze keer knikte ik alleen. Zelfs dat deed pijn.

Ik vroeg een verpleegster of ze ook iets te lezen had voor me. Ze kwam terug met een plaatselijk sufferdje dat met minimale spierinspanning vast te houden was, maar ik was nog niet begonnen te lezen of de zeeziekte kwam weer terug, en ik moest het blad neerleggen. Het enige wat ik meekreeg was de kop op de voorpagina, waarin verwezen werd naar een artikel verderop in de krant: INVAL BIJ MC IN LINDÅS. Ik hield de krant om het later te kunnen lezen.

Halverwege de ochtend kwam Sølvi. Deze keer wist ik meteen wie ze was en hoe ze heette en ter bevestiging daarvan boog ze zich naar me toe en kuste me zacht op mijn wang, waarna ze ging zitten en vroeg hoe ik me voelde.

'Vandaag? Ken je die reportages die af en toe in de krant staan? Waarin ze de vuilniszakken van mensen doorzoeken om te analyseren wat erin ligt? Ik voel me net zoals de spullen die in die vuilniszakken zitten en stuk voor stuk over de uiterste houdbaarheidsdatum heen zijn.' Ze moest lachen en ik ging door: 'Maar die desondanks nog wel veilig voor consumptie zijn.'

'Dan zal ik je toch maar meenemen.'

Met een blik naar de krant op mijn kastje vroeg ik: 'Zou je willen voorlezen wat daarin staat?'

Ze knikte en pakte de krant. 'Het artikel stelt niet veel voor. Ik heb het al gelezen. Er staat alleen maar dat ze een inval hebben gedaan in een oud depot van de burgerbescherming in Lindås, dat er vijf personen zijn opgepakt en in verzekerde bewaring zijn gesteld en dat er de komende dagen meer arrestaties worden verwacht.'

'O?'

'De politie had de club al verschillende jaren in het vizier, maar waarom ze juist nu tot actie zijn overgegaan wordt niet duidelijk.'

'Niet dus.'

'Maar ik ben erg blij dat ze het hebben gedaan.'

'Hoe...' Ik zocht naar de juiste woorden.

'Ik heb hen gebeld. Toen je niet terugkwam van dat zogenaamde open huis, maakte ik me zorgen. Ik probeerde je te bellen, maar kreeg je niet te pakken. Het enige wat ik te weten kwam was dat je telefoon geen bereik zou hebben. Toen maakte ik me ernstig zorgen en gelukkig nam de politie me serieus toen ik belde. 's Avonds tegen tienen belde een van hen terug en zei dat je in leven was, maar op weg was naar het ziekenhuis. Dat was alles. Pas gisteren mocht ik bij je op bezoek komen.'

'Gisteren? Dus... wat voor dag is het vandaag?'

'Dinsdag.'

'Dinsdag! Maar ik... ik moet nog een opdracht afmaken.'

Ze schonk me een moederlijke glimlach. 'Eerst moet dat hoofd van jou weer in orde zijn. Tot die tijd ben je met ziekteverlof.'

'Ik werk voor mezelf.'

'En ik ben je naastbetrokkene.'

Hier moest ik over nadenken. 'Wanneer hebben we dat besloten?'

'Dat heb *ík* besloten.'

Daar moest ik wéér over nadenken. 'Thomas! Is er iemand die... weet hij ervan?'

'Ik heb met hem gesproken. Ik zei dat het niet levensbedreigend was, anders zou hij hier wel zijn.'

'Maar Emma...'

'Wie?'

'De jonge vrouw die ik moest zoeken. Mijn opdracht.'

Ze rolde met haar ogen en keek me veelzeggend aan. 'Dat moet wachten, Varg. Dat snap je toch wel? Je bent nauwelijks in staat om op je benen te staan.'

'Ik heb het niet geprobeerd.'

'Nee, precies. Heb je zin om dat nu uit te testen?'

'Nee. Eigenlijk niet.'

'Precies. Dus dan stel ik voor om dat thema voorlopig te laten rusten. Maar...' Ze haalde een kleine mobiele telefoon tevoorschijn met een roze kapje. 'Deze had ik nog liggen. Het is niet het nieuwste model, maar omdat je eigen telefoon verdwenen is, mag je deze lenen. Er staat al beltegoed op, en hier zijn nog een paar opwaarderingskaarten, mocht je tekortkomen.'

'Ik weet niet of ik zo dol ben op de kleur, maar... mijn eigen apparaat is ongetwijfeld naar de eeuwige belvelden gestuurd. Als ik weer een beetje bij mijn positieven ben, zal ik de belangrijkste nummers proberen op te slaan.'

'Het mijne staat er al op.'

'En mijn eigen nummer?'

'Dat vind je op de telefoon, onder de V.'

Toen ze vertrokken was, ging ik aan de slag. In het ziekenhuis kon je bijna alles krijgen, zelfs een telefoonboek. Terwijl mijn hoofdpijn gestaag toenam voerde ik een voor een de noodzakelijke nummers in, van contactpersonen, meer of minder goede kennissen, mensen die betrokken waren bij mijn huidige onderzoek en andere nuttige nummers, althans voor zover ik me de namen kon herinneren. Toen ik klaar was, was ik gevloerd. De rest van de avond lag ik te doezelen en toen het nacht werd kreeg ik iets om beter te kunnen slapen.

De volgende dag kreeg ik onverwacht bezoek. Ik had van de arts te horen gekregen dat ze me graag nog een dag langer in het ziekenhuis wilden houden, maar dat alle testen tot nu toe positief waren. Hij adviseerde me om uit bed te komen en wat rond te lopen, en dat advies had ik opgevolgd. Het ging helemaal niet zo slecht. Ik wankelde een beetje van de ene muur naar de andere, maar na enige training op mijn

kamer durfde ik de gang op te lopen, waar ik tussen de andere wandelende patiënten, verplegend personeel en een enkele bezoeker door manoeuvreerde. Plotseling dook Moses Meland op.

'Dag Veum! We kregen bericht dat we vandaag met je konden praten.'

'Bericht van boven?'

'Nee, van het ziekenhuis.'

'Dan ga ik ervan uit dat het in orde is. Zullen we maar naar mijn suite gaan?'

'Uitstekend.'

Hij volgde me en ik nam plaats op de rand van het bed. Na zich even georiënteerd te hebben koos hij voor de enige stoel in het vertrek.

Moses Meland was zoals altijd eenvoudig gekleed, in iets wat ik als een typisch uniform voor een stille beschouw. Een donkerblauw spijkeroverhemd en een bijpassende bleekgewassen jeans, een zwart leren jack en een grijze sjaal die losjes om zijn hals zat geknoopt. Hij had donkerblond haar, vol rond de oren en in de nek, en baardstoppels van de voorgeschreven lengte van drie dagen, zoals de scheerapparaten tegenwoordig waren afgesteld.

'Dit is geen formeel verhoor, Veum. Dat doen we de volgende keer wel. Maar met het oog op het vervolgonderzoek willen we graag weten waarom jij je in zo'n kritieke situatie bevond dat we wel moesten ingrijpen.'

'Heeft hij jullie niets verteld?'

'Wie?'

'Robert Høie Hansen.'

Hij leunde achterover en dempte zijn stem, alsof iemand ons zou kunnen horen. 'Robert Høie Hansen ligt nog steeds in coma, op de verdieping hierboven. Maar in tegenstelling tot jou laten we hem niet vrij, mocht hij weer herstellen. Natuurlijk zijn we wel benieuwd waarom hij in ongenade is gevallen. Was jij hen ook aan het schaduwen?'

'Nee. Het gaat om het volgende. De dochter die Robert Høie Hansen in een vorig leven heeft gekregen, is verdwenen en ik heb de opdracht haar te vinden. Ik ben zondag naar hun open huis gegaan, in de eerste plaats omdat ik met hem wilde praten. Zijn kompanen hebben kennelijk gedacht dat hij uit de school wilde klappen, maar dat heeft hij niet gedaan.'

'Nee dus. Maar twee dagen geleden had je ergens in Ryfylke een confrontatie met de bende en op de terugweg zocht je op de veerpont al contact met Høie Hansen.'

'Jullie zijn aardig op de hoogte.'

Hij liet zijn stem nog verder dalen en sprak zo zacht dat ik hem nauwelijks kon verstaan. 'Ik kan je dit wel vertellen, Veum, omdat het toch al in de krant staat. We houden die club al een jaar of drie in de gaten en hebben inmiddels zoveel bewijzen tegen ze dat ingrijpen nog maar een kwestie van tijd was. Ze worden onder andere verdacht van drugstransporten tussen Oost- en West-Noorwegen en verder naar het zuiden naar onder meer Haugesund. Afgelopen vrijdag vertrok de hele bende die kant op, maar ze splitsten zich op in zulke kleine groepjes dat we het overzicht kwijtraakten. Maar Høie Hansen leverde in elk geval samen met een paar anderen in Haugesund, Kopervik en zelfs in Skudeneshavn spullen af, terwijl anderen oostwaarts trokken, naar Sauda en Buvik, waar een lokale distributeur zit.'

'Åsmund Vangen?'

'Inderdaad. En zoals we gehoord hebben, was jij daar ook.'

'Zeg eens: hebben jullie mij ook geschaduwd?'

Hij trok een scheve glimlach. 'Nee, nee. Maar je kenteken is wel genoteerd en toen was het niet moeilijk om erachter te komen wie je was.'

'Wil dat zeggen... Hebben jullie hem gevolgd?'

'De broertjes Vangen en nog een handjevol. De politie in Haugesund is bezig met de arrestaties daar. Dit is een van de grootste zaken die we

hebben gehad, Veum. En we denken dat we een sterke zaak hebben. De meeste leden hebben heel wat jaren achter de tralies voor de boeg.'

'Ik voel me opeens een stuk beter.'

'Dat kan ik me voorstellen. Jij hebt ze van hun meest gewelddadige kant gezien. Als je vriendin niet had gebeld, was de kans reëel geweest dat we te laat waren gekomen.'

'En dan lagen Robert Høie Hansen en ik niet hier, maar op de bodem van de Osterfjord.'

Hij nam me met een ernstige blik op. 'Hadden ze daarmee gedreigd of zo?'

'Niet alleen gedreigd. Ze waren hard op weg ons te prepareren voor ons toekomstig verblijf en dan was er weinig van ons overgebleven.'

'Pas toen we je auto hadden ontdekt, die langs de hoofdweg stond geparkeerd, begrepen we waar je was. Dat depot in Lindås kenden we al, ook al waren we er nooit binnen geweest. Maar toen besloten we dat we het beste onmiddellijk konden ingrijpen.'

'Jullie kwamen maar net op tijd.'

'Trouwens, je auto hebben we naar het adres van je vriendin in Åsane gebracht.'

'Fijn, bedankt. Bedankt voor alles, moet ik eigenlijk zeggen. Maar... mag ik één ding vragen?'

Hij spreidde zijn armen als om aan te geven dat hij in elk geval bereid was te luisteren.

'Je zei dat jullie Robert Høie Hansen schaduwden toen hij in Haugesund was.'

'Ja.'

'Was hij gedurende die tijd in de buurt van een straat die de Gange-Rolvs gate heet?'

'Ik heb niet alle details paraat, maar daar kan ik wel achter komen. Waarom vraag je dat?'

'Een zus van mij woonde daar. En zij is daar vrijdagavond dood aangetroffen. Dezelfde avond kwam ik hem op de veerpont tegen.'

'Dood als in vermoord?'

'Ogenschijnlijk een ongelukkige val thuis, maar... Inspecteur Liland kan je er meer over vertellen, als je wilt.'

'Het enige wat ik me van het rapport kan herinneren, was dat hij bij een bepaald adres was langs geweest, nadat hij het... lekkers had afgeleverd. Maar dat zou het adres van zijn ex-vrouw zijn geweest.'

'Ingeborg! Is hij bij haar langs geweest?'

'Maar volgens onze mensen was zij gewoon een gebruikster, geen centrale figuur in het milieu.'

'Dus niemand heeft met haar gesproken?'

'Niet dat ik weet. Maar zoals gezegd... dat moeten we later maar allemaal grondig doornemen, Veum. Zodra je het ziekenhuis in goede staat hebt verlaten, roepen we je op voor een officieel verhoor.'

'Liefst vóór Torfinn en Åsmund, hoop ik.'

'Daar kun je zeker van zijn.' Hij kwam overeind. 'Dan zien we elkaar bij de volgende kruising.'

'Ik laat het je weten als ik weer onmiddellijke assistentie nodig heb.'

'Niet te vaak, Veum, alsjeblieft.'

'Nee, over een jaar of anderhalf, als het je uitkomt.'

Hij grijnsde en vertrok terwijl hij met een hand gemoedelijk zwaaide ten afscheid. Zelf bleef ik zitten in de hoop dat mijn woorden geen voorspellende kracht hadden.

36

Later op de dag maakte ik een lange wandeling op de gang, helemaal naar het eind en weer terug. De hoofdpijn was overgegaan in een constant gezoem in een gloeidraad die van het ene oor naar het andere liep. Nog steeds had ik moeite met mijn evenwicht, maar als ik mijn blik recht vooruit wierp en niet omlaagkeek, ging het beter. De deuren in de gang die ik door moest, opende ik door aan een koord te trekken dat aan het plafond hing, wat me een haast koninklijk gevoel gaf – zoals ik daar langzaam van de ene kant van het hoge gebouw naar de andere voortschreed, met een stoet aan onzichtbare dienaren om me heen.

Ik kwam haar tegen toen ze door een van die deuren kwam aanlopen, maar omdat ze haar werkkleding aanhad, herkende ik haar niet meteen.

Zelf kwam ze direct ter zake: 'Zie je nou wat je hebt gedaan?'

Ik bleef zo abrupt staan dat ik steun moest zoeken bij de muur en toen ik me naar haar omdraaide, kostte het me moeite mijn blik te focussen.

'Ja, voel je maar gerust schuldig.'

'Me schuldig voelen… waarom dan?'

Achter haar ging de deur automatisch dicht. Ze draaide zich half om en wees omhoog. 'Nu ligt hij daar al voor de derde dag in coma. We hebben geen idee of hij nog zal bijkomen en zo ja, in welke toestand hij dan zal verkeren.'

Nu herkende ik haar weer. 'Ik heb hem niet in die toestand gebracht, Liv.'

'O nee. Maar het begon wel allemaal doordat jij in ons leven ging wroeten.'

'In jullie leven wroeten? Ik kreeg een opdracht en die heb ik proberen uit te voeren. Tijdens mijn onderzoek ben ik zelf ook spijtig genoeg iemand verloren. Dat is de prijs die hoort bij… ja, bij het leven. Robert heeft zijn graf al jaren geleden gegraven, en het verhaal dat hij jou heeft verteld was een leugen. Jullie hele verhouding is op die leugen gebaseerd.'

Ze verbleekte. 'Leugen… welke leugen?'

'Die hij jou heeft verteld over wat er met Veslemøy was gebeurd. Hij was lang niet zo onschuldig als hij tegenover jou heeft beweerd. Ze hebben het met zijn drieën gedaan, Åsmund, Torfinn en hij.'

'Ik ken geen Åsmund en Torfinn.'

'Kan zijn. Maar ze groeiden samen op en hebben nog steeds contact met elkaar. Torfinn is de hoofdoorzaak dat Robert nu in coma ligt. Hij is de leider van de motorclub waar Robert lid van was.'

'Torfinn Vangen?'

'Ja. Dus kom niet aanzetten met verwijten dat ik me schuldig moet voelen.'

Nu stonden de tranen in haar ogen. Haar lippen trilden en ze moest slikken voordat ze weer iets kon zeggen. 'Juist, ja.'

'Wanneer hij bijkomt, kun je het hem zelf vragen. Hij heeft me alles verteld.'

'Áls hij bijkomt.'

'Ja. Áls... En vraag hem dan ook waarom hij Ingeborg heeft opgezocht toen hij afgelopen vrijdag in Haugesund was.'

'Wat! Ingeborg?'

'Terwijl ze elkaar al bijna twintig jaar niet meer hadden gesproken.'

'Maar...'

'Maar nu is Emma verdwenen. Misschien was dat wel de reden dat ze opnieuw contact met elkaar opnamen? Of was dat in elk geval voor hem de reden.'

'Daar weet ik helemaal niets van!'

'Nee, ik ook niet. Nog niet.'

Met die woorden namen we afscheid. Ik liep terug naar mijn kamer en vond dat ik voor vandaag meer dan genoeg had getraind. Ik was uitgeput, alsof ik een marathon had gelopen waarbij de vlag bij de finish allang was gestreken toen ik er eindelijk aankwam, en alleen de laatste functionarissen nog vol ongeduld op me stonden te wachten.

De volgende dag werd ik ontslagen, zij het met voorbehoud. De arts benadrukte dat ik met ziekteverlof moest en Sølvi, die zich als mijn naastbetrokkene had opgeworpen, kwam me persoonlijk afhalen om me naar haar huis te brengen, dat voor deze gelegenheid was omgedoopt tot Pension Saudalskleivane met volpension en verpleging.

Ik protesteerde zwakjes, maar zij stond erop: 'Ik zal ervoor zorgen dat je genoeg slaap krijgt, genoeg te eten en nergens bij betrokken raakt voordat je daartoe in staat bent. Niet verder graven in zaken die niet goed voor je zijn. En wees maar niet bang. Ik zet je in de logeerkamer, zodat je de hele nacht voor jezelf hebt.'

'Maar... Emma...'

'Emma zal moeten wachten. Waar ze ook is, ze heeft het naar haar zin, en anders is het toch al te laat.'

'Wil je dan eerst naar mijn huis rijden? Dan kan ik in elk geval mijn laptop meenemen.'

Ze aarzelde even, maar gaf toe. 'Vooruit dan maar.'

'Bovendien kan het zijn dat ik de komende dagen naar Haugesund moet voor een crematie.'

'In dat geval ga ik mee.'

Ik knikte zwijgend en gaf het op. Iets in de situatie had ervoor gezorgd dat al mijn weerbaarheid was verpulverd. Ik dreef mee met de stroom, waar die mij ook naartoe bracht, en op dit moment was de vaargeul allesbehalve overzichtelijk. Grote rotsblokken staken boven het water uit en mijn lichaam had al genoeg te verduren gehad.

37

De volgende dagen fungeerde het huis aan de Saudalskleivane zo'n beetje als mijn filiaal. Mijn kantoor bestond uit een tafel, een stoel, een laptop en Sølvi's vaste telefoon. Het uitzicht zorgde nog voor de meeste afleiding. Als je je hals een beetje uitstrekte, kon je vanuit de kamer zo richting IJsland kijken.

De eerste met wie ik contact opnam, was Thomas. Ik vertelde hem wat er was gebeurd en zei dat hij dit weekend geen moeite hoefde te doen om naar Bergen te gaan. Veel liever kwam ik bij hen in Oslo op bezoek, zodra ik weer een beetje de oude was.

'Weet je het zeker?' vroeg hij.

'Ja hoor. Maak je maar geen zorgen.'

Hij liet zich niet helemaal overtuigen, maar we werden het erover eens dat ik hem op de hoogte zou houden van mijn genezing, en na wat over Jakob, mijn kleinzoontje, te hebben gebabbeld, sloten we het gesprek af.

De volgende op mijn lijstje was Annemette Bergesen, van het politiebureau in Bergen.

Ik herinnerde haar aan ons gesprek dat we begin vorige week hadden gehad en vertelde haar dat Emma Hagland nog steeds spoorloos was. Deze keer reageerde ze zoals ik toen al had gehoopt. 'Dit moeten we serieus nemen, Varg. Dat begrijp ik nu. We zullen het hele apparaat in stelling brengen, en bewegingen op haar mobiele telefoon, eventuele betaalpasjes en niet in de laatste plaats haar e-mailaccount checken. Als we van de afgelopen weken niets kunnen vinden, zullen we verder teruggaan in de tijd en kijken of daar wat te ontdekken valt. Ik heb alle noodzakelijke informatie die je de vorige keer hebt gegeven ingevoerd, maar helaas nog geen tijd gehad er iets mee te doen.' Toen ik daar geen commentaar op had, voegde ze eraan toe: 'Ik hoor dat je de afgelopen tijd nogal wat dramatische dingen hebt meegemaakt. Had dat misschien wat met dat verdwenen meisje te maken?'

'Door een spoor uit die zaak kwam ik in elk geval wel met die bende in aanraking. Of het direct iets met de verdwijning te maken heeft, weet ik niet. Degene die me daar meer over kan vertellen, ligt nog in coma in het ziekenhuis.'

'Dat is... de vader?'

'Ja.'

'Juist. Zoals gezegd, we nemen de zaak hier over, Varg.'

'Overnemen? Het is nog steeds mijn opdracht, hoor.'

'Ja, ja. Alleen hebben we heel wat meer hulpmiddelen tot onze beschikking dan jij, dus... Kun je je opdrachtgever niet vragen om contact met ons op te nemen?'

'Ze is dood.'

'Wat zeg je nou? Dood?'

'Ja.'

Het bleef een tijdje stil. 'Nu begint die zaak me serieus te interesseren. Kun je me er nog wat meer over vertellen?'

Opeens voelde ik me doodmoe. 'Nee, ik... Een collega van jou in Haugesund zit op die zaak, inspecteur Liland. Ik stel voor dat je hem belt.'

'O, dat ga ik doen.'

We sloten het gesprek af en ook al was ik niet in de juiste vorm, ik besloot haar voor te zijn. Ik belde met de politie in Haugesund en vroeg naar inspecteur Liland.

Hij kwam verrassend snel aan de telefoon. 'Ja, met Liland.'

'Met Veum.'

'Leef je nog, Veum?'

'Nauwelijks.'

'Ja, ik hoorde al van een collega dat je het slachtoffer was geworden van de drugsbende die door de politie hier en in Bergen is opgerold. Maar je bent nog bezig met de zaak, begrijp ik.'

'Ja, maar nu bel ik als privépersoon. Ik vraag me natuurlijk af of jullie al tot een conclusie zijn gekomen wat betreft de doodsoorzaak van mijn zus.'

'De sectie gaf geen eenduidig antwoord. Ze heeft een wond op haar achterhoofd die ze kan hebben opgelopen toen ze viel. Maar geen teken van een infarct, niet in de hersenen en niet in het hart. Ze kan natuurlijk duizelig zijn geworden, maar... We hebben de zaak nog niet helemaal afgesloten. Een van de buren dacht dat ze eerder die dag hevig geruzie hoorde, maar of dat lawaai uit het huis van je zus kwam of uit dat van een andere buur, weet ze niet goed. De postbode die dienst had, dacht dat hij die dag een vrouw uit het portiek zag komen, maar hij had geen post voor je zus, dus het was niet duidelijk of het om haar huis ging of niet.'

'Een vrouw? Kon hij ook een signalement van haar geven?'

'Alleen oppervlakkig. Een vrouw van middelbare leeftijd, heel gewoon gekleed. Misschien een beetje verlopen in haar gezicht.'

'Dat kan... Als ik jullie was, zou ik eens contact opnemen met Ingeborg Hagland. Zij hoort bij het drugsmilieu in Haugesund. Toen ik er was, ben ik samen met mijn zus bij haar op bezoek geweest.'

'O?'

'Ze is de moeder van de jonge vrouw die ik nog steeds zoek, en volgens de politie in Bergen... dat wil zeggen, ze verwijzen naar hun collega's in Haugesund... Ze zou afgelopen vrijdag bezoek hebben gehad van haar ex-man Robert Høie Hansen, de dag nadat ik met mijn zus bij haar langs ben geweest, en dezelfde avond dat ik Norma, mijn zus, dood heb aangetroffen.'

Ik gaf hem het adres van Ingeborg.

'Dank je wel, Veum. We zullen contact met haar opnemen.'

Daarna deed ik een mislukte poging om drie vrouwen te bellen, Åsa in Berlijn en Kari en Helga in Møhlenpris. Geen van hen nam op en ik liet ook geen bericht voor hen achter. Voordat ik verder kon gaan met mijn onderzoek, moest ik eerst weer op de been zijn.

Ik ging vroeg naar bed en sliep de volgende dag lang uit. Toen was het huis verlaten, maar op de keukentafel vond ik een briefje met de duidelijke instructie dat ik me koest moest houden en niet naar buiten mocht gaan. Sølvi zou alle noodzakelijke boodschappen doen.

Om niet al te hard met mijn kop tegen de muur te lopen besloot ik me met iets totaal anders bezig te houden. Sinds mijn ontmoeting met Ruth Kjærstad in Haugesund had er voortdurend iets door mijn hoofd gespookt wat zich nu bij me opdrong, zoals een ongeduldige spreker op een vergadering niet kan wachten tot hij aan de beurt is. Nog steeds wist ik niet goed wat ik ermee aan moest, maar het minste wat ik kon doen was een beetje speurwerk verrichten.

Ik googelde op Leif Pedersen en vond zowel een begrafenisonderneming als een chiropractor met die naam. Toen ik mijn zoekopdracht uitbreidde met 'saxofoon' kreeg ik geen resultaat. Maar toen ik zocht op Atle Eliassen in combinatie met jazz, verscheen er wel een link. Die ging over de pianist Tore Lude, die ergens in het begin van de jaren zeventig van de vorige eeuw een concert had gegeven, waarbij een van de andere deelnemers een echte veteraan was geweest: 'Atle Eliassen, op trompet'.

Tore Lude had ik zo'n jaar of tien geleden ontmoet in verband met een zaak. Later had ik hem diverse malen horen spelen, zowel in de Swing'n Sweet Jazzclub als tijdens de Nacht van de Jazz in Verftet. Ik zocht zijn telefoonnummer op, nam de gok en belde.

Hij klonk nogal afwezig toen hij opnam: 'Ja? Met eh... Tore.'

Ik vertelde wie ik was en waar het over ging.

'Huh? Atle Eliassen? Maar die is toch dood?'

'Ja, helaas. Maar het gaat me eigenlijk om een saxofonist van ongeveer dezelfde leeftijd. Leif Pedersen.'

'Leif Pedersen? Ja, inderdaad, met hem heb ik ook een paar keer gespeeld, toen ik nog een broekie was. Maar...'

'Ja?'

'Zeg, ik heb zo dadelijk een afspraak bij de tandarts en ik moet nu echt de deur uit. Maar morgenmiddag treed ik op in de Swing'n Sweet Jazzclub. Vanaf 14.00 uur. Kun je daar misschien langskomen?'

Ik aarzelde. 'Ik kan het proberen.'

'Prima. Dan zien we elkaar daar.'

Ik hing op en noteerde de afspraak in mijn notitieboekje. Toen bleef ik een tijdje zitten nadenken.

Ik kreeg een inval. Weer surfte ik naar Google en zocht op 'moribund'.

Er waren verschillende hits. Redelijk bovenaan zag ik een website staan met de naam *www.moribund.uk*.

Ik klikte erop, maar kwam terecht op een openingspagina die een gebruikersnaam en een wachtwoord vereiste. Aangezien ik over geen van beide beschikte bleef ik naar de voorpagina staren zonder verder te komen.

De achtergrondkleur was zwart. Centraal op de pagina stond het woord *Moribund*. Met behulp van elegante grafische trucs vielen er vanaf de beginletter M twee door een lage zon gevormde schaduwen, alsof die het silhouet vormden van twee onbestemde personen die hand in hand op weg waren naar een onbekende toekomst, of om het concreter te zeggen: naar de dood.

Inwendig voelde ik me koud worden. Had Emma soms hierop gezinspeeld toen ze eerder dit najaar met Åsa belde? Was dit een site die ze had gevonden en waar ze zich later bij had aangemeld? En wat kon ik zelf doen om daar een kijkje op te kunnen nemen?

Na opnieuw gegoogeld te hebben vond ik een link naar een artikel in een Noorse krant, een paar maanden geleden. Het was een reportage over jonge mensen die hadden afgesproken om zichzelf samen van het leven te beroven – vaak met iemand die ze niet eens kenden, maar op internet hadden getroffen.

De rode draad van het verhaal ging over twee jongeren uit Schotland die zo'n zelfmoordpact hadden gesloten. Via internet hadden ze contact gekregen en na een lange mailwisseling hadden ze afgesproken elkaar te ontmoeten. Na die ontmoeting liepen ze samen naar een steile rotswand aan de kust om er gezamenlijk vanaf te springen. De een werd zes dagen later gevonden, de ander spoelde pas na enige weken aan. Toen de politie hun pc's onderzocht, werd het pact gevonden dat de twee hadden gesloten.

Volgens het artikel waren er ook in Noorwegen vergelijkbare gevallen voorgekomen. Een paar jaar geleden waren twee jongeren van de Preekstoel af gesprongen, de aansprekende rotspunt boven de Lysefjord.

Anderen hadden zelfmoord gepleegd door zich in een auto met uitlaatgas te vergiftigen. Een jong stel in een auto was plotseling vlak voor een vrachtauto op de andere weghelft gaan rijden en was op slag dood geweest. Ook al werden er geen bewijzen gevonden, er waren sterke aanwijzingen dat het bij dat ongeval om eenzelfde soort motief ging.

Een psycholoog had zich als volgt over mogelijke oorzaken uitgesproken: 'Velen van hen hebben al eerder psychische problemen gehad. Eetstoornissen, depressies of andere aandoeningen. Via het internet komen ze in contact met lotgenoten, ze hitsen elkaar op en maken in het ergste geval dergelijke afspraken.'

Vaak duurde het een hele tijd voordat de stoffelijke overschotten werden gevonden. Lang niet iedereen liet sporen na, niet op het internet en ook elders niet.

Opnieuw belde ik met Annemette Bergesen.

'Varg? Ik dacht dat je met ziekteverlof was?'

'Ja, klopt, maar luister even naar me.' Ik vertelde haar over het artikel dat ik had ontdekt en dat Emma eerder in een telefoongesprek met haar vriendin in Berlijn datzelfde woord had gebruikt: moribund. 'Het is geen woord dat een jong meisje normaal gesproken kent. Maar de reden dat ik je bel... Jullie hebben toch mensen die zich met internetcriminaliteit bezighouden? Dat weet ik uit eigen ervaring.'

'Ja, dat kan ik me nog wel herinneren.'

'Kan een van hen niet op die site gaan rondsnuffelen? Ik weet zeker dat iemand die er verstand van heeft daar wel een mouw aan weet te passen.'

'En daarna dan?' vroeg ze, niet zonder ironie. 'Jou bellen en vertellen wat we hebben ontdekt?'

'Nou, als dat zou kunnen...'

'Dat kun je wel vergeten. Maar goed. Ik heb gezegd dat ik deze zaak verder ga onderzoeken en ik zal met mijn collega's overleggen. Wat jou

betreft: je kunt beter ernst maken met je revalidatie, anders eindig jij ook als *moribund* op de lijst van slachtoffers.'

'Dus je weet wat het betekent?'

'Dat hoef ik niet eens op te zoeken, Varg.'

Na het gesprek bleef ik naar de verlokkende website staren. Op goed geluk probeerde ik me aan te melden, met verschillende willekeurig gekozen gebruikersnamen en wachtwoorden, onder andere 'Emma' en haar geboortedatum, maar zonder succes. Ik kwam niet verder, op welke manier dan ook.

Maar ik was op een idee gekomen aan wie ik hulp kon vragen, als wat ik vreesde tenminste echt waar was.

38

Alle muziek weerspiegelt zijn eigen tijd. Wanneer de liefhebbers van klassieke muziek zich elke donderdag naar de Grieghal spoeden om het Bergen Filharmonisch Orkest te horen spelen, is dat zelden om naar hun eigen tijd te luisteren. Die muziek stamt uit ver vervlogen dagen en komt uit Wenen, Berlijn, Parijs of Londen. En wanneer lieden als ik naar jazzclubs gaan zoals Swing'n Sweet om naar standaard jazzmuziek te luisteren, hadden we net zo goed vijftig jaar eerder naar een kelderruimte in New York of Kopenhagen kunnen gaan.

Sølvi had me met begrijpelijke scepsis aangekeken toen ik tijdens het ontbijt had gezegd dat ik vanmiddag naar Swing'n Sweet wilde om Tore Lude te horen spelen en wat met hem te praten. Ik zweeg over wat ik daarna van plan was.

'Met Tore Lude praten? Gaat dat over de zaak?'

'Nee, nee. Dat komt door iets wat mijn zus in Haugesund in gang heeft gezet.'

'O?'

'Over de man die misschien mijn vader was, meer dan zestig jaar geleden. Die saxofonist.'

'Maar voel je je daar dan al goed genoeg voor?'

'O, zeker. Ik voel me al veel beter', zei ik, ook al duizelde het nog steeds voor mijn ogen.

Ze leek nog steeds sceptisch. 'Ik moet in elk geval met Helene mee naar haar dansoptreden, maar ik zou me veel prettiger voelen als jij je nog een paar dagen koest kon houden.'

'Ik beloof je dat ik niets overhaasts zal doen.'

'Nou, wil je dan een lift?'

'Ik denk dat ik met mijn eigen auto ga, dan hoef ik niet zo lang in de stad rond te lopen.'

Ik had het wel aan haar gezien. Ze bleef sceptisch. Maar ze zei niets. Misschien zag ze in dat het toch geen zin zou hebben. Dat ik de koppigste man ter wereld was als ik dacht iets op het spoor te zijn.

De jazzclub was gevestigd in de kelderverdieping van wat vroeger de Ole Bull-bioscoop was geweest, maar wat nu een uitgaansgelegenheid was van een wisselend karakter. Op de poster bij de ingang stond vermeld dat het Tore Lude-trio zou optreden met de naamgever achter de piano, Reidar Rongved op bas en Terje Tornøe op trompet.

In het onderaardse hing een perfecte sfeer: het lokaal was lekker onoverzichtelijk, zodat er altijd wel een discreet hoekje te vinden was waar je met een vrouw kon gaan zitten, mocht je plannen in die richting hebben. Maar waar je ook zat, je kon de muziek altijd horen, ook al kon je niet overal zien wie er speelde. Er hing een grijswitte nevel over de tafels, alsof het erom ging zoveel mogelijk sigarettenrook in je longen te zuigen voordat de kraakverse rookwet van kracht werd. Die zou komende zomer ingaan. Dan zou alle mist optrekken en konden de musici zelfs het risico lopen te zien wat er op hun bladmuziek stond.

Ik liet mijn lidmaatschapskaart bij de ingang zien en mocht tegen gereduceerde prijs naar binnen. Bij de bar stonden de drie musici met ieder een pils in hun handen, alsof ze voor het optreden hun stembanden nog even wilden smeren. Tore Lude was de vijftig al gepasseerd en er was veel lucht gekomen tussen zijn zilvergrijze krullen. Reidar Rongved was rond de veertig, hij had donkerblond haar en opvallend dikke brillenglazen. Ik besefte opeens dat hij zich daarom bij de contrabas hield, dat instrument kon hij tenminste zien. Terje Tornøe had een anoniem uiterlijk, bijna levensmoe, maar ik wist dat er van slapen niets zou komen als hij de trompet eenmaal leven in had geblazen.

Ze keken me afwachtend aan toen ik op hen afliep. 'Tore Lude, mijn naam is Veum. Varg Veum.'

Lude knikte, Rongved staarde me met half dichtgeknepen ogen aan, maar Terje Tornøe trok een scheve grijns. 'Ja, ik weet nog wie je bent', zei hij. 'Privédetective toch? De Hageneszaak in 1993, als ik me niet vergis.'

Ik knikte. 'Je hebt een goed geheugen.'

'O ja', zei Tore Lude. 'Ik wist wel dat ik je naam eerder had gehoord.'

Ik gebaarde naar de jongen achter de toog dat ik een pils wilde. Terwijl hij het biertje tapte, zei Tore Lude tegen zijn kameraden: 'Deze keer zit hij achter Leif Pedersen aan.'

'Wie?' Reidar Rongved keek alsof hij het in Keulen hoorde donderen.

Terje Tornøe knikte. 'Leif Pedersen! Dat was een van de oudste saxofonisten hier. Hij speelde samen met Atle Eliassen en een paar anderen, dat moet zelfs nog voor de Tweede Wereldoorlog zijn geweest.'

Tore Lude wees naar de trompettist. 'Daar zit ons collectief geheugen, Veum. Je kunt hem alles vragen.'

Terje Tornøe keek me aan met de blik van een wijze professor. 'The Hurricanes. Nils Petter Solberg, piano, Torfinn Gåsland, viool, Leif

Pedersen, saxofoon, Atle Eliassen, trompet en Terje Stockflet Nielsen, drums.'

Ik kende het type. Je kwam ze in alle jazzclubs tegen. Ze kenden alle bands, in elke samenstelling, van Louis Armstrongs Hot Five tot alle jaargangen van het Miles Davis Quintet, ze wisten precies wanneer welke platen waren opgenomen en in welke studio en ze konden zo nodig het ritme van veel nummers nadoen.

'Heb je Leif Pedersen ooit ontmoet?'

Hij keek Tore Lude aan. 'Ja, hebben jij en ik niet een aantal keren met hem gespeeld, Tore?'

Lude knikte.

'Maar toen waren we nog zo groen als gras en hij een man van in de zestig, als hij de zeventig niet gepasseerd was. Hij speelde niet meer voluit, natuurlijk, maar hij had zich een soort Ben Webster-stijl aangemeten en hoefde ook niet meer al zijn energie in te zetten.'

'Webster is ook mijn favoriet', zei ik.

'O?'

'Maar wat ik wilde vragen... Hebben jullie hem een beetje leren kennen? Praatte hij nog weleens over de goeie oude tijd?'

'O ja! Al die oude jazzmuzikanten hebben het daarover. Toen alles nog veel beter klonk. Vóór de tijd van de rock en de fusion en noem maar op!'

'Maar privé? Was hij ook getrouwd of zo?'

'En of hij getrouwd was! Getrouwd en meer dan dat, om het zo maar uit te drukken. Eva Høiland, weten jullie nog wel, jongens?'

Lude zag er op slag bedrukt uit. Toen knikte hij. Rongved schudde ontkennend zijn hoofd.

'Ze kwam uit Kristiansand en zong in The Golden Club en dergelijke kroegen', vervolgde Tornøe. 'Een knappe, sexy blondine met zo'n zoete, hese stem. En Leif Pedersen hield wel van de vrouwtjes. Ze was precies zijn

type. Wat ik maar wil zeggen is dat ze toen al een affaire hadden. Maar vervolgens vertrok zij naar Stockholm en daar bleef ze een tijdje. Toen ze terugkwam had ze een klein kind bij zich, ze was aan alle kanten uitgedijd, maar haar stem was nog steeds de oude. Het ging weer aan en ze trouwden. Ik weet nog dat ik ze af en toe op straat tegenkwam, nadat hij met spelen was gestopt. Hij woonde ergens in Landås.' Hij stond na te denken. Toen richtte hij zich tot Lude. 'Kun je je dat verhaal nog herinneren, Tore? Dat hij vertelde over die bootreis uit... Haugesund, was het niet?'

Ik spitste mijn oren.

'Nou...' Tore Lude dacht na.

'Hij had daar op een bruiloft gespeeld. Ja, nu weet ik het weer. Het was de bruiloft van Atle Eliassen. Die ging trouwen met een Arabier. Ja, iemand uit Haugesund, dus', voegde hij eraan toe terwijl hij een blik op me wierp alsof hij dacht dat ik niet wist dat mensen uit Haugesund Arabieren worden genoemd, vanwege een streek van een oude zeeman uit die stad. 'Op de boot naar Bergen kwam hij een meisje tegen dat al zijn wensen vervulde... zo maar.' Hij knipte met zijn vingers. 'En dat was het, zo ongeveer.'

'Ja, nou weet ik het weer', zei Lude.

'Alles erop en eraan. En dat was lang voordat het begrip onenightstand in de mode kwam.'

'Dat kwam natuurlijk door het deinen van de zee, daardoor kwam ze helemaal los.'

Ze keken elkaar grinnikend aan.

'En toen?' vroeg ik.

'Nee, dat was het, zoals gezegd. Hij heeft haar later nooit meer teruggezien. Dat wil zeggen..., vertelde hij niet een keer dat hij haar op straat was tegengekomen, met een man en een kind aan de arm? Ach ja, Bergen was toen ook al niet zo groot. En hij vroeg zich af of... Het kon best zo zijn dat dat kind aan haar arm het zijne was!'

'Vertelde hij dat zo maar?'

'Nou, nou...' Tornøe trok weer die scheve grijns. 'Weet je wat het met ons jazzmusici is? Als we na het spelen nog wat blijven hangen en de meeste flessen leeg zijn... Weet je, op een gegeven moment breekt het tijdstip aan dat we elkaar of naar de strot vliegen of elkaar van alles toevertrouwen.'

'Die Eva Høiland, weet je of ze nog leeft?'

'Ik heb nooit het tegendeel gehoord, in elk geval. Maar ze moet al wel behoorlijk oud zijn...' Weer keek hij naar Lude. 'Als ik me niet vergis, Tore, had jij nog een avontuurtje met haar, toen ze een comeback had met Lasse Tudal en zijn band aan het eind van de jaren zeventig.'

Weer zag Tore Lude er bedrukt uit. Hij veerde zichtbaar op toen we onderbroken werden. Iemand van het clubbestuur kwam vragen of de mannen klaar waren om het podium op te gaan. Ze verklaarden dat dat zo was, maar voor ze me alleen lieten vroeg Terje Tornøe: 'Heb je hier genoeg aan, Veum?'

Ik kon alleen maar knikken. 'Ik denk het wel', zei ik tegen hun ruggen toen ze ver genoeg weg waren. 'Meer dan genoeg, eigenlijk.'

Na het gesprek bleef ik aan een tafeltje voor mezelf naar hun eerste optreden luisteren. Ze speelden *Sophisticated Lady* en *Lover Man*, en ik zag ze bijna voor me: mijn moeder, die vierendertig was toen ze mij kreeg, en de charmante rokkenjager Leif Pedersen op de boot van Haugesund naar Bergen op een winterse dag in 1942. En ik vroeg me af of ik op een of andere manier nog meer te weten kon komen over dat verhaal, als het zo was gegaan als Terje had verteld.

Maar ik had nog een ander raadsel om op te lossen, een van veel recentere datum. Het volgende punt van mijn agenda, zoals ik die had opgesteld, had te maken met een oud huis in Møhlenpris. Daarheen begaf ik mij toen de musici pauzeerden, zonder andere toestemming dan die van mijzelf, wat meestal geen goed idee is.

39

Toen ik in de Konsul Børs gate aankwam, stond er een zilverkleurige Volvo V70 met geopende kofferbak bij de voordeur. Voorovergebogen schoof Knut Moberg een grote, rode koffer de bagageruimte in. Deze dag droeg hij vrijetijdskleding: een versleten spijkerbroek, een eenvoudig wit met blauw geruit overhemd en witte joggingschoenen. Toen hij rechtop ging staan en mij in de gaten kreeg, streek hij een lok van zijn donkerblonde haar achterover.

'Veum?' vroeg hij, met een stuurse blik op zijn gezicht.

'Aan het verhuizen, Moberg?'

Hij perste zijn lippen op elkaar en liep rood aan. 'Ik niet. De jongedames.'

'Helga en Kari?'

Hij knikte kort.

'De laatste keer dat ik hier was, was het hier nogal een toestand.' Hij gaf geen antwoord en ik voegde eraan toe: 'Zij eruit of je vrouw eruit?'

Hij wierp me een woedende blik toe. 'Dat zijn jouw zaken niet!'
'Maar jij helpt ze?'
Hij knikte zwijgend. Toen draaide hij zich om en liep naar de geopende voordeur. Toen hij ontdekte dat ik hem volgde, draaide hij zich abrupt om. 'Wat ben jij van plan?'
'Ik kwam eigenlijk omdat ik Helga en Kari wilde spreken. Dus als het geen probleem is...' Ik gebaarde dat ik hem wilde passeren.
Hij kwam vlak voor me staan. 'En of het een probleem is!'
Ik sloot mijn ogen. Ik voelde me wonderlijk duizelig, alsof ik opeens al het gevoel in mijn lichaam was kwijtgeraakt, van mijn hoofd tot mijn knieën. Toen ik mijn ogen weer opende, was hij al bijna de deur door.
Vlug ging ik achter hem aan en wist nog net mijn voet tussen de deur te krijgen voordat die dichtviel.
'Ik kan de politie bellen, Veum.'
'Ja, dat deed je vrouw ook toen ik de laatste keer hier was. Maar dat had niets met mij te maken.'
Hij draaide zich zo snel om dat ik nauwelijks tijd had om te reageren. Maar hij sloeg niet. 'Ik waarschuw je. Als je nog meer gedonder veroorzaakt...'
Ik stak mijn beide handen op met de palmen naar hem toe. 'Ik ben niet gekomen om ruzie te maken. Ik wil alleen de jongedames wat vragen, over Emma Hagland. Die kun je je toch nog wel herinneren?'
De spieren in zijn gezicht zwollen op, van zijn kin tot aan zijn slapen. Maar hij wist zich te beheersen. Hij opende zijn mond en sloot hem weer. Toen draaide hij zich om en liep snel de trap op. Ik volgde hem in een wat rustiger tempo.
Op de derde verdieping stond de deur naar hun woning open. Hij liep gewoon naar binnen en probeerde de deur niet meer voor mijn neus dicht te doen. Ik liep de hal binnen, die leeg was, en ging verder naar de gezamenlijke woonkamer waar ik al eerder was geweest.

De boekenkast stond er nog, alleen de boeken waren weg. Ook de tv stond er nog en de meubels hoorden bij het huis, de posters aan de muur idem dito en zelfs de lege fles cheval blanc saint-émilion met de afgebrande kaars stond op tafel, net als de vorige keer.

De twee vrouwen zaten bij de tafel, omringd door koffers, tassen en in totaal drie laptops. Helga had een moedeloze uitdrukking op haar gezicht en keek slechts triest mijn kant op toen ik binnenkwam en naast Moberg ging staan. Kari wierp vol verachting haar hoofd naar achteren en keek Moberg uitdagend aan, alsof ze verwachtte dat hij iets zou zeggen wat de hele situatie weer recht kon trekken.

Hij zuchtte demonstratief. 'Deze clown wilde met alle geweld mee naar boven.'

'Het gaat om Emma. Ik moet echt met jullie praten en ik begrijp dat ik precies op tijd ben. Gaan jullie verhuizen?'

'We zijn eruit gegooid', antwoordde Helga zacht.

Kari wierp een snelle blik van mij naar Moberg. 'Dat was op uitdrukkelijke wens van mevrouw', zei ze snibbig.

'Tja, eh... mijn vrouw... Ik weet niet wat haar heeft bezield.'

'Nee?' vroeg ik om een nieuwe uitbarsting van hem te voorkomen. 'Maar als jij nu doorgaat met die bagage naar beneden te brengen, kan ik de jongedames hier intussen wat vragen stellen.'

'Ik neem toch verdomme van jou echt geen...' Met een rood aangelopen gezicht onderbrak hij zichzelf. 'Goed dan!' Hij griste drie tassen bij elkaar, tilde ze op en verdween met een snelheid alsof hij plotseling voor een stukloon werkte.

Ik stond te kijken naar wat er nog op de vloer stond. 'Drie laptops?'

Helga keek schuldbewust op. 'Ja, twee ervan zijn van mij.'

Kari wierp een hatelijke blik naar haar: 'Lieg niet! Die ene is van Emma. Ik herken hem toch?'

Helga sloeg haar ogen neer en gaf geen antwoord.

'Die heb jij al sinds haar verdwijning ingepikt. Hij heeft de hele tijd op je kamer gestaan.'

'Zo', zei ik. 'Klopt dat, Helga?'

Onwillig knikte ze, maar zonder op te kijken.

'Waarom heb je dat niet eerder gezegd?'

Ze gaf geen antwoord.

'Je moet toch begrijpen wat dat betekent... Dan is ze dus nergens naartoe verhuisd!'

'Die ene koffer is ook van haar', zei Kari.

Nu keek ik haar indringend aan. 'Die ene koffer? En wat zit daarin?'

Ze haalde haar schouders op. 'Geen idee. Kleren. Boeken. Ik heb hem nooit opengemaakt! Helga had hem.'

'En dat vond jij niet verdacht of zo?'

Nu keek Kari me aan, maar de koppigheid die ze wilde uitstralen werd verzwakt door een plotselinge onzekerheid.'Nee. Moest dat dan?'

'Hebben jullie dan helemaal niet door hoe het voor haar familie was? Jullie snappen toch wel dat...'

'Waar hebben jullie het over?' vroeg Knut Moberg vanuit de deuropening.

Ik draaide me iets te snel om en werd zo duizelig dat ik een stap opzij moest doen om mijn evenwicht te bewaren. Uit alle macht probeerde ik mijn blik te focussen. 'We hebben het erover dat... Emma Hagland heeft al haar spullen hier achtergelaten toen ze zogenaamd verhuisde.'

'O?'

'En jij weet daar niets van af?'

Hij keek naar de twee vrouwen. 'Natuurlijk wist ik dat ze verhuisd was. Maar niet dat ze haar spullen niet had meegenomen.'

Ik richtte me weer tot Helga en Kari. 'Zeg op... welke koffer is van haar? Of staat die al beneden?'

'Die', zei Kari, wijzend naar een grote, donkerblauwe koffer van het harde soort, die als enige nog in de kamer stond, naast de drie laptops.

'En wat waren jullie daarmee van plan? Gewoon meenemen?'

'Nee, we...' Ze keek weer naar Moberg. 'We waren van plan die hier te laten.'

Het viel me op dat Helga Moberg onderzoekend aankeek.

'Hier? Wat dachten jullie verdomme wel!' snauwde hij.

'Is dit nieuw voor jou?' vroeg ik.

'Het enige wat ik weet, is dat ze verhuisd is.'

'Maar nog steeds heb ik je niet horen ontkennen dat je je aan haar hebt opgedrongen.'

'Wat!' riep Moberg uit.

'Bij Emma?' vroeg Kari.

Helga keek hem nu onheilspellend aan.

'Maar misschien doe je dat bij al je vrouwelijke huurders?'

'Knut!' riep Kari uit. 'Is dat waar?'

'Waar? Nee, dat kuiken begreep het verkeerd! Ik... Ik heb me helemaal niet opgedrongen. Ik... Ik streelde haar alleen een keer over haar rug, als... ja, als een soort bemoediging, zoals je... bij een kind doet.'

'En hoe reageerde ze?'

'Totaal overtrokken! Ze kromp ineen, draaide zich om, snauwde me een paar afschuwelijke woorden toe en...' Hij bracht zijn hand naar zijn wang, als een beduusd jong meisje. 'Ze gaf me een klap. Hier.'

'En dat accepteerde je?'

'Ja, ik...' Hij maakte een machteloos gebaar. 'Het stelde weinig voor. We kwamen overeen dat het een misverstand was en dat we het gewoon moesten vergeten. Maar... vanaf dat moment volgde ze me met haar blik, waar ik ook was, totdat ik de deur uit ging.'

'Misschien had ze traumatische herinneringen, dat komt voor', zei ik.

Hij haalde zijn schouders op. 'Hoe kon ik dat weten?'

'Waren er daarna nog confrontaties tussen jullie?'

'Nee. Daarna heb ik haar nauwelijks meer gezien, en nooit als ze alleen was. Zij daar...' Hij wees naar Helga. 'Zij was altijd in de buurt. Als een... kat.'

Ja, ik zag wat hij bedoelde. Zoals ze daar zat, half voorovergebogen en ons aandachtig met haar blik volgend terwijl we spraken, had ze inderdaad veel weg van een kat. Ze toonde geen andere reactie dan de afgemeten distantie die ze vanaf het eerste ogenblik had aangenomen.

'Maar nu heb je dus een probleem, Moberg. Een koffer en een laptop van een jonge vrouw die nu al meer dan drie weken geleden spoorloos is verdwenen. Moeten we misschien niet de politie gaan bellen?'

Kari reageerde als eerste. 'De politie! Hier heb ik niks mee te maken! Zíj zei dat we niks mochten zeggen.'

Nu keken we alle drie naar Helga. Ze keek mij aan. 'En waarom dan wel niet, Helga?'

'Ik word hier gek van!' brulde Moberg. 'Vrouwen! De volgende keer neem ik alleen mannelijke theologiestudenten aan als huurder!'

'Goed idee', zei ik, zonder mijn ogen van Helga af te halen. 'Wat heb je ons te zeggen, Helga? Wat weet je dat je ons niet hebt verteld?'

'Zeg het nou maar!' zei Kari. 'Het komt nu toch allemaal uit.'

Helga leek opvallend onaangedaan, alsof wat er werd gezegd haar totaal niet aanging. Alsof ze zich in een kamer voor zichzelf bevond, ver van ons vandaan.

Ik pakte mijn kleine roze telefoontje. 'Ik bel de politie. Die moet de koffer onderzoeken en haar laptop doorlichten.'

'Nee', zei Helga. 'Niet... Wacht nou.'

Kari keek Moberg en mij aan. 'Het kwam door die website, daar werden Helga en Emma helemaal door opgeslokt.'

Er gleed iets kouds over mijn rug. 'Een website?'

'Ja... Wat was de naam ook alweer, Helga?'

Helga keek Kari aan zonder iets te zeggen.

'Dat is nou precies de reden dat ik hier ben', zei ik. 'Daar wilde ik jullie naar vragen. De website heet *moribund.uk*, of niet soms?'

'Ja! En daar kwamen ze in contact met al die andere depressivo's die alleen nog maar aan één ding konden denken. Aan doodgaan. Van de aardbodem verdwijnen. In het niets oplossen.'

'Heb jij die site soms ook bezocht?'

'Nooit! Niet toen ik hoorde hoe zij ermee bezig waren. Maar vraag het haar maar!' Ze wees naar Helga. 'Draag haar maar over aan de politie. Ze weet precies wat er is gebeurd.'

Moberg nam een besluit. 'Er zit niks anders op. Ik ga bellen.'

'Vraag naar inspecteur Annemette Bergesen en doe haar de groeten van me.'

'Ik ga mee!' riep Kari uit.

Moberg draaide zich half naar haar om en keek haar recht aan. 'Jij blijft hier!'

'Goed dan.'

Moberg vertrok. Kari keek van mij naar Helga en weer naar mij. 'Dan ga ik wel naar de wc!' Ze verdween naar de hal en ik hoorde het geluid van een deur die hard werd dichtgeslagen en van een sleutel die werd omgedraaid.

'Vertel het maar, Helga. Nu zijn alleen jij en ik er nog.'

Haar ogen vulden zich met tranen. Haar lippen trilden. Met zachte stem zei ze: 'Ik heb ze laten zitten.'

'Wie heb je laten zitten?'

'Die website... Het is gewoon een forum, waarop mensen die akelige dingen hebben meegemaakt, met elkaar kunnen praten, ervaringen kunnen uitwisselen, elkaar troosten.'

'Maar moribund, dat betekent ter dood veroordeeld, stervend of zoiets.'

Ze sloeg haar ogen neer. 'Ja.'

'Ik heb onlangs een artikel gelezen over jonge mensen met eenzelfde soort achtergrond als waar jij het over had. Ze geven het op en sluiten een pact. Een zelfmoordpact. Ze worden *moribund*, om het zo maar uit te drukken.' Nog steeds was het lastig haar een reactie te ontlokken. 'Was dat ook bij jullie het geval? Leerde Emma iemand kennen op internet met wie ze misschien zo'n afspraak maakte?'

Nu keek ze me met grote ogen aan. Toen knikte ze zachtjes. 'Hoe...'

'Ik heb veel met jonge mensen te maken gehad, Helga. Ik kan tussen de regels door lezen. Toen ik dat artikel las, kreeg ik argwaan. Maar... waarom heb je dit niet eerder verteld? Dit verklaart mogelijk alles.'

Ze werd rood. 'Ik schaamde me zo.'

'Waarover dan?'

'Dat ik niet mee ben gegaan! Dat ik ze heb laten zitten. Die dag.'

'De dag... dat Emma verdween?'

'Ja.'

'Wat was dan de afspraak?'

'We zouden Freeman ontmoeten en naar de plek gaan die Amos ons zou opgeven.'

'Freeman, Amos? Wie zijn dat?'

'Mensen die we op dat forum hebben leren kennen.'

'Zijn dat hun gebruikersnamen?'

'Ja.'

'En jullie kwamen niet te weten wat hun echte namen waren?'

Heel even aarzelde ze. 'Nee.'

'Helga... ik zie dat je meer weet.'

'Maar ik ben zo ontzettend bang dat... Ik heb me teruggetrokken. Ik wilde... Ik kon het niet!'

'Dat zal iedereen kunnen begrijpen, Helga. Maar Emma ging wel?'

'Ja.'

'Waar ging ze naartoe?'

'Dat weet ik niet. Freeman zou... hij zou een kaart krijgen.'

'Een kaart. Van wie dan?'

'Van Amos.'

'En daar zouden ze het pact voltooien? Emma en die Freeman?'

'Ja!'

'Wie is die Amos?'

'Ik weet het niet!'

'En Freeman dan?'

Ze ontweek mijn blik.

'Helga!'

Zacht zei ze: 'Emma kreeg het door, door iets wat hij schreef.'

'Juist.'

Ze slikte. Haar blik flitste onrustig heen en weer. Een ogenblik was ik bang dat ze flauw zou vallen. 'Het was... haar broer.'

'Andreas?'

'Ja.'

In de hal klonk gerammel en even later verscheen Knut Moberg in de deuropening. 'De politie is onderweg.' Hij keek om zich heen. 'Maar waar is... Kari?'

'Op de wc', zei ik, zonder mijn blik van Helga af te halen. 'Dus jij, Emma en Andreas... jullie hadden die afspraak gemaakt?'

'Ja.'

'Waar jij je niet aan hebt gehouden?'

'Nee.'

Opeens barstte ze in huilen uit, met lange, hysterische uithalen. Ze boog voorover en verborg haar gezicht in haar handen terwijl haar hele lichaam schudde.

In de hal hoorde ik Moberg op een deur bonzen. 'Kari! Ben je daar? Gaat het wel goed met je?'

Achter de deur klonk de door tranen verstikte stem van Kari: 'Ga weg! Ik wil je niet meer zien! Ga weg!'

Ik liet ze maar huilen en bonzen. Ik voelde me hondsmoe. Misschien nog niet moribund, maar het scheelde niet veel. Allemaal wachtten we op de politie om de zaak over te nemen. Maar toch wilde ik eerst zelf nog een praatje maken met Freeman.

40

De Sandviksfjell rees boven me uit met een van de steilste bergwanden die we in Bergen hebben. Met mijn blik volgde ik de groene, met bos beklede bergwand waar de Stoltzekleiven liep. Helemaal op de top zag ik de Sandvikspilen, de weerhaan in de vorm van een pijl die al sinds 1835 de windrichting aangeeft. Dit was de tweede generatie, nadat de eerste letterlijk was weggewaaid. Het zou me niet verbazen als Liv Høie Hansen ook vandaag weer ergens op deze helling aan het rennen was, want toen ik aanbelde deed niemand open.

Maar ik gaf het niet zomaar op. Ik drukte mijn vinger op de bel, haalde hem niet weg en ten slotte kon Andreas er niet meer tegen. Hij opende de deur met een ruk en snauwde me toe: 'Wat moet je?'

'Met jou praten.'

'Waarover dan?'

'Over de afspraak die je met je halfzus Emma had en wat er gebeurd is toen jullie vertrokken om die afspraak na te komen.'

Dat deed iets met hem. Het was alsof zijn hele gezicht vlak werd, alsof ik er iets zwaars tegenaan had gedrukt. Tegelijkertijd verdween alle kleur uit zijn gelaat. Hij wist zijn blik niet hoger te krijgen dan mijn hals, trok zich langzaam terug naar de hal en liet de deur openstaan ten teken dat ik hem kon volgen. Als in een soort trance liep hij met gebogen hoofd voor me uit naar zijn kamer. Daar bleef hij staan met de rug naar me toe en met zijn gezicht gericht op het verlichte scherm van zijn computer, alsof het de lokale huisgod was aan wie hij advies wilde vragen.

Ik bleef vlak achter hem stilstaan. Hij was zestien, nog maar net boven de minimumleeftijd voor strafrechtelijke vervolging. Aan de andere kant, hij was ouder dan zijn vader was geweest toen die Veslemøy verkrachtte.

'Is je moeder niet thuis?'

Hij mompelde iets wat ik niet verstond.

'Wat zei je?'

Plotseling draaide hij zich om en we bleven zo dicht tegenover elkaar staan dat nu ik degene was die de behoefte voelde een stapje terug te doen. 'Ze is aan het werk!'

Ik knikte. 'Juist.'

Hij bleef naar mijn borst staren.

'Erg wat er met je vader is gebeurd.'

Hij gaf geen antwoord.

'Heb je gehoord dat ik samen met hem gevangen ben gehouden?'

Snel keek hij even omhoog. Hij constateerde dat mijn gezicht er nog behoorlijk gehavend uitzag, perste zijn lippen op elkaar en keek weer omlaag. Hij knikte zo zwakjes dat het bijna niet te zien was.

'Als de politie er niet was geweest, waren we nu allebei dood geweest.'

Geen reactie.

'Ben je al bij hem geweest in het ziekenhuis?'

Zwak hoofdgeschud.

'Maar daarvoor ben ik niet gekomen vandaag.' Ik wachtte even en vervolgde: 'Toen ik hier de afgelopen keer was, hebben we het erover gehad. Eerst deed je alsof je nooit contact met Emma had gehad, niet voor of nadat ze hier in september aan de deur was geweest. Maar toen loog je.'

Hij bewoog zijn hoofd, nog steeds met zijn lippen op elkaar, als een dunne streep op zijn gezicht.

'Maar zij wist al jaren eerder van jouw bestaan. In 2000 is zij met haar vriendin Åsa naar Bergen gegaan om jou te ontmoeten. Maar ze moesten onverrichter zake terugkeren. Wat vond je toen van je vaders gedrag?'

Hij keek weer op. Diep in de groengespikkelde ogen zag ik iets fonkelen. 'Mijn vader is een klootzak!'

'En dat vonden jullie allebei?'

Hij knikte onwillig, zonder iets te zeggen.

'Jij en Emma?'

'Ja', mompelde hij.

'Je vertelde me dat je haar dit najaar maar één keer hebt ontmoet. In een café, de Dromedar. Maar al daarvoor en ook daarna heb je contact met haar gehad.'

Hij hield zijn kaken stijf op elkaar. Een harde noot om te kraken.

Op zijn laptop was een screensaver verschenen: hemellichamen die langs een zwarte sterrenhemel bewogen. Even werd mijn aandacht afgeleid door de bewegingen op het scherm. Ik wees ernaar. 'Kwamen jullie via internet in contact met elkaar?'

Weer een bijna onzichtbaar knikje.

'Wanneer was dat?'

Hij schudde onduidelijk zijn hoofd.

'Voordat ze naar Bergen ging?'

Hij beet op zijn onderlip en knikte.

'Met andere woorden, veel eerder dan wat je me de laatste keer dat we elkaar spraken, hebt verteld. Was dat misschien de reden dat ze ervoor koos om in Bergen te gaan studeren, en niet in Berlijn, zoals haar vriendin?'

Deze keer knikte hij wat nadrukkelijker.

'Jullie legden contact met elkaar, zij in Haugesund en jij hier. Maar toen ze in Bergen kwam wonen, konden jullie elkaar toch in levenden lijve ontmoeten?'

Weer die vage beweging met zijn hoofd.

'Dat hebben jullie ook gedaan?'

Hij schudde zijn hoofd. 'Alleen die ene keer waar ik je over verteld heb. In de Dromedar.'

'Waarom niet vaker?'

'Nou, omdat... Pa kon erachter komen.'

'Je vader, ja. Jullie waren niet echt gek op hem, hè? Emma niet en jij ook niet.'

'We verachtten hem.'

'Waaro...?'

Hij viel me in de rede. 'Omdat hij een smeerlap was! Om wat hij had gedaan, waarvoor Emma's moeder hem ook de deur uit had geschopt. Om de manier waarop hij mij behandelde. We... We haatten hem gewoon!'

'En wat wilden jullie daarmee doen?'

Nu was hij los. 'Doen?! Wat konden we doen? Mij zou hij wezenloos slaan en haar...' Hij haalde zijn schouders op.

'Heeft hij jou mishandeld? Toen je klein was?'

Hij knikte kort. 'Vaak.'

'En...'

'Nu ook nog!' Nu was er geen houden meer aan. 'Omdat ik nooit de zoon was die hij gewild had. Ik interesseerde me niet voor motoren, ik wilde niet mee op voetbalkamp, ik wilde niet mee vissen. Ik wilde niet van die... mannendingen! Alles wat ik wilde was thuis zijn en... eerst lezen en later...' Zijn blik gleed naar de computer.

'Maar je moeder...'

'Ma... wat kon zij nou doen? Waarom denk je dat ze de hele tijd aan het hardlopen is als ze niet op haar werk is? Om hier niet te hoeven zijn, natuurlijk!'

Ik besefte dat het beeld dat ik nu van de familie Høie Hansen kreeg, behoorlijk verschilde van mijn eerdere indrukken.

'Emma en ik wilden weg, alles achter ons laten.'

'Ja, weg. Maar waarnaartoe?'

'Daar kregen we het pas over toen we elkaar... ergens anders tegenkwamen.'

'Op Moribund.'

Verbaasd keek hij me aan. 'Ja.'

'Hoe ben je daar terechtgekomen?'

Aarzelend gaf hij antwoord. 'Ik zat gewoon te surfen, zoals ik vaker doe. Op de een of andere manier kwam ik in contact met iemand die die site in een chat noemde. Zo kreeg ik een aanbeveling en een password en... ja, toen was ik daar.'

'En kwam je daar Emma tegen?'

'Ja, maar niet meteen. In een van mijn bijdragen had ik iets geschreven wat haar was opgevallen. Ze stuurde me toen een mail op mijn gewone account. Daarin vroeg ze: "Ben jij Freeman?"'

'En dat bevestigde jij?'

'Ja.'

'Maar die website... Wat daar gebeurt... die gedachten die jullie uitwisselen, dat is toch tamelijk morbide?'

'Morbide?'

'Ja, eh, het gaat toch over verlangen naar de dood, of niet?'

Weer dat korte knikje.

'Jonge mensen die zonder scrupules met elkaar chatten dat het beste wat ze kunnen doen is alles in de steek laten. Daarom vroeg ik je net waar jullie naartoe wilden gaan.'

Hij keek strak voor zich uit. 'Ja.'

'Jij noemde jezelf Freeman. Hoe noemde zij zich?'

'Seagull.'

'Zeemeeuw?'

'Ja, dat zou iets met Haugesund te maken hebben.'

'Ja, dat klopt. In het wapen van Haugesund staan drie zeemeeuwen.' Weer kreeg ik een ingeving. 'Jullie hebben met je drieën een afspraak gemaakt. Freeman, Seagull en...'

'Sleeping Beauty.'

Dus zo zag Helga zichzelf. Als Doornroosje die achter de doornenhaag diep in slaap op de prins lag te wachten, maar die kwam niet voor haar, maar voor Kari. Ook al was die prins al veel te oud voor haar.

'Maar zij trok zich terug?'

Hij knikte.

'Maar jij en Emma werden het eens. Jullie wilden het plan uitvoeren. Dat vertelde Sleeping Beauty mij tenminste.'

'Ja.'

'Maar... hoe zat het dan met Amos?'

Weer sperde hij zijn ogen wijd open. 'Amos?' Toen ik niet meteen antwoordde, voegde hij eraan toe: 'Hij was...'

'Ja? Wat was hij?'

'Hij was onze mentor.'

Er liep een rilling over mijn rug. 'Jullie mentor? Bedoel je een soort gids of zo?'

'Ja. Hij vertelde ons... hoe we het konden doen... verschillende mogelijkheden.'

'Hoe jullie het konden doen? Om jullie afspraak na te komen?' Ik zweeg even en vroeg toen: 'Hoe jullie je leven konden beëindigen?'

'Ja', zei hij droog. 'En waar.'

'Hoe en waar?' Ik voelde een doffe woede opkomen. 'En wie was die Amos dan wel, die al die inzichten had?'

Nu pas keek hij me recht in mijn ogen en wendde zijn blik niet af. 'Dat weet ik niet.'

'Dat weet je niet? Je... jullie volgden het advies op van een volstrekt onbekende die zich achter een anonieme gebruikersnaam verschool? Het advies om zelfmoord te plegen?'

'Ja, maar...'

'Ja, wat wil je zeggen?'

'Die Amos. Hij... Het was alsof hij ons kende. Niet alleen mij, maar Emma ook. Alsof... Hij leek alles van ons af te weten.'

'O? Was het misschien een klasgenoot van je? Of een familielid?'

Hij haalde zijn schouders op. 'Geen idee! Maar wat hij zei... het klonk allemaal zo verstandig. Dat het, ja, wat hij voorstelde, eigenlijk de enige uitweg voor ons was.'

'Tjongejonge! Andreas, ik heb op veel manieren met kinderen en jongeren te maken gehad. Velen hadden het zo moeilijk dat ze niets liever wilden dan dood zijn, uit wanhoop, en uit angst voor de toekomst. Maar zoiets als dit heb ik nog nooit meegemaakt. Dat twee gezonde jonge mensen... Ja, zo beschouw ik jullie... Dat jullie gewoon met elkaar afspreken om samen zelfmoord te gaan plegen.'

Hij slikte. Zijn blik gleed naar het computerscherm, dat nu volledig zwart was geworden. Zacht zei hij: 'Als je niets meer hebt om voor te leven.'

'Niets meer hebt om voor te leven?! Jullie waren... Je bent jong! Je hebt je leven nog voor je. Over een paar jaar verlaat je dit huis. En als je dat wilt, hoef je de rest van je leven niets meer met je vader of moeder te maken te hebben. Waarom zou je dat allemaal opgeven? Als je zestien bent, staat je nog zoveel te wachten!'

'Maar ik heb het toch ook niet gedaan?'

'Nee, inderdaad.' Daarin moest ik hem gelijk geven. 'Jij kwam dus, met andere woorden, op betere gedachten?'

'Ja.'

'Maar Emma...'

Hij sloot zijn ogen en bewoog zijn hoofd alsof daar ergens een antwoord te vinden was. 'Zij... ging naar binnen.'

'Naar binnen? Waar naar binnen?'

'Het botenhuis.'

'Welk botenhuis?'

'Waar Amos ons over had verteld.'

'Wacht even, Andreas. Kleine stapjes, alsjeblieft.'

'Niks geen kleine stapjes. Je moet gewoon luisteren naar wat ik zeg. Ze ging het botenhuis binnen en kwam niet meer naar buiten. Zelf liep ik naar de hoofdweg en nam de bus terug naar de stad.'

'En wanneer was dat?'

'Dat was de dag waarop we hadden afgesproken, 29 oktober. Het was een woensdag, want dat was de goede dag ervoor, zei Amos. De dag van Odin.'

'Ja, ja. En als ik het goed begrijp, vertelde die Amos jullie ook waar je naartoe moest?'

'Ja. Hij wist een goede plek, zei hij.'

'Waar was dat?'

'Op Radøy, een schiereiland ten noordwesten van Bergen. Ver weg. We namen de bus, nog een flink stuk verder dan die Amerikaanse kerk.'

'Sletta, bedoel je.'

'Ja. Amos had een kaart getekend en ons geschreven waar we naartoe moesten en hoe we bij de zee konden komen. Er was een dichtbegroeid bos. We moesten ons er echt een weg doorheen banen en kwamen toen uit bij een baai met drie oude botenhuizen. Geen kip die daar komt, had hij gezegd. Daar konden we onze plannen uitvoeren zonder dat iemand ons zou storen.'

'En die plannen, dat betekende...'

Opeens draaide hij zich om. Hij liep verder de kamer in, naar zijn bureau en boog voorover. Uit een la haalde hij een lang, stevig stuk touw. Toen hij zich oprichtte en zich weer naar me omdraaide, hield hij het touw in zijn handen. 'We hadden ieder ons eigen touw bij ons, zoiets als dit.'

'Ik snap het.'

Het duizelde me. Net als na het gesprek met Helga en Kari was ik uitgeput. Ik wist nauwelijks hoe ik moest afmaken waar ik voor gekomen was. Maar ik kon nu niet opgeven. Ik moest het nu afronden.

Toen ik weer naar Andreas keek, begon het voor mijn ogen te flikkeren, alsof mijn hele blikveld werd opgedeeld in kleine, trillende stukjes, en ik kon niet goed meer focussen. Iets dergelijks was me nooit eerder overkomen en ik voelde een plotselinge angst opwellen. Wat gebeurde er? Werd ik soms blind? Of was het gewoon een bijwerking van wat ik nog geen week geleden allemaal had meegemaakt?

Een paar keer haalde ik diep adem. Andreas stond me aan te kijken en reageerde niet. Hij leek weer terug te vallen in dezelfde lethargische stemming als bij mijn komst.

'Dat is meer dan drie weken geleden, Andreas.'

'Ja.'

'En heb je niet één keer overwogen om dit aan iemand te vertellen, nadat je zelf thuis was gekomen?'

'Waarom zou ik? We hadden een afspraak.'

'Waar jij je niet aan gehouden hebt!'

'Klopt. Maar dat weet zij misschien niet.'

'Hoezo weet zij dat niet?'

'Als ze dood is, weet ze dat toch niet?'

'Maar... toen ik die eerste keer bij jullie kwam om haar te zoeken, toen hoorde jij dat ze vermist was. Heb je zelfs toen niet overwogen om het te vertellen?'

Een lichte blos verspreidde zich over zijn wangen. Van schaamte, hoopte ik. 'Ja, maar dan... dan had ik moeten... vertellen...' Hij zocht naar woorden.

'Dat je op het punt had gestaan hetzelfde te doen?'

'Ja.'

Ik keek hem peinzend aan, voors en tegens tegen elkaar afwegend. Kon ik dit wel doen? Of moest ik het maar laten zitten? Het aan de autoriteiten overlaten?

Maar mijn eergevoel speelde op. Mijn halfzus Norma had me een opdracht gegeven. Nu was ze er niet meer, maar ik had gezworen dat ik die opdracht zou afmaken, koste wat het kost. Niemand zou me ervoor bedanken. Niemand zou me ervoor betalen. Alles wat ik nog had was een laatste beetje zelfrespect. *Je hebt het niet opgegeven, Varg. Je hebt het volgehouden.*

'Jij en ik gaan een autotochtje maken, Andreas.'

'Wat?'

'Jij laat me zien hoe we op Radøy moeten rijden en waar dat botenhuis staat. En dat gaan we nu doen, vanavond nog.'

Verbijsterd keek hij me aan. 'Maar...' Hij keek naar het raam. 'Het is donker! We kunnen niks zien!'

'Ik heb een goede zaklamp in de auto.'

'Maar...'

'Protesteren heeft geen zin. Dit ben je haar verschuldigd. Emma, je eigen zus.'

'Goed dan', mompelde hij. Vervolgens ging hij me voor naar de hal, haalde met een heftig gebaar het blauw met groene jack van de kapstok dat hij aanhad toen ik hem anderhalve week geleden na schooltijd had ontmoet, hij trok de cap met het opschrift *HALF-LIFE* uit een van zijn zakken, zette die op zijn hoofd en liep naar de voordeur met de houding van een Franse edelman op weg naar de guillotine. Alle hoop was vervlogen. Hij liep zijn noodlot tegemoet.

Zelf volgde ik hem op de hielen, om er zeker van te zijn dat hij er niet vandoor zou gaan.

41

Hij had gelijk. Buiten was het pikdonker, maar boven Lindås was de oostelijke horizon zwak verlicht, door de gasvlam in Mongstad die als een baken brandde.

Het kostte hem moeite de bushalte te vinden waar ze waren uitgestapt en ook het pad door het bos was niet gemakkelijk te ontdekken, maar ten slotte wees hij naar een grote steen langs de kant van de weg waar lang geleden een kruis was uitgehakt. 'Daar... dat was het teken waar Amos ons over had verteld. Links daarvan loopt het pad naar de kust.' Hij keek me sceptisch aan. Veel zin om verder te gaan had hij niet.

Ik richtte de lichtstraal van mijn lamp naar de vegetatie naast de steen. Het was een dichtbegroeid dennenbos, waarschijnlijk ergens in de jaren vijftig of zestig aangeplant en vervolgens door God en de grondeigenaar aan zijn lot overgelaten. 'Moesten jullie ver lopen?'

'Het loopt helemaal naar zee. Een paar kilometer, minstens.'

'Nou. Als we het pad maar kunnen zien, zal het wel lukken. Ik ga voorop met de lamp en jij loopt vlak achter me. Zeg het als je denkt dat we verkeerd lopen.'

Hij leek nog minder zin in de onderneming te krijgen. 'Kunnen we niet... een andere dag gaan?'

'Sommige mensen hebben al veel te lang op antwoorden moeten wachten, Andreas. Omdat jij er drie weken geleden voor koos om niet naar binnen te gaan, moeten jij en ik het nu doen.'

Hij gaf geen antwoord, keek me alleen stuurs en nijdig aan.

Ik liep het pad op. Na een paar meter draaide ik me om naar hem. Hij stond nog steeds langs de kant van de weg. 'We kunnen het natuurlijk ook anders doen. Ik kan de politie bellen en vragen of ze een paar mannetjes kunnen sturen. Of dat prettiger voor je is, weet ik niet. Wat ik wel weet, is dat je ons, of mij, dat botenhuis moet laten zien, nu, vanavond nog.'

Hij perste zijn lippen op elkaar. Toen snauwde hij: 'Goed dan!' Hij zette zich in beweging. Ik wachtte tot hij vlak bij me was en liep toen verder.

Het viel niet mee. Het pad was maar nauwelijks zichtbaar. Het werd duidelijk niet vaak gebruikt. Een paar keer moest ik echt stilstaan en hem vragen welke kant hij dacht dat we op moesten. Dan bleef hij wrevelig staan terwijl ik met de lamp scheen. Zijn schouders ophalend zei hij: 'Die kant, misschien.'

Na een poosje liep het pad onmiskenbaar naar beneden. Ik snoof de geur op van zee en achter de bomen ving ik een glimp op van wat waarschijnlijk de Lurefjord was. Het dichte naaldbos groeide tot vlak aan het water, maar op de rotsige bodem was het pad beter te zien en viel het lopen mee.

Nogmaals moest ik stoppen om op Andreas te wachten die me met aarzelende passen volgde.

'Zijn we er al bijna?'

Hij gaf geen antwoord, maar knikte zwakjes.

Vanaf de fjord klonk het stampende geluid van een kleine vrachtboot op weg naar het noorden. Verder was er op deze zaterdagavond in november niemand op het water. Eerder vandaag had het een paar keer hard geregend, maar nu loste het wolkendek op en hier en daar konden we een paar verspreide sterretjes zien, als een licht eczeem op de donkere huid van de hemel.

Nu zag ik bij het water de omtrekken van drie vervallen botenhuizen. Onwillekeurig vertraagde ik mijn tempo; ook ik verheugde me niet op wat we naar alle waarschijnlijkheid zouden vinden.

Achter me hoorde ik Andreas diep ademhalen. Toen ik me omdraaide, stond hij stil.

'Is dit het?'

Hij knikte, maar keek me niet aan. Zijn blik gleed langs me heen naar de botenhuizen. Zijn stem trilde. 'Ik ga niet verder.'

Ik keek hem aan.

'Nee! Ik doe het niet! Ik weiger! Voor mijn part bel je de politie en wie je maar wilt. Nu heb ik je de weg gewezen, ik ga niet verder.'

Ik zuchtte en knikte. Ik kon hem wel begrijpen. 'Dat is goed, Andreas. Vertel me alleen welk botenhuis het is.'

Hij wees. 'Het middelste.'

'Blijf hier maar wachten, terwijl ik ga... onderzoeken.'

Hij knikte, bijna dankbaar.

Ik zwaaide met mijn lamp, vond het pad terug en legde de laatste meters af naar de waterkant.

De drie botenhuizen waren alle drie met mos begroeid. Ze deden me denken aan een stel slecht verzorgde tanden. Op twee ervan zaten dakpannen met fikse gaten. Het derde had een dak van golfplaten. Het grijze houtwerk kierde aan alle kanten en bij alle drie hingen de

deuren scheef in de hengsels. Het middelste had een dubbele deur met een opening die groot genoeg was om erdoorheen te glippen. Volgens Andreas moest ik daar naar binnen.

Ik bewoog me voort over het strandje dat vol lag met grote keien, verweerde boomstammen, grote trossen zeewier en allerlei afval dat was aangespoeld. Met de straal van de zaklamp belichtte ik de voorkant van het botenhuis waar ik naartoe liep. Ik probeerde door de opening heen te schijnen, maar dat kon pas toen ik vlakbij was.

Het was maar een smalle opening. Ik probeerde de deur wat verder open te krijgen, maar het houtwerk begon zo hard te kraken dat ik bang was dat de hele voorkant zou instorten. Daarom perste ik me door de opening en bleef er vlak achter staan.

Een vieze lucht van verrotting kwam me tegemoet. Aarzelend liet ik de lichtstraal over de hard aangestampte bodem van het botenhuis glijden. Halverwege stuitte de straal op twee houten krukken. De ene stond nog overeind. De andere was omgevallen. Ik richtte de lichtstraal omhoog en daar was ze, in ongeveer dezelfde staat als ik had gevreesd. Het touw was vastgemaakt aan een nokbalk en aan het uiteinde ervan hing ze, net een lappenpop.

Geen twijfel mogelijk dat ze dood was. Haar armen hingen slap langs haar lichaam en haar hoofd had een onnatuurlijke knik opzij. De huid van haar gezicht had een donkergroene kleur, bijna zwart, en om haar hoofd zoemde een zwerm vliegen. Haar mond stond open en tussen haar voortanden kon ik het puntje van haar tong zien. Toen ik het licht op haar ogen richtte, staarden die me leeg aan.

Ik verplaatste de lichtstraal weer. Ik had wel vaker in mijn leven een lijk gezien, maar elke keer weer was het even erg. Wat daar aan het touw hing, was een paar weken geleden nog een levend mens geweest dat het grootste deel van haar leven voor zich had gehad. Nu hing ze daar, nutteloos, gedreven door een verlangen naar iets wat ze niet

kende, maar waarvan ze hoopte dat het haar iets beters kon geven dan wat het bestaan op aarde haar had geboden. Nu zongen de vliegen om haar hoofd een requiem ten teken dat de reis ten einde was. De enige die het hoorde, was ik.

Ik liep niet verder. Ze had er al drie weken gehangen en niemand kon er nog wat aan doen. Bovendien was dit een plaats delict geworden, die anderen dan ik moesten onderzoeken, zo grondig als nodig was.

Ik had de zaak zo ongeveer opgelost. Wat me nu nog restte waren een paar onaangename telefoontjes. Dat had ik wel eerder gedaan. Ook op dat gebied had ik de nodige routine ontwikkeld.

Maar bij dodelijke slachtoffers als dit schoten alle routines tekort. Emma was veel te jong geweest om zo'n verstrekkend besluit te nemen. En ze had het niet alleen gedaan. Iemand had deze plek geprepareerd. Iemand had hier twee krukken neergezet. Iemand had twee, eerst drie, jonge mensen aangespoord om hiernaartoe te gaan en datgene te doen wat uiteindelijk slechts een van hen had gedaan. Maar waarom? Zat hier nog meer achter? Of was het allemaal slechts het gevolg van een zieke persoonlijkheid, iemand die er plezier in had anderen een pad op te leiden dat hij of zij zelf niet durfde te gaan?

En in dat geval: waarom? Er was nog steeds iemand die hier verantwoording voor moest afleggen. Eén specifieke persoon. De man of vrouw die zich Amos noemde.

42

Ik belde de politiepost op Radøy. Op deze zaterdagavond had alleen een antwoordapparaat dienst, maar ik werd automatisch doorverbonden met de politiepost op het nabijgelegen schiereiland Lindås. Toen ik de situatie uitlegde aan degene die opnam, kreeg ik de vraag waar ik me precies bevond. Dat was niet eenvoudig uit te leggen. Het eindigde ermee dat ik terug naar de hoofdweg moest lopen om daar de surveillancewagen te ontmoeten.

Ik had Andreas verteld wat ik in het botenhuis had aangetroffen. Zwijgend keek hij me aan terwijl ik het uitlegde, maar hij kon zijn tranen niet bedwingen en op de terugweg door het bos hoorde ik achter me ingehouden gesnik en heftig gesnotter. Ik deed geen pogingen hem te troosten, met mijn eigen gedachten had ik al meer dan genoeg te stellen.

Bij de hoofdweg bleven we wachten, stijf en zwijgend als twee zombies in het donker.

Toen de wagen aankwam, zaten er twee geüniformeerde agenten in. Ze stelden zich voor als de heren Kviste en Myking, twee typische namen voor dit gebied. Ze maakten een degelijke indruk; Kviste was een forse, zwijgzame man, Myking was smaller in zijn gezicht en wat rapper van tong. Toen ons gevraagd werd de weg naar het botenhuis te wijzen, zette Andreas zijn hakken in het zand. Hij weigerde er nogmaals heen te gaan en toen Myking hem vroeg hoe oud hij was, antwoordde hij: 'Zestien.'

'Mag ik dan je ouders bellen?'

Toen Andreas geen antwoord gaf, zei ik: 'Jullie kunnen zijn moeder bellen. Dit is haar nummer.' Ik liet hun het nummer op mijn mobiel zien en Myking noteerde het.

Na het gesprek met Liv Høie Hansen bleef Kviste uiteindelijk met Andreas achter op de hoofdweg, in afwachting van een taxi die hem naar huis zou rijden, terwijl ik Myking naar het botenhuis moest brengen. Hij had zelf een sterke zaklamp bij zich, zodat het ons minder tijd kostte dan het Andreas en mij had gekost.

Onderweg legde ik hem de achtergrond uit en de reden dat we hiernaartoe waren gegaan. Hij antwoordde met eenlettergrepige woorden om te bevestigen dat hij de voornaamste dingen had meegekregen. Toen we bij het water kwamen, knikte hij herkennend. 'Deze botenhuizen heb ik vanaf het water wel gezien. Die staan hier al tientallen jaren te verkommeren. Ze horen bij een paar boerderijen verder op het eiland die al jaren niet meer bewoond zijn. De erfgenamen zijn het er nooit over eens geworden wat ermee gebeuren moet.'

'Ze hangt in de middelste. Maar ik denk dat we beter niet naar binnen kunnen gaan.'

Hij wierp me een snelle, gezaghebbende blik toe, waarna hij naar de ingang liep, door de opening in de deur keek en bleef staan. Langzaam schudde hij zijn hoofd. Ik zag hoe hij de lichtstraal door de ruimte liet

schijnen, van de ene kant naar de andere en van boven naar beneden. Toen trok hij zich terug en keek me met een sombere uitdrukking aan. 'Dit moet afgezet worden. We zullen hier tot morgen de wacht moeten houden. Ik denk niet dat het zin heeft om de forensische experts te laten komen voordat het licht is.' Hij maakte een hoofdbeweging naar het botenhuis. 'Voor dat meisje zijn we in elk geval al te laat.'

'Inspecteur Annemette Bergesen uit Bergen is bezig met de zaak.'

Hij knikte. Uit het kleine rugzakje dat hij bij zich had, haalde hij een rol afzetlint. Hij maakte het ene eind vast aan het naburige botenhuis en liep daarna een rondje om alle drie, om het hele gebied te markeren als plaats delict.

'Ik moet nog wel een voorlopige verklaring van je hebben, Veum, maar dat doen we als we weer bij de weg zijn.'

Het was snel gebeurd. De taxi was al geweest om Andreas op te halen en de twee agenten kwamen snel overeen hoe ze de verdere procedure moesten afhandelen. Zelf belde ik Sølvi om te vragen of er nog steeds plaats in de herberg was.

'Varg! Waar ben je geweest?!'

'Het spijt me. Ik heb je toch een sms gestuurd?'

'Ja, maar daar stond alleen in dat je wat later zou zijn dan afgesproken.'

'Ik kan het uitleggen.'

'Je kunt toch wel begrijpen dat ik me zorgen maakte! Nog maar een paar dagen geleden lag je in het ziekenhuis naar het plafond te staren.'

'Je hebt geen idee hoe mooi de plafonds hier zijn.'

'Ja, ja. Maak er maar weer een grapje van. Kom je zo dan?'

'Ja, als de politie me tenminste laat gaan.'

'Wat! De politie?'

'Ja, ja. Geen reden tot zorg. Ik zal het je allemaal vertellen als ik weer thuis ben.'

Myking keek me niet zonder enig sarcasme aan. 'Ligt het vrouwtje dwars?'

Ik had geen zin om daarover uit te weiden en knikte naar mijn auto. 'Kan ik gaan?'

'In orde, Veum. Je hoort van ons als dat nodig mocht zijn.'

Wat mij betreft moest dat wachten tot na morgen.

Mijn grote angst voor de aard van Sølvi's reactie werd niet bewaarheid. Ze was vol begrip toen ik 's avonds tegen elven bij haar aankwam, zo vol dat we voor het eerst na mijn verblijf in het ziekenhuis samen naar bed gingen en voorzichtig vrijden, waarna we dicht tegen elkaar aan in slaap vielen. Maar voordat Helene wakker werd, stond ze op om naar haar eigen slaapkamer te gaan en tijdens het ontbijt babbelden we over van alles en nog wat, maar in elk geval niet over wat je zoal in een bouwvallig botenhuis op Radøy kunt aantreffen.

Na het ontbijt vroeg ik Sølvi of ik even van haar werkkamer gebruik mocht maken. Daarvandaan pleegde ik de twee telefoontjes waar ik me niet op had verheugd.

Het eerste was naar Ingeborg Hagland. Toen ik de eerste keer belde, werd er niet opgenomen. Na een paar minuten probeerde ik het opnieuw. Nu nam ze wel op, maar ze antwoordde met zo'n dikke stem dat het klonk alsof ik haar wakker had gebeld. Toen ik mijn naam had gezegd, veranderde haar stem van klank, maar of dat door waakzaamheid of angst kwam, zou ik niet kunnen zeggen. 'Ja? Heb je... iets gevonden?'

'Ik ben bang dat ik geen goed nieuws voor je heb, Ingeborg.'

'O?'

'We... Ik heb haar gisteravond gevonden. Ze heeft... Het is al drie weken geleden gebeurd, maar... ze was helaas dood.'

'O nee!' Ze haalde diep adem. Toen begon ze te huilen en ze hield niet meer op.

Ik bleef met de telefoon in mijn hand zitten. Een paar keer probeerde ik ertussen te komen, maar ze bleef maar doorgaan. Ik verhief mijn stem: 'Ingeborg! Is er iemand die je kan helpen?'

Snikkend bracht ze uit: 'Nee. Niemand! Niet nu tante Norma ook dood is.'

'Maar de gemeente heeft wel mensen die je kunnen helpen. Wil je dat ik ze voor je bel?'

'Nee! Die gaan alleen maar... Ze steken alleen maar een preek af. Ik moet alleen... Ik moet het zelf zien op te knappen.' Na een korte pauze vroeg ze: 'Weet Robert het?'

Ik aarzelde even. 'Nee, maar zijn vrouw weet ervan.'

'Maar...'

'Robert ligt in coma in het Haukeland-ziekenhuis. Hij heeft... een ongeluk gehad. Ik kan het je uitleggen als ik je zie.'

Met een snik vroeg ze: 'Kom je naar de afscheidsdienst?'

'Afscheidsdienst? Bedoel je die voor Norma?'

'Ja, dat is morgen, in de kerk van Skåre. Om twee uur.'

Opnieuw voelde ik een golf van onverwerkt verdriet door me gaan. 'Ja, ik zal het proberen. Dan praten we verder.'

'Kun je me alleen nog vertellen wat er... wat er met haar is gebeurd?'

'Met Emma? Ze heeft het... zelf gedaan.'

Snotterend vroeg ze: 'Heeft ze zelfmoord gepleegd?'

'Ja, daar lijkt het wel op.'

'Ma... maar hoe dan?'

'Laten we het daar morgen over hebben, Ingeborg. Na de plechtigheid. Weet je zeker dat ik niemand voor je hoef te bellen?'

'Ja, dat heb ik toch gezegd!'

Meteen verbrak ze de verbinding. Ik vroeg me af of ik niet toch iemand in Haugesund voor haar moest bellen, maar bedacht dat het weinig zou uitmaken. Ze klonk alsof ze genoeg weerstand had om ook

dit te overleven, na alles wat ze al eerder had moeten doorstaan, haar hele leven lang.

De volgende die ik belde, was Åsa. Zij nam na twee keer overgaan op.

'Ja?'

'Met Veum.'

'Nieuw telefoonnummer?'

'Ja, dat...'

'Is er nieuws?'

'Ja, helaas wel.'

'O nee! Is ze...'

'We hebben haar gevonden en het was zoals we vreesden. Ze is dood, Åsa. En naar alle waarschijnlijkheid heeft ze de hand aan zichzelf geslagen.'

'Wat! Heeft ze echt zelfmoord gepleegd?'

'Ja, helaas. Alles wijst daarop. Het woord dat je me gaf, moribund, leidde me naar een website waarop jonge mensen chatten en met elkaar afspreken om... samen zelfmoord te plegen.'

Ze barstte in snikken uit. 'O, nee toch! Ja, ik heb weleens eerder van zoiets gehoord. Maar... heeft ze dat dus gedaan? Met wie was ze dan?'

'Zij was de enige. Eigenlijk hadden ze met zijn drieën afgesproken.'

'Drie!'

'De eerste trok zich al eerder terug en de tweede toen ze de... plek naderden.'

Zonder te onthullen dat die tweede persoon Andreas was, vertelde ik in het kort wat ik had ontdekt.

Met gesmoorde stem zei ze: 'Dus ze heeft zich opgehangen?'

'Ja.'

'Ach, die arme ziel!'

Veel meer viel er niet te zeggen. Ik zei dat ik haar kon bellen als ik wist wanneer Emma begraven zou worden, voor het geval ze daarbij zou willen zijn, en ze bedankte me, waarna we het gesprek afsloten.

Ik keerde weer terug naar Sølvi. Helene was kennelijk naar haar kamer gegaan. Sølvi keek me aan en vroeg: 'Was het zwaar?'

'Ja. Het is nooit een prettige taak om te moeten vertellen dat er iemand dood is.'

'Nee.' Ze trok een droevige glimlach.

'Maar ik moet nog iemand spreken en dat kan ik niet over de telefoon doen. Dat moet in een persoonlijk gesprek gebeuren.'

43

De Vognstølbakken is een lange, steil oplopende weg die eindigt in een soort parkeerplaats waar je ook kunt keren om terug te gaan. Vetle Valaker woonde in een van de verste flatgebouwen. Toen ik bij het portiek kwam, werd de deur aan de binnenkant geopend door een jonge vrouw die een buggy met een jong kind naar buiten probeerde te manoeuvreren. Ik schoot te hulp en hield de deur voor haar open. Ze knikte dankbaar en reageerde niet toen ik naar binnen ging.

Valaker woonde op de eerste verdieping aan de rechterkant. Ik keek op mijn horloge. Het was zondagochtend, tien voor twaalf. Het kon natuurlijk zijn dat hij naar de kerk was, maar ik had zo het vermoeden dat hij liever een avondbijeenkomst van een streng christelijke gemeenschap bezocht dan een doorsnee kerkdienst in de parochie van Landås.

Dat vermoeden klopte. Met een vragende uitdrukking op zijn gezicht opende hij de deur. Toen herkende hij me weer. 'Veum? Wat moet jij hier, op zondagochtend?'

'Dag Amos', zei ik.

Hij trok wit weg. 'Wat zeg je nou? Mijn naam is...'

'Ik weet wel hoe je heet. Kunnen we even praten?'

'Waarom? We hebben elkaar al een week geleden gesproken. Daar heb ik niets meer aan toe te voegen.'

'Ja, maar sindsdien is er nogal wat gebeurd.' Ik keek naar binnen. 'Kunnen we even praten? Dan zal ik het allemaal uitleggen.'

Hij knikte zwakjes. Toen draaide hij zich om en liep naar binnen, zonder te vragen of ik hem wilde volgen. Ik ging ervan uit dat het goed was en liep achter hem aan naar een kamer, die misschien geen echte woonkamer was, maar wel een vertrek waar je kon zitten.

De kamer was schamel ingericht. Langs de ene wand stond een oude buffetkast. Daarboven hingen oude ingelijste familiefoto's, van zo'n klein formaat dat het moeilijk was om vanaf de plek waar ik stond details waar te nemen. In de hoek vlak bij de deur was een soort zithoek, bestaande uit oude meubels, die naar alle waarschijnlijkheid bij de kringloopwinkel vandaan kwamen. Het houtwerk was versleten en de bekleding was grijsgroen. Boven de zithoek hing het enige schilderij, een klassiek portret van Jezus, waarop de Verlosser een milde blik omhoog wierp; hij was gekleed in rood en blauw en had een aura rond zijn lange hippieharen. Op de salontafel stond een opengeklapte laptop van het allernieuwste model. Valaker sloeg het apparaat snel dicht en keerde zich vervolgens om naar mij met een schuldbewuste uitdrukking op zijn gezicht. Ook nu droeg hij kleren die hem er ouder deden uitzien dan hij was: een ouderwets grijs gebreid vest, een crèmekleurig overhemd, een bruine broek en pantoffels met een Schots ruitpatroon.

'En waar hou jij je tijdens de kerkdienst mee bezig, Amos? Met porno?'

'Ik heet geen Amos, heb ik toch gezegd.'

'Nee, maar je bent een Bijbelvast iemand, die links en rechts met Bijbelcitaten strooit. Amos is toch een van de profeten die het over de dag des oordeels hebben, of niet?'

'Het gericht is Godes. Deuteronomium 1:17.'

'Ja, maar af en toe heeft God een helpende hand nodig, of niet?'

Hij keek me onwillig aan. 'Ik snap niet waar je het over hebt.'

'Nee?'

'Nee.'

'Nou, dan zal ik het je uitleggen.' Weer voelde ik me akelig duizelig worden. 'Kunnen we... even gaan zitten?'

Hij dacht na. Toen haalde hij zijn schouders op en liet zich met een zware plof op de bank vallen, terwijl hij een hand op de afgesloten laptop legde, alsof hij bang was dat ik die van hem af zou pakken.

Ik ging recht tegenover hem op een stoel zitten. De kamer draaide rond en ik moest mijn kaken op elkaar klemmen om mijn blik scherp te stellen. Hij keek me uitdrukkingsloos aan terwijl hij zijn mond open en dichtdeed met een nauwelijks hoorbaar, smakkend geluid, alsof hij een verzadigde pad was. Als hij honger kreeg, moest ik uitkijken voor zijn tong.

Toen ik het gesprek hervatte, was het alsof ik de echo van mijn eigen stem in mijn hoofd hoorde galmen. Dat was niet prettig. Maar ik deed mijn uiterste best het gevoel van onpasselijkheid terug te dringen. 'Ik denk dat we nu aan de goede antwoorden toe zijn, Vetle.'

Hij knikte even. 'Ja, Vetle, zo heet ik.'

'Maar... voor iemand met jouw achtergrond is Amos een goede gebruikersnaam. Heb je die daarom gekozen?'

'Ik snap nog steeds niet waar je het over hebt.'

'En die Amos over wie ik het heb, wist verrassend veel van Andreas en zijn halfzusje Emma.'

'Over wie heb je het nu? Ik ken die namen niet.'

'O nee? Het zijn allebei kinderen van Robert Høie Hansen, en die ken je in elk geval wel.'

Nors keek hij me aan, zonder verder nog wat te zeggen.

'Jij hebt verstand van computers en internet. Je weet alles van dat soort apparaten.' Ik wees naar de laptop. 'En van netwerken, zodat ze aan elkaar gekoppeld kunnen worden. Ik durf er heel wat om te verwedden dat je allerlei trucs kent, camouflagetechnieken en wat er verder nog nodig is om relatief ongehinderd in dergelijke netwerken te kunnen rondsnuffelen. Zelf heb ik onlangs iets soortgelijks meegemaakt.'

'Iets soortgelijks?'

'Genoeg over mij, we hebben het nu over een website die Moribund heet. Daar kwam je iemand tegen die je kende, of misschien ging het anders. Misschien stelde jij die persoon wel voor om er een kijkje op te nemen. Het is de klassieke vraag wat er het eerst kwam, de kip of het ei. Maar jij kent daar natuurlijk het antwoord op.'

'Wat?'

'Wie die website het eerst vond.' Toen hij geen antwoord gaf, voegde ik eraan toe: 'Vanuit jouw levensvisie bezien moet het wel God zijn. God vond zowel de kip als het ei uit, dus voor God maakte het niet uit wie er het eerst was. En in die metafoor ben jij God, als je mijn redenering kunt volgen.'

Zijn blik was dof geworden, alsof ik hem verveelde, en de houding waarmee hij op de bank zat was opvallend krom, alsof hij voor de laptop zat met de draadloze muis in de aanslag, ook al waren laptop en muis nu niet actief.

'Achtentwintig jaar geleden gebeurde er iets verschrikkelijks met je grote zus. Later, toen je volwassen was, ging je regelmatig en trouw bij haar op bezoek. Ik twijfel er niet aan dat je elke keer dat je daar kwam bozer en wanhopiger werd. Ik weet niet wanneer je besloot God de

helpende hand te bieden en het recht in eigen hand te nemen. Misschien pas toen je naar Bergen was verhuisd, aan je opleiding begon en besefte dat je een dodelijk wapen in handen had, als je eenmaal wist hoe je dat kon gebruiken.' Weer wees ik naar de laptop.

Hij perste zijn lippen op elkaar, maar zijn blik was nu alert. Hij luisterde naar wat ik zei.

'Het was alleen maar logisch dat je op zoek ging naar degene die volgens iedereen de schuldige was.'

'Hij wás ook...'

'Goed, laten we dat voorlopig aannemen. Hij was schuldig. En het was beslist geen lieverdje. Hij heeft zijn zoon mishandeld, vanaf diens jonge jaren tot nu, en wat hij eventueel met zijn dochtertje kan hebben gedaan, tot haar tweede levensjaar, weten we voorlopig niet. Wie weet komen we dat ook nooit te weten.'

'Die smeerlap', mompelde hij.

'Ja, zo hebben wel meer mensen hem genoemd. Maar nu ligt hij...'

Deze keer onderbrak ik mezelf en maakte ik mijn zin niet af.

Toch had ik zijn nieuwsgierigheid gewekt. 'Waar ligt hij?'

'Daar kunnen we het straks over hebben. Laten we nu eerst verdergaan met waar ik het over had. Je kwam erachter waar hij woonde, met wie hij samenwoonde en hoe zijn zoon heette: Andreas. En toen, misschien was het toeval, maar wellicht heb je het toeval ook wel een handje geholpen... Je wist toegang te krijgen tot het e-mailaccount van Andreas.'

Zwijgend keek hij me aan, hij vertoonde geen enkele reactie.

'Gisteren vertelde Andreas me dat die Amos griezelig veel van hem wist, en ook van Emma, zijn halfzus. Aangezien die twee hoofdzakelijk via de mail communiceerden, is het waarschijnlijk dat degene die zoveel van hen wist, toegang had tot het e-mailaccount van ten minste een van hen. Ik stelde mezelf de vraag: heb ik tijdens

mijn onderzoek iemand ontmoet die de mogelijkheden heeft om zo'n account te hacken?'

Nog steeds reageerde hij niet, maar nu leek er een vlies van doffe berusting voor zijn ogen te zijn gekomen. Alles wat ik zei drong tot hem door.

'Het antwoord was: ja, Vetle Valaker. Hij geeft les in informatietechnologie. Als invalkracht heeft hij op alle middelbare scholen van Bergen gewerkt. Dat heb je me zelf verteld. Was een van die scholen misschien het Bjørgvin? Was Andreas een van je leerlingen? Kon je zo toegang krijgen tot zijn e-mailaccount, waarna je geleidelijk aan een boosaardig proces van wraak in gang zette?'

Hij hield zijn mond stijf dicht. Het was net een litteken, met aan beide kanten rode plekjes waar de wond nog niet goed geheeld was.

'Het interesseert me niet of je het wilt toegeven of niet. Morgen kan ik een paar telefoontjes plegen en dan blijkt vanzelf of mijn theorie klopt. De politie zal experts op de zaak zetten.'

'De politie?'

'Je denkt toch zeker niet dat je de dans zult ontspringen? Bereid je maar vast voor op een zware aanklacht, Vetle.'

De spieren van zijn kaak werkten, alsof er in zijn mond woorden lagen die naar buiten wilden. Maar nog steeds wist hij zich in te houden.

Aangezien hij niets zei, ging ik door. 'Ik ga verder met het verhaal. Toen je eenmaal de mailberichten van Andreas kon inzien, ontdekte je ongetwijfeld meer dan je had verwacht. Hij bleek contact te hebben met zijn halfzus in Haugesund, en ze correspondeerden met elkaar. Ze vertrouwden elkaar van alles toe, onder andere over hun vader. Voor Emma was dit nogmaals een bevestiging dat hij een verschrikkelijk mens was en de twee jonge mensen ontwikkelden een, ja, hoe moet ik het noemen? Een vorm van depressie, een psychose, een haat tegen hun vader die zich tegen henzelf keerde, zoals dat vaak bij

kinderen gebeurt. Was het allemaal hun schuld? Had Emma als baby 's nachts misschien zo hard gehuild dat haar vader niet kon slapen? Kwam het doordat Andreas niet aan de verwachtingen van zijn vader kon voldoen? En kreeg jij door dat je nu toegang tot hen beiden had en op die manier Robert Høie op een gruwelijke manier kon straffen? Want ook al had hij nooit een vorm van liefde getoond voor zijn beide kinderen, het zou vanuit zijn perspectief een afschuwelijke klap zijn als hij ontdekte dat ze allebei verdwenen waren en de hand aan zichzelf geslagen hadden. Zou dat geen wraak zijn die een doemprofeet als Amos waardig was?'

Nu kon hij het masker niet meer ophouden. Bij elk woord dat ik zei, flitste zijn blik heen en weer. Zijn mond ging open en dicht, veel sneller dan eerder en hij hapte naar adem.

'Via Moribund kwam je rechtstreeks met hen in contact. En toen ging je tot actie over. Je manipuleerde hen. Een poosje was er nog een derde persoon bij betrokken, iemand bij wie Emma haar hart had uitgestort en die een vergelijkbare problematische achtergrond had. Sleeping Beauty noemde ze zich. Maar zij trok zich terug en uiteindelijk kon ook Andreas het niet tot het einde toe volhouden. Emma was de enige die je aanwijzingen opvolgde en de laatste stap zette.' Ik keek hem indringend aan. 'We hebben haar gisteren gevonden, Vetle. Ze had er al meer dan drie weken gehangen. Geloof me maar als ik zeg dat ze er niet best uitzag. Maar iemand had die plek voorbereid. Krukjes neergezet. Hun verteld waar ze naartoe moesten.'

Voor mijn ogen kromp hij ineen. De blik die hij op de laptop gericht hield, was zo wanhopig dat het leek alsof hij zich het liefst in het apparaat wilde verstoppen, in de virtuele wereld die zich daar ergens moest bevinden.

'Hoe wist je van die botenhuizen af, Vetle? Die horen bij boerderijen die al lang niet meer in gebruik zijn. Kende je daar iemand?'

Hij gaf geen antwoord.

'Nou ja, daar komt de politie wel achter.'

Als een echo van een paar minuten geleden klonk het: 'De politie?'

'Ze zullen er sporen van jou vinden. Vingerafdrukken. DNA. En het kan best zo zijn dat je daar zelf aanwezig was om de strop om haar hals te leggen.'

Hij keek me verschrikt aan en schudde langzaam zijn hoofd, alsof hij wilde ontkennen wat ik allemaal had gezegd.

'In het laatste geval spreken we van hulp bij zelfdoding, misschien zelfs van moord met voorbedachten rade. Geen rechter in Noorwegen die er een verzachtende omstandigheid in zal zien dat je jezelf opwierp als helpende hand van de Heer.'

Nu leek hij voor mijn ogen lek te lopen. Hij zakte aan één kant weg, alsof zijn hele botconstructie uit elkaar viel. 'Hoe...'

Ik kon geen medelijden voor hem opbrengen. 'Je hebt toch gezien hoe je zus eraan toe was. Hoe je ouders aan die verkrachting ten onder gingen. Hoe kon je jonge, onschuldige mensen zoiets aandoen? Want je hebt hiermee niet alleen Robert Høie Hansen getroffen, of hij nou schuldig was of niet.'

Nu hief hij zijn hoofd weer een stukje op. 'Hij was wél schuldig!'

'Ja, Vetle, dat klopt. Maar hij was niet de enige. De hoofdschuldigen waren de gebroeders Vangen. Zij hebben hem ertoe gebracht en of ze hem nou gedwongen hebben of niet, ze waren minstens even schuldig aan wat er is gebeurd.'

Weer richtte hij zich een eindje op. 'Het dynamische duo?'

'Misschien had je je acties beter op hen kunnen richten en niet op Robert en zijn kinderen.'

Opnieuw zakte hij ineen, alsof een gestaag toenemend schuldgevoel hem eindelijk op de knieën dwong.

'Maar die hebben nu ook loon naar werken gekregen.'

Vragend keek hij me aan.

'Ze zitten allebei vast en Robert ligt in coma. Zelf heb ik een week geleden mijn halfzus verloren. In Bergen blijft een moeder achter met een zoon die zo beschadigd is dat hij misschien nooit meer herstelt. In Haugesund heeft een moeder haar dochter verloren.' Ik wees naar het portret van Jezus aan de wand. 'Denk je dat Jezus blij is met wat je hebt gedaan?'

'Wat?'

'Laat de kinderen tot mij komen, heeft hij dat niet gezegd? Maar niet vóór hun tijd, Vetle. Niet vóór hun tijd.'

'Jezus heeft de dood overwonnen.'

'Ik weet dat er mensen zijn die dat geloven. Maar met jou gebeurt dat niet. Er zijn geen winnaars in deze zaak, Vetle, en dat geldt ook voor jou.' Ik verhief mijn stem. 'Begrijp je wel wat ik tegen je zeg? Of...'

Ik was misselijk en duizelig en kreeg het gevoel dat ik elk moment flauw kon vallen. Ik moest hier weg zien te komen. Wie weet wat hij zou doen als ik de controle over mezelf verloor.

Ik dwong mezelf overeind te komen, met knikkende knieën alsof ik me aan de rand van een duizelingwekkende afgrond bevond. Hij kromp in elkaar, alsof hij bang was dat ik hem een pak slaag zou geven.

Toen dat niet gebeurde, wierp hij een snelle blik naar me. 'Jullie zullen het nooit kunnen bewijzen!'

'Wat bewijzen? Dat je er inderdaad achter zat?'

Hij sloeg zijn blik neer, getroffen door zijn eigen woorden, zijn eigen bevestiging dat alles wat ik had gezegd waar was.

Inwendig voelde ik een stille triomf, maar zoals zo vaak was het geen triomf die zich uitte in gejuich en vreugdesalto's, maar eerder in een soort treurige bevestiging dat ik de goede weg naar de duisterste

geheimen van een ander mens had weten te vinden. 'Ik weet dat ik gelijk heb, Vetle. Door de jaren heen heb ik al zoveel mensen ontmoet. Mensen zoals jij met een rechtvaardigheidsdrang die zij ontlenen aan een god in wie steeds minder mensen geloven, ben ik vaker tegengekomen. Toen de naam Amos als gebruikersnaam opdook op die website en het verband kennis van computers was, telde ik één en één bij elkaar op en vond het onaangename antwoord.'

Hij mompelde iets wat ik niet kon verstaan.

Ik boog me voorover. 'Wat zei je? Ik heb het niet gehoord.'

'Andreas krijgt er spijt van. Zij is naar een betere plaats dan hij gegaan. Het leven is niet zo fantastisch.'

Opeens kreeg ik een akelig voorgevoel. Met mijn ene hand diepte ik mijn telefoon op. Ik belde Annemette Bergesen op haar mobiele nummer.

'Ja? Met Annemette.'

'Met Varg.'

'Ja, ik heb het gehoord. Ze ligt nu bij de schouwarts. Maar zelf heb ik vandaag een snipperdag.'

'Het spijt me. Maar ik bevind me nu in een woning aan de Vognstølbakken bij een man die jullie in verband met deze zaak moeten spreken. En...' Ik dempte mijn stem: 'Ik geloof niet dat ik hem hier alleen achter moet laten.'

'O, bedoel je soms dat hij suïcidaal is?'

'Die kans bestaat.'

'En welke rol speelt hij in deze zaak?'

'Hij heeft eraan meegewerkt. Maar in hoeverre is aan jullie om uit te zoeken.'

Ze zuchtte. 'Weet je, ik ben op weg naar mijn vakantiehuis, maar oké. Ik zal Atle bellen en hem vragen iemand te sturen die dienst heeft. Kun je me het exacte adres geven?'

Dat deed ik. Vetle Valaker en ik deden er verder grotendeels het zwijgen toe terwijl ik op de komst van de politie wachtte. Toen ze hem hadden meegenomen ging ik terug naar Sølvi, maar niet met een blij gevoel. Alles was weer als vanouds. Niemand die me voor mijn hulp bedankte. Niemand die me een medaille gaf. Deze keer was er zelfs niemand die mijn honorarium zou betalen.

44

Toch vertrok ik in mijn eentje naar Haugesund.

De kerkdienst voorafgaand aan de crematie werd gehouden in de kerk van Skåre. Die lag aan de Haugevegen, slechts een paar steenworpen van de Gange-Rolvs gate waar Norma had gewoond. Het was een witgeverfd houten kerkje. Volgens een bordje bij de ingang was het gebouwd in 1858, als de derde kerk die hier was opgericht. Ik kwam maar net op tijd, de banken waren al voor het grootste deel gevuld. Door de hoge ramen stroomde het daglicht het vertrek binnen. Het was een prachtig kerkje, met natuurlijk gekleurd hout, groengeverfde draagbalken die een licht gewelf overeind hielden en met banken en zijdeuren die in smaakvol rood waren uitgevoerd. Helemaal vooraan in het schip, met de boeg naar het altaar gericht, hing een kleine driemaster, als een zichtbaar symbool van de band van Haugesund met de zee. Hier zou ook Norma vertrekken voor haar laatste reis over een zee waar niemand het einde van kende.

Ik schatte dat er zo'n kleine honderdvijftig aanwezigen waren, velen van Norma's leeftijd, sommigen jonger. Uit het boekje dat ik bij de ingang had gekregen, maakte ik op dat de dienst werd voorgegaan door dominee Knut Kjærstad, waarschijnlijk de echtgenoot van mijn verre nicht Ruth. Ruth zag ik ook zitten, ver vooraan. Op de voorste bank zag ik drie achterhoofden die vermoedelijk van de naaste familieleden waren, drie vrouwen.

Vlak achter de ingang keek ik om me heen. Op een van de achterste banken zag ik Ingeborg Hagland zitten. Daar schoof ik naast, ik groette haar en ze schoof een stukje op om plaats voor me te maken. Ze droeg een korte, grijsgemêleerde winterjas en een zwarte broek. Om haar hals zat een donkergroene sjaal met lange franje. Ik condoleerde haar met Emma en zei dat we na afloop met elkaar moesten praten. Ze knikte, maar keek me nauwelijks aan. Toen we eenmaal goed zaten, deed ze niets anders dan strak voor zich uit kijken. Het orgel had het preludium al ingezet; het was een melodie die ik kende, maar de naam ervan was me ontschoten. Ik keek in het boekje. 'Adagio' van de Noorse componist Ole Bull, met als ondertitel 'Gebed van een moeder'.

Het eerste gezang was een psalm die me deed terugdenken aan mijn eigen jeugd in Nordnes, waar we elke schooldag begonnen met het min of meer unisono opzeggen van het Onzevader gevolgd door het zingen van een bekende psalm. Meestal was het deze. Ik zong hem op mijn manier. Ingeborg hoorde ik niet.

Knut Kjærstad vertelde in een warm, persoonlijk verhaal over Norma's leven, zonder in te gaan op haar verhouding tot haar biologische moeder. Hij gaf alleen aan dat ze op 3 juli 1927 werd geboren in het Vårsildavgiftsfondet-ziekenhuis en opgroeide bij lieve, zorgzame adoptieouders. Over Nils Bakkevik, Norma's man, en het veilige thuis dat ze Petter en Ellen, hun twee kinderen, hadden geboden, weidde

hij daarentegen veel uit. Hij vertelde over de tragedie die het gezin trof toen Petter zich onder de slachtoffers bleek te bevinden van het ongeluk met het boorplatform Alexander Kielland op 27 maart 1980. In de jaren die volgden hadden Norma en Nils veel tijd besteed aan het opvangen van hun kleindochter Karen, iets waar schoondochter Elisabeth hun beiden eeuwig dankbaar voor was. Nadat Nils in de zomer van 1998 was overleden, had Norma een stil en teruggetrokken leven geleid in hun gezellige woning in de Gange-Rolvs gate, hoewel ze actief bleef bij liefdadigheidswerk, en de betrokkenheid die ze daarbij vertoonde, vertelde van een groot, warm hart. Dat dit hart na een tragisch ongeval in haar eigen huis zou stoppen met slaan, had niemand kunnen voorzien. Alles had erop geduid dat Norma nog veel mooie jaren voor zich had liggen en de familie nam op deze maandag in november dan ook met veel verdriet afscheid van haar. Met geen woord repte hij over haar biologische moeder en halfbroer in Bergen, ook al nam ik aan dat Ruth hem had verteld over onze ontmoeting van bijna anderhalve week geleden.

Tijdens zijn toespraak wierp ik af en toe een blik op de vrouw naast me. Ze luisterde aandachtig naar wat er werd gezegd. Soms snikte ze even. Dat gebeurde vooral toen de dominee het over de omstandigheden rond haar dood had, en aan het einde van zijn toespraak stroomden de tranen haar over de wangen zonder dat ze moeite deed ze weg te vegen.

Tegen het einde van de plechtigheid zong het hele gezelschap *Blijf mij nabij* en de dienst werd afgesloten met *Grote God, wij loven U.* Ten slotte speelde de organist nog *Lente* van Grieg. Het was een traditionele keuze van gezangen en muziek die Norma ongetwijfeld op prijs had gesteld. Ja, wie weet had ze die zelf van tevoren al uitgezocht.

Terwijl de kist naar de wachtende auto werd gedragen met de familie daar vlak achteraan, bleven wij staan. Ruth keek me aan toen ze me

met de rest van de familie passeerde. Ze knikte, glimlachte en gebaarde dat we elkaar buiten moesten ontmoeten.

Toen Ingeborg Hagland en ik de kerk verlieten, boog ik me naar haar toe. 'Ik wil de familie nog begroeten. Wil je even op me wachten?'

Ze knikte zonder iets te zeggen en verdween vervolgens in de menigte, waarvan velen in de rij bleven staan om de familie te condoleren. Zelf liep ik in een boogje om hen heen naar Ruth, die me opwachtte.

Ze aarzelde even, ging toen op haar tenen staan en gaf me snel een kus. Haar wangen waren nat van de tranen, haar ogen waren roodomrand en ze glimlachte verdrietig. 'Verschrikkelijk dat zoiets moest gebeuren, zo snel nadat jullie elkaar hadden ontmoet. Vind je ook niet?'

'O ja.'

'Ik heb het Knut verteld en ik weet dat hij heeft overwogen om er in zijn toespraak iets over te zeggen. Maar hij besloot het niet te doen. Niemand in Haugesund kent die kant van Norma's leven. Voor hen was ze een vrouw die een gewoon leven heeft geleid zonder andere dramatiek dan wat er in 1980 met Petter is gebeurd. Maar je moet natuurlijk mee naar de receptie na afloop. Ellen en Karen willen graag met je kennismaken.'

Ik keek naar de familie die de condoleances in ontvangst nam. Daar stonden de drie vrouwen die ik van achteren in de kerk had gezien, twee van voor in de vijftig en een die in de twintig was, allen in het zwart gekleed. Ik nam aan dat die drie vrouwen Norma's dochter Ellen, haar schoondochter Elisabeth en haar kleindochter Karen waren. 'Ik wil me niet opdringen.'

Ruth legde haar hand op mijn arm. 'Maar dat doe je niet, Varg. Geloof me nou maar.'

Ik keek om me heen. Ingeborg was nergens te bekennen. 'Eigenlijk heb ik een afspraak.'

Ze keek me ernstig aan. 'Het gaat om het afscheid van je zus, Varg. Wat kan er nu belangrijker zijn?'

'Nee, daar heb je gelijk in. Die afspraak kan wel wachten.'

Het werd een vreemde middag. Ik mocht met Ruth en haar kinderen meerijden in haar kleine Golf. Knut reed met iemand anders mee. We hoefden niet ver, het was vlak bij het stadspark, in de loge van de Odd Fellows in de Sørhauggata, een beigekleurig gebouw waar boven de ingang het logo van de orde was bevestigd met het jaartal 1937.

In de ontvangstruimte zaten familieleden en vrienden aan tafeltjes die gedekt waren met sandwiches, koffie, thee en frisdrank. Ellen en Elisabeth herdachten Norma beiden in een toespraak. Dat deed ook een van haar oudste vriendinnen, die haar al van de lagere school had gekend, een rijzige vrouw die Gudrun Vaage heette en met wie ik later een lang gesprek had. Ze stelde zich aan me voor als een jarenlange vertrouwelinge van Norma die 'alles' wist over mij en mijn moeder, vanaf het moment dat Norma er jaren geleden zelf achter was gekomen.

'Alles?' vroeg ik verbaasd.

'Nou, niet alles, natuurlijk. Maar Norma vertelde me wat ze had gehoord over die rondtrekkende predikant die haar vader zou zijn, en dat haar moeder later naar Bergen was verhuisd en na enkele jaren nog een kind had gekregen – jij dus.'

'En weet je ook wie mijn vader was?'

'Ja, maar... dat was toch die tramconducteur uit Sunnfjord, of niet?'

'Jazeker', zei ik zonder verder op de zaak in te gaan.

Ik praatte ook met Ellen, Elisabeth en Karen en we spraken af om later weer een keer contact op te nemen, als dit een beetje bezonken zou zijn. 'We hebben duidelijk wat om over te praten', zei Ellen met een scheef glimlachje dat me aan haar moeder deed denken.

Voordat we afscheid namen, vroegen Ellen en Ruth of ik diezelfde dag nog terug naar Bergen zou gaan. Dat bevestigde ik en we namen afscheid met weer een aantal kussen. Het was op veel manieren een hartverwarmende gebeurtenis. Dat ik plotseling een nieuwe familie leerde kennen waar ik eerder slechts vage vermoedens van had gehad, maakte dat zelfs het tragische sterfgeval van mijn halfzus in een verzoenend licht kwam te staan. Ook al was ze tijdens haar leven een vreemde voor me geweest, door de toespraak van de dominee en de kennismaking met haar overgebleven familieleden was het toch alsof ik haar in de loop van die dag beter had leren kennen.

Ik vond mijn auto terug waar ik hem had geparkeerd en reed direct door naar de Haugevegen. Ik liep de trap op en belde aan bij Ingeborg, Toen ze opendeed, haalde ik opgelucht adem. Ik was gelukkig toch niet tevergeefs gekomen.

45

Ze had dezelfde zwarte broek aan als in de kerk, maar nu met een witte bloes en het groene velours vest dat ik me van de vorige keer dacht te herinneren, toen ik er met Norma was. Ik volgde haar naar de sleetse woonkamer, die er sinds de vorige keer niet gezelliger op was geworden. De enige zichtbare verandering was een eenzame roos bij de foto van Emma in de boekenkast zonder boeken. De grote ronde asbak op de salontafel zat vol peuken, die wonderlijk genoeg gezelschap hadden gekregen van een paar bruine klokhuizen. De tv in de hoek stond aan. De beelden die over het scherm flikkerden, behoorden toe aan een soap uit een land met veel meer zonneschijn dan je ooit in Haugesund kon verwachten. De mensen in de serie waren mooi, maar ze spraken met woeste gebaren en wanhopige gelaatsuitdrukkingen zonder dat we begrepen waar het over ging. Ingeborg had het geluid uitgezet.

'Het spijt me dat het wat langer duurde', zei ik. 'Maar ik kon je niet meer terugvinden.'

Ze keek me niet aan, maar praatte in een onzichtbare microfoon die zich ter hoogte van mijn borst bevond. 'Ik zag dat je het druk had met... de familie.'

'Ja, en ze nodigden me uit voor de receptie.'

Ze knikte. 'Wil je een kop koffie?'

'Ja, graag.'

Ze verdween naar de keuken, waar ze de koffie kennelijk al een tijdje klaar had staan, want ze was na een halve minuut terug met een kop lauw vocht in haar handen. Ze liet me plaatsnemen op een stoel naast de salontafel. Zelf ging ze op de bank zitten en pakte de halfvolle koffiekop die daar stond. In zekere zin maakte ze een kalme, berustende indruk, alsof ze had verwerkt wat er met haar dochter was gebeurd.

'Wil je weten hoe ik haar gevonden heb? Emma?'

'Ja, alsjeblieft.'

Ik vertelde het zo voorzichtig mogelijk. Over Moribund had ik het niet, maar ik zei wel dat Emma duidelijk besloten had een einde aan haar leven te maken en dat ze daarvoor een plek had uitgekozen die zo verlaten lag dat ze pas werd ontdekt toen ik haar was gaan zoeken.

'Hoe heb je die plek gevonden?'

'Met behulp van Andreas, haar halfbroer.'

'O?' Met trillende handen schudde ze een sigaret uit een pakje, ze deed hem in haar mond en stak hem aan met een zwarte aansteker met een Statoil-logo. 'Hoe wist hij ervan?'

'Via een kennis.'

Ze inhaleerde zo diep dat de rook wel rechtstreeks in haar longen moest komen. Uit haar mond kwam minder rook. 'Ik kan het gewoon niet begrijpen. Dat ze zo wanhopig was. Haar vader was natuurlijk een smeerlap, maar hij heeft haar nooit iets aangedaan.'

'O nee?'

'Die vriendin van haar, Åsa, die was er veel erger aan toe. Die werd haar hele jeugd door haar vader misbruikt.'

'Maar wat ik van Andreas begreep, was dat Robert behoorlijk gewelddadig was. Andreas werd tot ver in zijn tienerjaren geslagen, zei hij. Heeft Robert jullie nooit een klap gegeven?'

'Emma niet, in elk geval. Maar zij was ook nog zo klein. Maar mij daarentegen...' Ze haalde haar schouders op. 'Hij werd behoorlijk handtastelijk toen ik hem na die ontmoeting met die, eh, Veslemøy om een verklaring vroeg. Maar toen hadden we wel ruzie.'

'Jij hebt hem toch de deur uit gegooid?'

'Klopt. Maar hij liep zelf naar buiten.'

Ze nam een nieuwe haal aan haar sigaret en bleef met dezelfde sombere uitdrukking voor zich uit staren.

'En heb je hem daarna nooit meer gezien?'

Ze perste haar lippen op elkaar. Haar ogen werden spleetjes. 'Nee. Nooit. Hij is voor altijd uit mijn leven verdwenen, en ik wilde maar dat Emma hem nooit had opgezocht. Dan was het misschien niet gegaan... zoals het is gegaan.'

Ze knipperde met haar ogen. De sigaret gloeide zo fel dat ze hem al voor meer dan de helft leek te hebben opgerookt. 'Nooit meer.'

'Waarom wil je het niet toegeven? Hij is hier anderhalve week geleden nog geweest. De dag nadat Norma en ik hier waren.'

Voor het eerst keek ze me recht aan, maar al snel dwaalde haar blik weer af naar de vloer. 'Wie heeft dat gezegd?'

'De politie. Ze schaduwden hem. Heeft hij hier niet met jou gepraat?'

Weinig overtuigend schudde ze haar hoofd. 'N... nee. Niemand is hier geweest.'

'Nou... wat moest hij van jou?'

De gloeiende askegel zat nu zo dicht bij haar vingertoppen dat ze de warmte ervan moest voelen. Toen drukte ze de peuk met een beslist

gebaar in de asbak, haalde een nieuwe sigaret uit het pakje, deed hem in haar mond en stak hem aan.

'Nogal apart, vind je niet, dat hij jou opzoekt? Hij gaat pas weer naar Haugesund toe nadat ik hem heb opgezocht en naar Emma heb gevraagd. Was dat soms de reden van zijn komst?'

Ze bewoog haar onderkaak een paar keer op en neer, alsof ze haar best moest doen om niets te zeggen. Haar blik had iets hards gekregen, iets onverzoenlijks dat er niet eerder was geweest. 'Hij... hij bedreigde me.'

'Bedreigde hij jou?'

'Hij zei... nou, precies wat jij daarnet zei. Dat jij bij hem voor de deur had gestaan en naar Emma had gevraagd. Dat ze verdwenen was en dat jij het ging onderzoeken... of er misschien weer zoiets als met Veslemøy was gebeurd. Hij zei dat als ik daar ook maar één woord over vertelde... Ik zei dat ik niks had verteld. Maar hij ging maar door en zei dat als je nog een keer bij hem terugkwam en dan bleek dat ik had... gekletst, dan zou hij het doorgeven aan iemand die hij hier kende en dan zou ik nooit meer krijgen wat ik... nodig heb.' Ze praatte met horten en stoten, en het kostte haar zichtbaar moeite.

'Ja, ik weet dat hij banden heeft met het drugsmilieu in deze stad. Daarom was hij vrijdag ook in Haugesund, om een zending te leveren. Dus het was geen loos dreigement.'

'Nee...'

'En wat heb jij tegen hem gezegd?'

'Wat ik al had gezegd. Dat ik jou niks over Veslemøy heb verteld, maar dat... tante dat had gedaan.'

Ik probeerde haar blik te vangen. 'Je hebt hem over... Norma verteld?'

Ze knikte. 'Maar ik zei tegen hem dat hij niet naar haar toe moest gaan. Dat ze dan echt haar mond niet zou houden. Dat ze hem bij de politie zou aangeven.'

‘Wat! Maar mens, hoe kon je dat doen!’

Even keek ze op, maar meteen sloeg ze haar blik weer neer. ‘Hij is echt niet naar haar toe gegaan. Ik zei... dat ik zelf wel met haar zou praten.’

‘Dat jij... Dus jij hebt contact met haar opgenomen?’

‘Ik ben diezelfde avond nog naar haar huis gegaan en heb verteld wat er was gebeurd. Ik zei dat ze jou moest zeggen dat je de zaak moest laten rusten, dat je met het onderzoek moest stoppen.’

‘Dat ik met het onderzoek moest stoppen? Maar het ging om je bloedeigen dochter! Om Emma!’

‘Dat zei zij ook. Dat het daar nu te laat voor was. Dat jij moest doorgaan met je onderzoek. Maar...’ Nu jammerde ze. ‘Ik kan gewoon niet zonder... die pillen. Van de dokter krijg ik niks meer. Ik werd zo bang dat ik... Ik kan niet zonder die... Maar tante Norma was zo koppig als wat. Ze omarmde me, bleef maar zeggen dat ik me moest vermannen, dat we aan Emma moesten denken. Ik zei dat Emma... vast wel weer zou opduiken. Maar ze ging maar door, en ten slotte rukte ik me los en gaf haar een duw... en ze viel...’

Ik had het zien aankomen, en nu hoorde ik het uit haar eigen mond, in zulke duidelijke taal dat het niet mis te verstaan was. Langzaam, woord voor woord, om mezelf in toom te houden, herhaalde ik: ‘Je gaf haar een duw. Ze viel en kwam met haar hoofd tegen de tafel aan. Verloor ze het bewustzijn?’

Toen ze geen antwoord gaf, herhaalde ik het en vroeg: ‘Is dat zo? Verloor ze het bewustzijn? Zag je niet dat ze gewond was, dat ze bloedde?’

Nu beefde ze over haar hele lichaam. Haar hand trilde zo heftig dat ze er maar nauwelijks in slaagde de sigaret weer tussen haar lippen te steken. ‘Ik heb niks gezien. Ik ben gewoon weggegaan. Ik dacht dat... Ik dacht het niet zo’n vaart zou lopen. Pas een paar dagen later hoorde ik... En toen zag ik een stukje in de krant staan en... haar overlijdens-

advertentie.' Opnieuw keek ze me recht aan. Nu stonden er tranen in haar ogen. 'Het was niet expres. Het was een ongeluk. Ik kon er niks aan doen.'

Ik kwam overeind. 'Dat moeten anderen maar uitmaken, Ingeborg. Als de politie nog niet bij jou aan de deur is geweest, dan zal dat binnenkort toch beslist gebeuren.'

Ze haalde haar schouders op. 'Ik zal alles ontkennen. Ik heb niks te verliezen. Alles is toch allang afgelopen.'

Ik keek naar haar. Voor de tweede keer in een etmaal tijd stond ik tegenover iemand die andermans dood had veroorzaakt. Maar deze keer bleef ik niet wachten op de politie. Ik belde het bureau en vroeg naar Liland, maar hij had geen dienst. Ik gaf de dienstdoende agent een samenvatting. Hij luisterde en noteerde en zei dat ze een patrouille zouden sturen.

'Ze moet vandaag nog worden opgepakt', zei ik.

'Laat het aan ons over, Veum. Ik heb genoteerd wat je hebt verteld. Ongetwijfeld zal Liland of iemand anders later contact met je opnemen. Ga maar gewoon naar huis.'

Ik deed wat hij zei. De kracht om me te verzetten ontbrak me. Maar het beeld van Norma op de keukenvloer en de gedachte dat ze gered had kunnen worden als Ingeborg meteen alarm had geslagen, hielden me de hele rit naar Bergen bezig. En ik wist zeker dat ik er de rest van mijn leven last van zou blijven houden, van de gedachte dat ik mijn grote zus, die ik nog maar net had leren kennen, had verloren.

46

De volgende dag belde ik met Annemette Bergesen en vroeg hoe het verhoor met Vetle Valaker was gegaan. Ze vertelde dat hij de meeste dingen had toegegeven, en dat hij na het verhoor in verzekerde bewaring was gesteld, voorlopig voor een week.

'Een week?'

'Ja. Dit is een nogal bijzondere zaak en de officier vraagt zich af waar hij hem voor kan aanklagen. Hoogstwaarschijnlijk wordt het hulp bij zelfdoding, maar wat dat precies inhoudt voor de strafmaat is onzeker. Er zijn nauwelijks precedenten. Ik ben bang dat hij geen lange straf zal krijgen, áls hij al veroordeeld wordt.'

Ik zuchtte diep. 'Nee. Weten jullie ook hoe hij het van die botenhuizen wist?'

'Ja. Dat was via een collega van het werk. Die was kennelijk familie van de eigenaren. Ze zijn daar een keer wezen vissen.'

'Hij kan met andere woorden toen al sporen hebben achtergelaten.'

'Ja.'

'Geloof je zijn verhaal? Vind je dat hij een betrouwbare indruk maakt?'

'Dat is altijd de vraag, Varg. Zolang we hem niet kunnen betrappen op iets wat niet klopt met wat we op de plaats delict gevonden hebben, hebben we weinig in handen. Vanuit moreel oogpunt is het natuurlijk hoogst verwerpelijk wat hij heeft gedaan. Maar in principe is het niet strafbaar zolang het om een uitwisseling van standpunten tussen volwassenen gaat.'

Nou, volwassenen... zij was negentien en hij veertig.'

'Ja, ik hoor het je zeggen, Varg. Denk niet dat ik het goedvind wat hij deed. Ik kan het zelfs niet verklaren.'

'Nee, voor zover ik het kan zien gaat het om een persoonlijkheidstype dat psychiatrische behandeling nodig heeft. Getraumatiseerd door wat er met zijn zus is gebeurd. Maar... hoe zit het met Emma? Weten jullie al wat meer over... hoe ze gestorven is?'

'Ja, dat blijkt natuurlijk uit de manier waarop ze is gevonden. Maar ze is nog in het forensisch lab. We wachten op de resultaten van de sectie. Dat is onze verantwoordelijkheid, Varg. Je mag de zaak in je archiefkast stoppen en de rekening naar je opdrachtgever sturen. Ga je zinnen maar verzetten. Ga op vakantie. Dat kun je goed gebruiken.'

'De rekening naar de opdrachtgever sturen? Dat moet dan per adres Hemelpoort.'

We sloten het gesprek af. Ik bleef nadenkend voor me uit zitten kijken. Mijn zinnen verzetten? Op vakantie gaan?

Tja... Ik had nog een spoor dat ik kon onderzoeken; niet wat deze zaak betrof, maar het had wel te maken met wat Norma en Ruth me hadden verteld. Ik pakte mijn notitieboekje erbij en bladerde naar de krabbels die ik had gemaakt toen ik die oude jazzmuzikanten in Swing'n Sweet had gesproken. *Eva Høiland.* Ik klapte mijn laptop

open en googelde haar naam. En inderdaad vond ik ene Eva Høiland Pedersen met als adres Erleveien in Landås, een wijk in het zuiden van Bergen.

Ik belde haar, stelde me voor en vroeg of ze getrouwd was geweest met een saxofonist met de naam Leif Pedersen. Dat bevestigde ze en toen ik vroeg of ik bij haar langs mocht komen om even met haar te praten, stemde ze toe, ze leek blij te zijn met bezoek.

Ik vertelde dat ik om één uur zou komen. Om vijf voor één parkeerde ik aan het plein en wandelde naar het vier verdiepingen hoge gebouw uit de jaren vijftig, toen Landås werd aangelegd als de eerste voorstad van Bergen. Ik nam de trap naar de derde verdieping, waar volgens het naambordje de familie Pedersen woonde.

De vrouw die opendeed was zo te zien halverwege de zeventig. Ze had een grote, donkerblauwe bril met dikke glazen. Haar witte haar zag er goed verzorgd uit. Ze droeg een rode jurk die haar forse, wulpse lichaam nauw omsloot, ze had een parelketting om haar hals en links op haar borst zat een kleine broche. Ze had zich smaakvol opgemaakt, met donkerrode lippenstift en discreet aangebrachte mascara. Ik snoof een sterke geur van lelietjes-van-dalen op, en toen ze me begroette, trok ze een glimlach die heel wat meer beloofde dan waar ik voor gekomen was. Uit de manier waarop ze sprak kon ik nog vaag horen waar ze oorspronkelijk vandaan kwam en toen ik het vroeg, bevestigde ze dat. 'Ja, ik kom uit Kristiansand. Maar dat is lang geleden. Erg lang geleden.'

Ik liep met haar mee naar de woonkamer die in de stijl van de jaren zestig was ingericht, met inbegrip van een grote radiokast en een tv-apparaat van het stevige soort, ook al ging ik er niet van uit dat die alleen maar zwart-wit uitzond. Een klassieke zithoek, een eettafel met zes stoelen en een Stressless-fauteuil completeerden het geheel. Aan de wand hing grafiek uit de jaren zestig en zeventig, met uitzondering

van een grote, intrigerende foto van een saxofonist wiens schaduw op de muur achter hem viel. 'Dat is Leif', zei ze. 'Genomen in de Star Studio in de jaren zestig. Na zijn dood kreeg ik een vergroting van de oorspronkelijke foto.' Ze trok een beetje een scheve glimlach. 'Hij was al wel over zijn top heen, maar kon zijn instrument nog steeds bespelen als een Ben Webster die een beetje buiten adem was.'

'En u was zangeres, als ik het goed heb begrepen?'

'Ja. Met wie heb je gesproken?'

'Het meeste heb ik van Terje Tornøe gehoord.'

'Teddy, zo noemden we hem altijd. Naar het sigarettenmerk waarvan hij er tien achter elkaar kon opsteken als hij de mogelijkheid had. Maar hij was een goede trompettist. Ach, weet je, Bergen in de jaren vijftig, het was een geweldige tijd voor jazz. Je had The Golden Club in Møhlenpris. En dan waren er die bigbandconcerten in het Konsertpaleet en de Ole Bull. Leif hoorde er al bij sinds de jaren twintig. Een echte grand old man.' Ze hield haar hoofd schuin en keek naar me. Toen legde ze haar hand op de binnenkant van mijn elleboog. 'Weet je... je doet me een beetje aan hem denken.'

Het was alsof ik de hengel had uitgeworpen en onmiddellijk beethad. 'Wat bedoelt u?'

'Nou, mijn eerste indruk, zodra ik je zag. En nu ook. De manier waarop je beweegt en...' Ze hield haar hand voor haar eigen gezicht. 'Iets hier... vanaf je neus naar je voorhoofd.' Toen draaide ze zich om. 'Maar... je hebt toch wel zin in koffie?'

'Nou, graag.'

'En nog een hartversterkertje misschien?' vroeg ze met een maar al te verleidelijk lichtje in haar ogen.

'Heerlijk, maar nee, bedankt. Ik moet nog rijden.'

'Ach, wat jammer.' Ze keek teleurgesteld. Toen vrolijkte ze weer op. 'Maar je vindt het niet erg als ik een glaasje neem?'

'Het is u gegund.'

Ze verdween de keuken in. Zelf liep ik naar de foto van Leif Pedersen. Hij stond in een klassieke saxofoonhouding, een beetje naar achteren hellend, zodat het instrument tot zijn recht kwam en een schaduw op de muur wierp, waar het de fotograaf waarschijnlijk om te doen was geweest. Hij had een klassiek profiel. Zijn haar was naar achteren gekamd maar opzij zat een duidelijke scheiding. Hij had donker haar, met grijze strepen bij de slapen en boven zijn oren. Ik kon er niets van mezelf in ontdekken, maar aan de andere kant was ik natuurlijk niet de juiste persoon om daar een oordeel over te vellen.

Ze kwam terug met een blad waarop twee kopjes stonden en een eenvoudige, zwarte thermoskan. Na de kopjes op de salontafel te hebben gezet liep ze naar een hoekkast, opende aan de voorkant een deurtje en pakte een likeurglas en een fles St. Hallvard-likeur. Ze keek mijn kant op en hief de fles. 'Weet je het zeker?'

'Nou...' Ik liet me toch overhalen. 'Een klein glaasje moet kunnen.'

Ze glimlachte tevreden, pakte nog een glas en schonk ons beiden in.

Toen we ieder aan een kant van de salontafel waren gaan zitten, hief ze haar glas en we proostten.

'Aan de telefoon zei je dat je privédetective was.'

'Ja, maar in dit geval gaat het meer om het privéaspect.'

'O?' Ze keek me nieuwsgierig aan. 'En het had met Leif te maken?' Bijna flirtend voegde ze eraan toe: 'En niet met mij?'

In veel opzichten was ze de meest innemende zeventiger die ik had ontmoet, maar ik moest toegeven dat het me om Leif Pedersen te doen was. 'Kunt u me wat over hem vertellen? Over hoe hij was, als mens?'

Er trok een zweem van weemoed over haar gezicht. 'Tja... Toen ik hem tegenkwam, was hij al achter in de veertig. We ontmoetten

elkaar in de muziekscene en werden algauw een stel, maar toch ben ik toen een paar jaar naar Zweden gegaan.'

'O?'

Ze keek naar buiten. 'Daar was het nog veel aantrekkelijker voor een jazzzangeres, concerten met bigbands van internationale faam. Dus ik probeerde mijn geluk daar, maar... ik kreeg daar een kind, ook al kwam de vader uit Bergen.'

'Leif Pedersen?'

'Nee, iemand anders. Hij was getrouwd', zei ze met een nuchter glimlachje. 'Maar toen ik naar Bergen terugkeerde, kwam ik Leif weer tegen. We trouwden en hij voedde Dag op alsof het zijn eigen zoon was.'

'Had hij... geen andere kinderen?'

'Nee. Zelf kregen we er geen, maar zoals gezegd... voor Dag was hij een goede vader.'

Ik nam weer een slokje van het aangenaam smakende kruidenlikeurtje. 'Mevrouw Pedersen, wat ik...'

'Eva, alsjeblieft.'

'Goed, Eva... De reden dat ik hier gekomen ben, is dat ik er via nogal merkwaardige omwegen achter ben gekomen dat... Het kan zijn dat Leif Pedersen mijn vader was.'

Ze keek me met grote ogen aan. 'Dat verbaast me niet. Zoals ik zei... Je lijkt wel een beetje op hem.'

'Heeft hij ooit iets gezegd wat... iets wat in die richting wees?'

'Ik geloof niet dat hij iets van jou afwist. In dat geval zou hij het wel verteld hebben. We... Ach, je bent oud genoeg om het te snappen. We hadden een rijk seksueel leven en we vertelden elkaar... alles. Ik vertelde hem wie de vader van Dag was en hij vertrouwde mij toe wie zijn grote liefde was, een vrouw die tijdens de oorlog fout was geweest, maar die hij later in elk geval nog één keer heeft ontmoet. In Oslo, in de tijd dat ik in Zweden zat.'

'Juist. Heeft hij het ooit een keer gehad over een affaire met een vrouw die hij ontmoette tijdens een bruiloft in Haugesund in 1942?'

Ze dacht na. 'Haugesund? Dat kan ik me niet herinneren. Hij gaf toe dat hij in die tijd een paar... ja, hoe noem je dat tegenwoordig, onenightstands? Een muzikant had daar alle gelegenheid voor. Echte groupies had je toen nog niet, maar het kwam op hetzelfde neer. Vanzelfsprekend kan ik me niet alles meer herinneren. Eerlijk gezegd is dat ook niet iets wat een vrouw graag wil horen als ze in de armen ligt van een man die uiteindelijk de man van haar leven blijkt te zijn.'

'Nee. Zoals ik het heb begrepen, zijn ze elkaar later nooit meer tegengekomen. Mijn officiële vader is een ander, en is dat ook altijd geweest. De man met wie mijn moeder is getrouwd.'

Ze glimlachte ironisch. 'Precies. Denk je dat ik dat niet herken? In feite zijn wij vrouwen de enigen die zeker kunnen weten wie de vader van onze kinderen is. In elk geval als we een beetje een ordelijk leven hebben geleid.'

'Maar vertel me eens... hoe was hij?'

'Ach, weet je, in die tijd waren er maar weinig jazzmusici die van de muziek konden leven. Leif heeft grote delen van zijn werkzame leven als bediende in een herenmodezaak in de Strandgaten gewerkt. Maar hij was een goede saxofonist, in elk geval toen hij nog genoeg adem had. Aan het einde van zijn leven... Hij raakte nogal in het slop. De alcohol kreeg hem in zijn greep, hij werd doof en ten slotte... Tja... hij raakte steeds meer de weg kwijt en toen hij stierf was het voor ons allemaal eigenlijk een opluchting. Maar...' Ze hield haar ene hand tegen haar voorhoofd. 'Hier bewaar ik de herinneringen aan hem van toen hij op zijn best was, als musicus, echtgenoot en vader en... ja, in alle opzichten.'

Ik haalde een hand door mijn haar. 'Ik had hem graag ontmoet.'

'Ja, dat kan ik wel begrijpen, jongen.'

Dat was voor het eerst in meer jaren dan me lief was, dat iemand me zo had genoemd. Ik keek om me heen. 'Eva, weet je. Tegenwoordig is het mogelijk, zelfs als iemand al jaren dood is, om uit te zoeken of je verwant aan hem bent of niet.'

'Denk je dan aan DNA en zo?'

'Ja. Wanneer is Leif overleden?'

'In november 1989, slechts een paar dagen na de val van de Berlijnse Muur. Toen was hij drieëntachtig.'

'Zou je na al die tijd misschien nog iets hebben, wat ook maar, waar zijn DNA op zit?'

'Mja.' Ze keek peinzend voor zich uit. Toen stond ze op. 'Wacht even, dan zal ik eens kijken...' Ze verdween naar de hal en ik hoorde haar een andere deur opendoen. Weer richtte ik mijn blik op de foto van Leif Pedersen aan de wand. Ik kon mijn ogen er gewoon niet van afhouden. Misschien was het geen toeval dat ik altijd een zwak voor saxofoons had gehad. Niet dat ik ooit zo'n instrument zelf had willen bespelen, maar ik had de klank ervan altijd mooi gevonden en zette steeds weer cd's op met de oude meesters: Coleman Hawkins, Lester Young, Ben Webster en Stan Getz. Zat het domweg in mijn genen?

Toen ze terugkwam, had ze een verschoten wollen muts in haar handen, een blauwe met een grijswitte rand. 'Ik heb geen idee waarom ik dit niet heb weggegooid,' zei ze, 'maar in de kast lag nog een plastic zak met een paar oude wanten, sjaals en deze wollen muts. Dingen die hij in de winter gebruikte, maar die we in het zomerseizoen altijd opborgen. Ik zie dat er aan de binnenkant van de muts nog wat haren zitten en Leif was de enige die die muts droeg, dus... wie weet.'

Ik stak mijn hand uit. 'Dat zou heel goed kunnen, Eva, dank je wel.'

Ze gaf me de muts.

'Het stelt niet veel voor. Maar ik wil natuurlijk wel graag weten wat het resultaat is.' Ze glimlachte. 'In het beste geval zijn we praktisch familie van elkaar.'

Ze ging weer op de bank zitten en schonk zich nog eens in. Met een blik op mijn glas dat nog niet leeg was vroeg ze: 'Ik kan je zeker niet tot nog een glas verleiden?'

'Nee, dank je.'

We bleven nog een tijdje praten. Ik vond haar aangenaam gezelschap. Ze vertelde me meer over Leif Pedersen, over zijn oude band van voor de oorlog, The Hurricanes, en noemde de namen van een paar mensen met wie hij later had gespeeld. Toen ze Tore Lude noemde, bleef ze een poosje zwijgen, en ik herinnerde me weer wat Terje Tornøe had gezegd, dat ze een verhouding met Tore had gehad, ook al was ze toen allang getrouwd met Leif. Ook al was ze nu op leeftijd, ze straalde een vorm van goed geconserveerde sensualiteit uit die me het gevoel gaf dat ze zich rijkelijk had bediend van de geneugten des levens zolang ze die onder handbereik had.

Het was alsof ze mijn gedachten kon lezen. 'Ik zal eerlijk tegen je zijn, jongen. Leif en ik hadden een knipperlichtrelatie. Zoals ik al heb verteld... Toen ik in de jaren vijftig naar Zweden vertrok, was ik in verwachting van iemand anders en ik dacht dat ik Leif nooit meer zou zien. Maar toen ik naar Noorwegen terugkeerde en besloot om me weer in Bergen te vestigen en niet bijvoorbeeld in Kristiansand, was dat om hem. Onze verhouding bloeide weer op en we trouwden. We pasten goed bij elkaar – in alle opzichten – en hadden het goed, als je begrijpt wat ik bedoel.'

Glimlachend knikte ik. 'Ik denk dat ik weet waar je op doelt.'

'Als je jong bent, denk je dat het leven voorbij is als je vijftig bent, of zestig, of zeventig. Maar als je eenmaal zo oud bent geworden, weet je dat dat niet waar is.' Er waren blosjes op haar wangen gekomen.

'Ik heb zelfs nu nog een aanbidder. Iemand van mijn eigen leeftijd, een echte gentleman, die autotochtjes met me maakt en me meeneemt naar het buitenland. Als een soort toetje van het leven.'

'Fijn om te horen.'

'Dus wat jij hebt verteld... dat je moeder haar geheimen had, dat moet je haar niet kwalijk nemen. Wat weet je nou precies van je ouders, toch?'

'Nee, je hebt gelijk.'

Weer dwaalde mijn blik af naar Leif Pedersen. Ik probeerde me hem in een jongere versie voor te stellen terwijl hij in Haugesund na de bruiloft met mijn moeder danste. Van mijn ouders had ik alleen een geposeerd, stijf huwelijksportret uit 1933, en ik had dat nooit helemaal kunnen rijmen met de herinneringen die ik zelf aan mijn moeder had. Net zo gaat het met de indrukken van mensen aan het einde van hun leven: die werpen een schaduw op de beelden die we uit eerdere levensfases hebben. Het allerlaatste gesprek dat ik met mijn moeder had, was me beter bijgebleven dan andere herinneringen uit mijn kindertijd en jeugd. Van mijn vader had ik duidelijker beelden, op straat, lopend in zijn conducteursuniform, in de woonkamer, verdiept in een boek, of tijdens de boottocht op de Sunnfjord die hij en ik in 1950 hadden gemaakt. En nu moest ik zelfs misschien ophouden hem te zien als 'mijn vader' en kon ik hem beter aanduiden als 'de tramconducteur', 'de man uit Sunnfjord' of simpelweg 'Anders Veum'. Mijn moeder had ik jaren geleden al verloren, mijn halfzus anderhalve week geleden. Nu moest ik ook afscheid nemen van mijn vader, wie het ook was geweest, en dat maakte me nog eenzamer en verlatener dan ik me in jaren had gevoeld.

'Je kunt er ook voor kiezen die DNA-test niet te doen', zei Eva Høiland Pedersen en ze keek me aan met een blik die, gezien de situatie, in zekere zin moederlijk kon worden genoemd.

'Ik zal erover nadenken. De muts neem ik in elk geval mee', zei ik terwijl ik het oude wollen hoofddeksel omhooghield.

Even later namen we afscheid. Bij mijn vertrek gaf ze me een kus, alsof ze al besloten had een soort stiefmoeder voor me te worden, mocht ik er een nodig hebben. Ik was nog niet eens bij mijn auto of ik hoorde mijn telefoon al overgaan. Ik pakte hem en keek wie er belde. Het was Annemette Bergesen. Ik nam meteen op.

'Dag Annemette, heb je nieuws?'

'Ja, Varg. We hebben zojuist een voorlopig sectierapport gekregen. En dat was nogal verrassend.'

'O?'

'Het lijkt erop dat de zaak die je hebt onderzocht, toch nog niet is afgesloten.'

'O nee? Ik snap niet precies waar je op doelt, maar...'

'De dode vrouw die je hebt gevonden, is niet Emma Hagland.'

'Wat!'

'Haar gebitsgegevens klopten niet.'

'Maar wie is het dan?'

'Dat weten we nog niet. Het was een vrouw van ongeveer dezelfde leeftijd, maar Emma Hagland was het in elk geval niet.'

47

Twee dagen later ontmoette ik haar in Berlijn. Ook al had ze zich gecamoufleerd met een grote gebreide ribbelmuts, ik herkende haar meteen zodra ze de deur binnenkwam van het gezellige café niet ver van het station aan de Friedrichstrasse, waar we op haar voorstel hadden afgesproken. Was het warmer geweest, dan hadden we onder zomerse baldakijnen kunnen zitten met uitzicht op de langzaam stromende Spree, die zich rustig kabbelend voortbewoog door de centrale stadsdelen van de oude Pruisische hoofdstad. Maar buiten was het koud en ik had me binnen teruggetrokken terwijl ik op haar wachtte. Toch kon ik door het raam de karakteristieke televisietoren zien die als een verankerde ufo boven de stad zweefde en je het gevoel gaf dat je in de gaten werd gehouden, waar je je ook bevond.

Toen ze binnenkwam, stond ik op en gebaarde naar haar. Ze liep op me af, glimlachte voorzichtig en vroeg: 'Meneer Veum?'

'Dat ben ik.'

We gaven elkaar een hand en zij stelde zich voor met 'Åsa'. Ze wierp een blik op de tafel en zag het halfvolle glas schwarzbier staan dat ik had besteld. 'Ik bestel nog even een beker warme chocolademelk.'

Terwijl ze naar de toog liep, volgde ik haar met mijn blik. Ze droeg een lichtbruine duffelcoat, strakke, gebleekte jeans en hoge, donkerbruine laarzen met een schapenwollen omslag. Tijdens het wachten op haar bestelling wierp ze af en toe een snelle blik in mijn richting. Ik knikte elke keer, als om haar te verzekeren dat ik niet van plan was weg te gaan.

Ze kwam terug, zette de beker voor zich neer en nam tegenover me plaats. 'Wat aardig van u dat u helemaal naar Berlijn hebt willen komen om me precies te vertellen wat er met Emma is gebeurd.'

'Als je geluk hebt, kost een retourtje Berlijn vanaf Bergen niet veel meer dan een uitgebreide maaltijd in een normaal restaurant, dus dat was het probleem niet. Maar... laten we niet langer als een kat om de hete brij heen draaien.'

Ze keek me verbouwereerd aan en kreeg een blos op haar wangen. 'Wat bedoelt u?'

Uit mijn zak haalde ik de foto van Emma die Norma me had gegeven. Ik legde hem tussen ons in op tafel. 'Ook al verstop je je haar onder die muts, het kost me geen moeite om je te herkennen.'

Ze keek naar de foto om hem grondig te bestuderen, waarna ze weer naar mij opkeek. 'Ik...' Ze maakte een beweging met haar schouders alsof ze wilde uitdrukken dat ze niet wist wat ze moest zeggen.

'Ik heb allang begrepen wat jullie hebben gedaan. Sommigen zullen blij zijn als ze het horen. Anderen... tja. Het enige wat ik me afvraag is waarom jullie het hebben gedaan.'

'Waarom... wat?'

'Waarom Åsa en jij van identiteit hebben gewisseld, Emma.'

Met een ernstige uitdrukking op haar gezicht keek ze me aan. Opeens was het alsof ze begreep dat het geen zin meer had om me voor de

mal te houden. Langzaam en aarzelend begon ze: 'Ik zal het proberen uit te leggen. Ik weet niet of u wel kunt begrijpen hoe... hoe het voor ons was, maar ik zal een poging wagen.'

Ze slikte en liet haar blik even heen en weer gaan, waarna ze mij weer strak aankeek. 'Zij en ik waren ons leven zat, allebei. We wilden gewoon weg. Een nieuwe start maken. Met een blanco bladzijde beginnen. Zij ging naar Bergen, ik naar Berlijn. Ik dacht dat ik u dat aan de telefoon al had verteld.'

'Ja, in het kort. Maar niet dat het net andersom was, als je begrijpt wat ik bedoel.'

Met een zucht keek ze langs me heen. Naast ons zat een bejaard echtpaar, zij fors en besluitvaardig, hij schuchter en tenger, met een hitlersnorretje als enig opvallend kenmerk. Beiden werkten een bord aardappelsoep naar binnen met een paar stukken boerenbrood. Aan een andere tafel zaten vier jonge mensen met ieder een glas witbier luid te praten, af en toe in een lachsalvo uitbarstend. Door de ramen zagen we een zwart met witte bakschuit in oostelijke richting varen.

'Dat moet jullie toch heel wat voorbereiding hebben gekost.'

'Ja, maar... het was niet zo moeilijk als het lijkt. We leken natuurlijk sterk op elkaar, dat heeft iedereen altijd gezegd. Hoe vaak we niet voor elkaar werden aangezien... En op pasfoto's lijkt eigenlijk niemand helemaal op zichzelf. Bovendien was er behalve op de opleiding niemand die om mijn legitimatie vroeg. En je kunt heel Europa door zonder dat iemand je paspoort wil zien. Ik had het in elk geval niet nodig toen ik van Stavanger naar Kopenhagen vloog en ook niet toen ik daarvandaan de trein naar Berlijn nam.'

'Maar waarom?'

'Dat heb ik u eerder verteld. In elk geval een deel ervan. Åsa was zwaar beschadigd. Ze is haar hele jeugd door ernstig door haar vader misbruikt. Al jaren geleden had ze het erover dat ze zelfmoord wilde

plegen. Dat ze niets had om voor te leven. Maar ik haalde haar over om het niet te doen.'

'Maar...'

'Bovendien was er nog die aantekening in het strafregister, zo heet dat toch?'

'Een aantekening in het strafregister? Waarom dat?'

'Ze had een zomerbaantje bij een apotheek en daar had ze pillen gestolen. Voornamelijk valium. Ze had ze nodig, zei ze, haar dokter wilde haar niet genoeg voorschrijven. Het werd ontdekt en de diefstal werd aangegeven. Maar omdat ze zo jong was en ze de pillen alleen voor eigen gebruik had bedoeld, kwam ze er met alleen een aantekening in het strafregister vanaf.'

Er kwam meer vaart in haar verhaal, alsof ze het belangrijk vond om uit te leggen wat hen tot deze bijzondere stap had gebracht. 'Het enige wat Åsa zich altijd had kunnen voorstellen was verpleegster worden. Maar ze was bang dat die aantekening haar in de problemen zou brengen, zowel bij het solliciteren naar een baan als bij het krijgen van een opleidingsplaats. Bovendien haalde ze op school, om heel eerlijk te zijn, altijd veel slechtere cijfers dan ik.'

'Maar zouden die slechte cijfers voor jou dan geen probleem zijn?'

'Ja, maar ik was altijd heel goed in tekenen. Al die jaren op de middelbare school hadden we ons voorgesteld dat we modeontwerper zouden worden, en om toegelaten te worden tot de opleiding in Berlijn waren niet de cijfers het belangrijkst, maar de werkstukken die je steeds weer moest maken om te laten zien wat je kon creëren.'

'Juist.'

'En toen kwamen we op het idee. Ik zei: "Als we nou eens echt helemaal opnieuw beginnen? Ik ga naar Berlijn om daar te gaan studeren. En jij..." Ja, ik vroeg haar waar zij naartoe wilde, en toen zei ze: "Bergen."'

'Waarom Bergen?'

'Voor haar was dat ver genoeg. Ze kon het niet meer opbrengen om in Haugesund te blijven. Stavanger was te dichtbij. Bergen was in orde.'

'Maar daar had ze toch... ik bedoel, jij... familie wonen.'

'Ja. Maar die hadden me al in geen jaren meer gezien. Mijn halfbroer had me maar één keer gezien, en van een afstand.'

'Toch heb jij later met hem contact opgenomen, via de mail.'

Ze keek me verbaasd aan. 'Weet u daarvan?'

'Ja. Hij heeft het uiteindelijk zelf aan me toegegeven.'

Ze knikte langzaam. 'Maar dat was alles. Per mail. Nooit persoonlijk.'

'Maar hoe dan ook... schrok je niet toen ze vertelde dat ze hen had opgezocht, je vader, zijn nieuwe vrouw en... Andreas?'

'Ja, we hebben het er wel over gehad, maar ze zei... Ze heeft nooit een echte familie gehad. Misschien was dit de enige mogelijkheid die ze zag. Bovendien deed ze al een paar jaar mee aan de mailcorrespondentie met Andreas.'

'Hè? Deden jullie dat dan ook met je tweeën?'

'Ja, we... 's Avonds zaten we vaak met ons beiden achter de computer en dan mailden we met hem en... met een paar anderen. Dat was onze manier om aan ons treurige dagelijkse leven te ontsnappen. Dat gold ook voor mij. Ik wilde ook alles achter me laten. Mijn familie, alles! Maar nu begrijp ik dat Åsa er veel ernstiger aan toe was dan ik ooit ben geweest, omdat ze, ja, uiteindelijk dus zelfmoord heeft gepleegd.'

'Iemand heeft haar ertoe aangezet.'

'Wat?' Haar mond viel open. 'Wie dan?'

'Eigenlijk is dit een erg ingewikkeld verhaal, Emma, en de oorsprong ervan ligt in het verleden, toen je vader jong was en een meisje uit zijn geboortedorp heeft...'

'Ja, hou maar op! Dat verhaal ken ik. Mijn moeder heeft het nergens anders over. Nou ja, niet de details natuurlijk, maar ze zegt steeds dat dat de hoofdreden was dat hij niets meer met mij te maken mocht hebben.'

'Iemand heeft op die manier zijn grote zus verloren. En die iemand vond dat hij wraak moest nemen.' Ik vertelde haar over Vetle Valaker, het contact dat hij met Helga, Andreas en dus met Åsa had gelegd en dat alleen Åsa zo wanhopig was – of wat het ook was – dat ze het plan dat hij voor haar had opgesteld, ten uitvoer had gebracht.

Tijdens het luisteren viel haar mond steeds verder open. Ten slotte stamelde ze: 'Maar... dan moet hij toch gestraft worden!'

'Dat hoop ik. Maar je weet het nooit. Als hij een goede advocaat krijgt...'

'Maar dit is ook mijn schuld! Als we niet van rol gewisseld hadden... Ik had me nooit op zo'n manier laten meeslepen!'

'Nee?'

'Nee!'

'Maar... wat dacht je toen je hoorde dat ze verdwenen was?'

'Ik was bezorgd, natuurlijk. En ik dacht aan wat ze eerder had gezegd, dat ze zelfmoord wilde plegen. Maar... ik hoopte maar dat het goed zou komen, ik bad tot God dat het niet zo zou zijn. Had ik het moeten zeggen? Bent u daarom naar Berlijn gekomen om met me te praten?'

'Misschien had je het moeten zeggen. Maar dat is niet de reden dat ik hier ben. Toen ik twee dagen geleden te horen kreeg dat de dode niet... dat het om iemand anders ging, toen telde ik één en één bij elkaar op. Van tevoren wist ik al, door onze telefoongesprekken, dat jullie beschadigde jonge mensen waren, allebei. Maar daar konden Åsa en jij niets aan doen. Die schuld ligt bij de generatie vóór jullie. Dat jullie een creatieve manier vonden om je problemen achter je te laten,

valt jullie niet te verwijten, niet direct, tenminste. Maar jullie snapten toch wel dat het geen definitieve oplossing was? Ooit zou Åsa je moeder weer onder ogen moeten komen, en wat dan? En jij... Mijn halfzus, Norma Bakkevik, heeft je toch gebeld om te vragen naar... ja, naar jou dus?'

Ze knikte heftig. 'Ja, en het scheelde niets of ik had mezelf verraden. Maar ik ging hees praten, zei dat ik verkouden was en ze leek mijn stem niet te herkennen. In elk geval hoorde ik niets meer, tot u een tijdje later belde, en van u had ik niets te vrezen.'

'Nee, ik trapte er met open ogen in, net als iedereen die in Bergen met Åsa te maken had. Je vader had je voor het laatst gezien toen je twee was, en toen jij en Åsa in 2000 naar Bergen kwamen om hem op te zoeken, wilde hij je niet eens zien. Dat geldt ook voor Andreas. Hij kon evenmin weten dat jij niet degene was die in september voor de deur stond.'

Buiten klonk een schelle fluit. Op de kade rende een man weg die iets onder zijn arm droeg. Twintig meter achter hem holde een agent met een fluit die aan een ketting om zijn hals hing. 'Schnell! Aber schnell!' riep een van de jongeren twee tafels achter ons en de anderen barstten in een hard en gelijkmatig lachen uit, terwijl het echtpaar naast ons zich geërgerd in hun richting draaide. 'Aber wirklich!' riep de vrouw uit.

Emma trok een wat moedeloze glimlach. 'Dus... wat gaat er nu gebeuren?'

'Ik heb een schriftelijke verklaring van je nodig waarin je bevestigt wat je me nu hebt verteld. Die neem ik dan mee naar de politie in Bergen. Als je geluk hebt, gebeurt er in dat verband verder niets meer dan dat je uiteraard je eigen identiteit weer moet aannemen, niet in de laatste plaats op de universiteit hier. Maar wat die, tja, hoe zal ik het noemen, identiteitsfraude verder nog voor gevolgen zal hebben, daar

heb ik geen idee van. Dat wordt het zoveelste probleem voor de juiste instanties. Maar... je moet je moeder bellen en het vertellen. Als je dat niet doet, moet ik het doen.'

'En... mevrouw Bakkevik?'

'Mevrouw Bakkevik is dood', zei ik en terwijl ik het zei besefte ik opeens dat het toch niet zo eenvoudig voor haar zou zijn om haar moeder te bellen. Wie weet zat ze al in verzekerde bewaring tot ook die zaak volgens de regels zou zijn afgehandeld.

'Wat! Is zij ook al dood?'

'Ja. En dan moet er nog iemand contact opnemen met Åsa's familie om het verdrietige nieuws te vertellen.'

Ze keek me verbitterd aan. 'Haar moeder heeft tien jaar geleden zelfmoord gepleegd. Maar haar vader is vast alweer op vrije voeten. Hij zal het wel fijn vinden om te horen. Wrijf het hem maar in.'

Nu zag ik het, de wanhoop die de beide meisjes tot hun daad had gedreven, het tomeloze verlangen om helemaal opnieuw te beginnen zonder ongewenste bagage, zonder nare herinneringen.

Eindelijk zette ze haar grote muts af. Haar blonde haren vielen omlaag en ze haalde er haar handen doorheen. Zoals ze daar zat leek ze een gewonde leeuwin, met tranen in haar ogen en een woede die ze tot nu toe niet had kunnen uiten. Maar aan haar blik zag ik dat ze iets op haar hart had, wat niet alleen tegen mij gericht was, maar tegen iedereen die ik vertegenwoordigde, mannen in het algemeen en alle macht die zij uitoefenden op mensen die zwakker waren dan zijzelf. En de zwaksten van allemaal, dat waren hun eigen kinderen.

Voordat ze vertrok gaf ze me een ondertekende uiteenzetting van wat ze had gedaan. Zelf bleef ik nog een tijdje zitten. Ik had de geur van de aardappelsoep aan het naburige tafeltje niet kunnen weerstaan en dronk er ook nog een zwart biertje bij. Later nam ik een taxi naar het vliegveld en keerde met de laatste vlucht terug naar Bergen.

In de taxfreeshop kocht ik het toegestane quotum. Tijdens de terugreis hield ik het bij bronwater. Ik had champagne, maar raakte die niet aan. Of dat me tot een beter mens maakte, betwijfelde ik, ik was bij thuiskomst alleen iets nuchterder.

Ik had natuurlijk ook niets te vieren. De reis naar Berlijn en terug kwam op me over als een van de langste reizen uit mijn leven, en na thuiskomst zou er nog een onbeantwoorde kwestie zijn. DNA-test of niet, dat was de vraag. Meer viel er niet over te zeggen. Het meeste was al gezegd. En je moest wel heel simpel van geest zijn als je dacht dat de rest stilte was. Maar je kon natuurlijk altijd hopen. Aan hoop was nog nooit iemand doodgegaan. Of wel? Het antwoord op die vraag kon ik evenmin bedenken en ik verliet het vliegtuig ongeveer even wijs als toen ik was ingestapt, ik was alleen een droevige ervaring rijker.

En de champagne? Die bewaarde ik voor een latere gelegenheid.

Als Varg Veum op een avond door een stille straat loopt, wordt hij bijna aangereden door een auto. De bestuurder rijdt door, de daad lijkt opzettelijk. Als Veum op onderzoek uitgaat, vermoedt hij dat er sprake is van een wraakactie. Hij zal de zaak tot op de bodem moeten uitzoeken om geen slachtoffer te worden.

Buiten zijn de honden

Paperback, 352 pagina's,
ISBN 978 94 6068 414 2
€ 19,99

Op een ochtend wordt Varg Veum door de politie van zijn bed gelicht, op verdenking van betrokkenheid bij een pedofiel netwerk. Hoewel hij weet dat hij onschuldig is, staat hij er niet best voor als er op zijn computer kinderporno wordt aangetroffen. Als hij in staat van beschuldiging wordt gesteld, ziet hij nog maar één optie: ontsnappen en erachter komen wie de ware schuldige is.

Laat de kinderen tot mij komen

Paperback, 352 pagina's

ISBN 978 94 6068 419 7

€ 19,99

Privédetective Varg Veum ontmoet in zijn stamcafé een gepensioneerde politierechercheur. Die vertelt hem dat hij nog altijd bezig is de waarheid achter enkele zaken te achterhalen, zoals de explosie bij een verffabriek in de jaren vijftig en een moord in 1971. Bij beide zaken was er sprake van een 'verdachte die mank liep'. Kort nadat Veum deze informatie heeft gekregen, wordt de ex-politieman overreden. Varg Veum gelooft niet in toeval en gaat op onderzoek uit.

Het uur van de wolf

Paperback, 288 pagina's

ISBN 978 94 6068 469 2

€ 6,-

In Stavanger gaat privédetective Varg Veum op zoek naar de offshorewerker Arne Samuelsen. Arne zelf is spoorloos, maar in de koelkast van zijn flat vindt Veum wel een onthoofd vrouwenlijk. Tijdens zijn onderzoek wordt de privédetective geconfronteerd met de groeiende macht van de onderwereld, die zijn zoektocht naar Samuelsen probeert te dwarsbomen. Maar Varg Veum zou Varg Veum niet zijn als hij zich door hen laat tegenhouden.

De vrouw in de koelkast

Paperback, 256 pagina's

ISBN 978 94 6068 386 2

€ 6,-